FOX

DJ KRIMMER

Opgedragen aan:

Deze is voor jou en mij — degenen die naar de hete,
oudere, getatoeëerde houthakker verlangen.

Graag gedaan.

FOX

PROLOOG

Fox

IK GA ERVAN UIT DAT ER IN IEDERS LEVEN DAT ENE MOMENT IS, WAAROP je het gevoel hebt dat je het eindelijk gemaakt hebt. Dat alle opofferingen gerechtvaardigd konden worden. Ondanks al mijn ongunstige omstandigheden, heb ik eindelijk de top behaald.

Ik ben een van de beste in wat ik doe, en dat is geen arrogantie. Mensen reizen overal vandaan om in mijn stoel te zitten en ze door mij permanent te laten markeren. Ik hou van wat ik doe. En ik hou ervan met wie ik het doe — mijn familie. De mannen met wie ik werk zijn allemaal serieuze, bekende artiesten die elk hun eigen zeer succesvolle shops zouden kunnen openen. Maar dat doen we niet; we blijven voor één man in de beroemde Hels Ink — Tony.

Tony, de eigenaar en degene die Hels Ink oprichtte dertig jaar geleden, was mijn goede vriend en mentor. Ja, ik zei "was" omdat hij vier dagen geleden is overleden. Zestig jaar oud, de man was actief, hij rookte en dronk niet — nou, dat heeft hem veel goeds gebracht. Hij was zo bewust met zijn gezondheid bezig en stierf nog steeds jong.

'Fuck, ik denk dat ik weer ga kotsen.' Atlas, een van de andere tatoeëerders bij Hels Ink en mijn irritante beste vriend, kreunt terwijl hij voorover klapt alsof die fucker op mijn schoenen gaat kotsen. Ik schud mijn hoofd, zowel teleurgesteld in als beschaamd voor deze klootzak.

'Atlas,' grom ik door mijn opeengeklemde tanden. 'We zijn op Tony's fucking begrafenis. Verman je.' Mijn toon verandert in een sis terwijl ik hem tegen zijn hoofd mep. Ik kijk van Atlas naar de andere twee mannen die naast ons staan. Ash en Derek zijn de andere twee die deel uitmaken van ons "viertal", zoals Atlas ons graag noemt, ongeacht hoe vaak ik ook met fysiek geweld heb gedreigd om hem ermee te laten stoppen.

Ash is onze nieuwste aanwinst in de shop. Hij is ongeveer twee jaar geleden bij Hels Ink begonnen en is een meester in zijn traditionele Japanse werk. En dan is er nog Derek. Derek werkt al bijna net zo lang in de shop als ik. Hij is vanuit Noord-Virginia hierheen verhuisd en is onze "mysterieuze, sombere chagrijn", zoals Atlas zou zeggen. Derek heeft geen terugkerende klanten; hij tatoeëert slechts één stuk op een persoon en hij heeft meerdere ruzies, met zowel Tony als klanten gehad, wanneer hij weigerde om nog een tatoeage te zetten.

Elke shop heeft een prima donna,' zei Tony altijd voordat hij met zijn ogen naar Derek rolde en weer verder ging.

Ik kijk op van mijn groepje en zie Tony's vriendin, Liza, de kapel binnenlopen, met haar twee wannabe tatoeëerders zonen aan beide kanten van haar, om haar te ondersteunen. Tony was aardig genoeg, of goedgelovig genoeg, geweest om hen als hulpjes in de shop te laten werken. Ze zorgden voor de planning als we bezig waren, deden de inventaris en wat al niet meer. Ze waren niet in staat om op tijd of nuchter op te komen dagen, dus dat duurde niet lang en kort voordat Tony overleed, deden we alles weer zelf. Ik schud mijn hoofd voordat ik wegkijk van het spektakel naar de gesloten zwarte kist.

Waarom is hij gesloten?

Ik had gedacht dat het een open kist zou zijn. Tony geloofde helemaal in tradities voor het hiernamaals en dingen meenemen als je gaat. Er zijn verschillende mensen in deze groeiende menigte, waaronder ikzelf, die iets voor zijn reis willen meegeven.

Liza leunt naar me toe en slaat haar armen om mijn middel, en ik moet de drang onderdrukken die ik in mijn lichaam voel om deze op geldbeluste feeks niet van me af te duwen. Liza en Tony begonnen minder dan een jaar geleden te daten; ze is van mijn leeftijd, veertig of zo, en ze staat erom bekend dat ze zich aan de meer belangrijke artiesten in onze branche vastklampt. Het verraste ons allemaal toen Tony de shop binnenliep met haar aan zijn arm.

Tony deed niet aan relaties. Hij was een "heb ze lief en vertrek dan weer" type. Dus toen Liza opdook om beurzen, vakanties en banen voor haar zonen van Tony te krijgen, hadden we gedacht dat hij haar eruit zou gooien. Schokkend genoeg hield hij haar in de buurt en betaalde hij voor de beurzen en vakanties, maar hij had haar één ding publiekelijk duidelijk gemaakt.

Tony had maar twee liefdes in zijn leven. De ene was Hels Ink, en de andere was—

'Fox.' De elleboog van Atlas port in mijn ribben, waardoor ik ineenkrimp. 'Is dat Janie?'

Mijn blik volgt de zijne en landt op de kleine roodharige die de kapel binnenloopt, Janie Pierce. Vijfentwintig jaar oud, slank, met een bleke huid vol sproeten, lang wild rood haar, blauwe ogen, en Tony's dochter. Ik grijns als ik haar zwarte hakken zie. Janie is klein; de meeste mensen zijn klein bij mijn gestalte van een meter drieënnegentig, maar Janie zou op blote voeten waarschijnlijk tot mijn borst komen, misschien.

Jezus Christus, daar gaat ze weer met haar telefoon. Het is de fucking begrafenis van haar vader en Janie heeft, zoals gewoonlijk, haar telefoon in haar hand om te tweeten of wat het ook is dat een influencer doet. Wat een stom gelul. Het meisje zit daar gewoon en bedriegt mensen door ze te laten geloven dat ze op haar zullen lijken als ze alles gebruiken wat ze voor haar camera houdt. Het is een van de vele redenen waarom we het niet goed met elkaar kunnen vinden, ondanks onze nauwe banden met Tony.

'Ja, dat is ze,' mompel ik terwijl ik de mouwen van mijn pak recht trek. Ik haat het om pakken te dragen. Het is niet dat ik het geld niet heb voor mooiere kleding, maar ik ben meer een man van jeans en een T-shirt. Comfort boven mode. Dit pak was duur toen ik het drie jaar geleden kocht. Maar ik was toen iets slanker en aangezien ik tot gisteren aan het zuipen ben geweest, kon ik niet voor de begrafenis gaan winkelen.

Ik draai me om naar Atlas en realiseer me dat ik zijn vraag volledig heb gemist. 'Wat zei je?'

'Ik zei, ik heb haar al jaren niet meer gezien. Wanneer is zij zo fucking lekker geworden?'

Ik rol met mijn nek terwijl ik de ongemakkelijke drang probeer te negeren die ik plotseling heb om de neus van mijn beste vriend te breken. Deze emotie moet te wijten zijn aan het feit dat dit Tony's begrafenis is, toch?

Ik staar hem vol afschuw aan en schud mijn hoofd. 'Rot op, man. Wees niet zo respectloos tegenover Tony.'

Ik kijk toe hoe Janie snel de kapel verlaat en ik voel me genoodzaakt om haar te volgen. Ik loop door de gang en zie haar leunend tegen een muur staan.

'Hé, Torch, lang niet gezien,' zeg ik terwijl ik mijn handen in mijn zakken stop en tegen de muur tegenover haar leun. Ik sta mezelf toe om het uiterlijk van de roodharige in me op te nemen. Janie ziet er objectief gezien aantrekkelijk uit in haar zwarte jurk met riem en knoopsluiting. Hoewel ik er niet zeker van ben dat het kanten randje dat tot net onder haar kont komt, onder correcte begrafeniskleding valt. Maar wat weet ik er nou van?

'Ik heet Janie, lul,' spuugt ze nog net niet in mijn richting, 'En het is bijlange niet lang genoeg geweest.' Ik kan niet anders dan lachen. Ik ben nooit een fan van haar geweest, maar Janies haat voor mij zou buitenstaanders het idee kunnen geven dat ik haar hond heb aangereden.

Ik steek mijn handen omhoog ter verdediging terwijl er een grijns om mijn lippen vormt. 'Mijn excuses. Ik wilde gewoon even zien hoe het met je ging.'

Haar blauwe ogen rollen zo hard naar achteren dat ik in shock ben dat ze niet vast komen te zitten.

'Ik heb het je al verteld, Fox. Je mag de shop hebben, oké? Laat me gewoon met rust.' Ze haalt haar telefoon tevoorschijn en begint op het scherm te tikken. Elke *tik tik* is als nagels op een krijtbord.

Voor mezelf uitmakend dat ik dit moet afhandelen en de vraag in mijn hoofd moet stellen, schraap ik mijn keel en knik met mijn hoofd richting de kapel. 'Waarom is de kist van de oude man gesloten?'

Haar lichaam verstijft zichtbaar en ik zie haar handen rond haar telefoon trillen. Ze kijkt me recht aan en legt haar handen op haar rug. 'Omdat,' haar stem klinkt meer dan giftig, 'het als zijn dochter mijn beslissing was, en ik het aangenamer vond om naar de kist te kijken dan naar een dood lichaam.'

Aangenamer.

Dood lichaam.

Ik ben volkomen geschokt door haar harteloze woorden, en ik kijk zwijgend toe hoe ze zichzelf van de muur duwt en teruggaat naar de kapel.

'Geniet van de shop, Fox. Hopelijk zal het jouw leven niet beheersen, zoals het bij hem heeft gedaan.' Haar stem is afstandelijk en ik reageer niet op haar terwijl ze achter de deuren verdwijnt. Mijn vingers gaan over de munten die een gat in mijn zak branden. De dienst zal zo beginnen, en ik heb geen idee of de begrafenisondernemer me zal toestaan om deze munten bij Tony te plaatsen, maar ik ga het uitzoeken.

1

Fox

Drie weken later

'D IT IS GEWELDIG, Fox,' gilt Lauren en ze geeft me een enorme glimlach voordat ze naar haar heuptatoeage in de spiegel staart. Lauren — of "Ren" — is mijn favoriete klant. Ze weet wat ze wil, maar staat open voor artistieke veranderingen. Ze zegt nooit af en ze is geen slecht gezelschap. Het is gewoon jammer dat ze haar bruine ogen op de domme klootzak heeft gericht die op de werkplek tegenover me zit.

'Atlas! Wat de fuck ben je aan het doen, man?' roep ik naar de idioot die z'n kuit op zijn tafel aan het tatoeëren is. Atlas kijkt op en geeft me de domste fucking grijns.

'Blijf uit de buurt!' schreeuwt hij als een kind. 'Ik heb hem bijna af.'

Lauren loopt naar hem toe voordat ik haar heup kan bedekken, en als ze over zijn schouder gluurt, barst ze in lachen uit. Ik kijk toe hoe ze dubbel ligt en snuift om wat Atlas op zijn huid tatoeëert.

'Ren,' grom ik terwijl ik opsta en naar ze toe loop. 'Vertel die klootzak dat hij over twintig minuten een klant heeft en hij — je maakt een grapje.' Ik weet niet zeker welke emotie ik zou moeten voelen als ik neerkijk op de nieuwste tatoeage op het been van Atlas. Shock? Schaamte? Achting?

De tatoeage is in een Amerikaanse traditionele stijl, waar we geen van beiden over durven te zeggen dat we er bekwaam in zijn. Dat was Tony's vakgebied, niet het onze. Atlas is er beter in dan ik, maar de meeste van mijn klanten kennen me vanwege mijn hyperrealisme.

'Breek mijn hart niet, Fox.' De hand van Atlas vliegt dramatisch naar zijn hoofd terwijl hij een zucht slaakt. Ik rol met mijn ogen en schud mijn hoofd. Ik kan het niet helpen, maar grinnik; nu ben ik de no-nonsense "oude man" van de shop. Zelfs toen Tony nog leefde, stond ik in de shop bekend als "Papa Fox". Ik geloof in het hebben van regels, in hard werken en niet van het pad af te dwalen.

Atlas is de vrije geest van de shop, altijd spontaan, aan het flirten, domme trucs aan het uithalen, laat op komen dagen en feesten. Ik ben ervan overtuigd dat zijn bekwaamheid als kunstenaar en gewoon algemene goedheid de enige reden is dat Tony hem nooit heeft ontslagen.

'Nee, man, het ziet er geweldig uit.' Nog een lach ontsnapt aan mijn lippen terwijl ik naast hem op de kruk ga zitten en zijn werk bewonder. Het is een zwart grijze tattoo van een vos met de uitdrukking "In Fox naam" rondom zijn hoofd. Hij is een idioot met een obsessie voor woordspelingen — je kunt niet anders dan van Atlas houden.

Ik sla speels op zijn schouder voordat ik mijn aandacht weer op Ren richt. Mijn ogen worden zachter en ik kijk naar haar, terwijl ze naast de tafel staat en alles probeert om Atlas haar op te laten merken. Maar zoals altijd, heeft hij het totaal niet door.

'Kom op, Ren.' Ik slaak een kleine kreun terwijl ik opsta, waardoor de andere artiesten me in de zeik nemen.

'Heb je je stok nodig, oude man?' Ash grijnst breed terwijl Derek grinnikt en iets zegt over een "seniorenalarm".

'Ja, ja, laat iemand die fucking telefoon opnemen zodat ik het met Ren kan afronden.'

Atlas rolt van zijn kruk en lanceert zichzelf naar de telefoon van de shop op een manier die alleen hij kan, omdat hij in de dertig is en zijn vrije tijd besteedt aan rotsklimmen en CrossFit.

'Idioot,' mompel ik terwijl ik het *Saniderm* verband over Laurens heup gladstrijk.

Ik kijk omhoog en zie dat de blik op het gezicht van Atlas donkerder is dan voorheen. Een onbekende frons en samengeknepen wenkbrauwen hebben zijn normaal gesproken gekke trekken overgenomen.

'Wat is er?' vraag ik zodra hij naar me toe loopt, alle grappenmakerij is verdwenen.

'Dat was Tony's advocaat. Je wordt verondersteld morgenochtend naar een bespreking met hem en Janie te komen?' Zijn normaal gesproken vrolijke en zelfverzekerde stem klinkt ongemakkelijk.

'Wat? Waarom?' Janie en ik hebben elkaar sinds de begrafenis niet meer gesproken, maar Tony's advocaat had gezegd dat ze Janie zou laten tekenen om alles op mijn naam te zetten, ik zou haar betalen en daarmee zou het klaar zijn.

'Als je het eigenaarschap van de shop overneemt,' zegt Ren terloops terwijl ze haar zwarte joggingbroek over haar heupen wiebelt, voordat ze haar blonde haar achter haar oren stopt, 'dan moet je erheen om het papierwerk in te vullen.'

Ren heeft een jaar geleden haar rechtenstudie afgerond, en hoewel we waarschijnlijk met iemand moeten overleggen die wat meer doorgewinterd is, is ze na Tony's overlijden degene waar ik advies aan vraag.

'Je moet met hem meegaan, Atlas. De manager van de shop moet erbij zijn. Je neemt een shop van meerdere miljoenen dollar over, Fox, en ik denk echt dat je Frank moet bellen.' Atlas en ik kreunen luid van ongenoegen. Richard Franklin, beter bekend als "Frank", is de advocaat van de shop. Hij is *de* advocaat van de sterren en Tony had hem op commissiebasis. Ik mag hem niet, dus ik heb geen contact met hem opgenomen over Tony's dood en over de overdracht van eigendom. Maar misschien heeft Ren gelijk.

'Oké,' zeg ik knikkend terwijl ik haar naar voren begeleid 'Ik zal Frank vandaag bellen. Trek nu je juridische kosten af van je totaal en betaal het verschil.'

Ik sta voor mijn spiegel en draag alleen een handdoek, mijn ogen bekijken mijn grote, met tatoeages bedekte lichaam. De ontwerpen lopen in meerdere stijlen van mijn nek naar beneden. Ik heb een vrije plek nodig om iets voor Atlas te plaatsen – dat is wel zo eerlijk nadat hij er een voor mij heeft genomen. Mijn linkerarm is bedekt met tatoeages in Amerikaanse traditionele stijl, de meeste zijn van Tony. De rechterarm, samen met mijn borst en buik, is helemaal in realisme in grijswaarden gedaan. Schedels, klokken, tandwielen, rozen en de Noorse godheid, *Hel*, bedekken de rest van mij — minus de stomme animekat die vrolijk op mijn ribben zit. Maar het is het beste om nu niet aan alle herinneringen van mijn tatoeages te denken.

Ik haal een borstel door mijn schouderlange, donkerblonde haar en doe er een elastiekje in voordat ik aan de verzorging van mijn baard begin. Ik ben niet zoals sommige jongens met hun obsessief gemanicuurde baarden, maar een goede borstelbeurt en wat baardolie kan het verschil maken tussen er goed verzorgd uitzien en eruitzien alsof je in het wild thuishoort.

Ik ben niet langer een van die jongens met een six of eight pack. Toen ik in de twintig en dertig was, zeker — ik zat toen helemaal in de modus van extreme trainingen en een hard lichaam. Nu heb ik spierdefinitie in mijn armen, borst en rug. Maar als ik op mijn buik sla, dan wiebelt hij, en dat vind ik prima. Het is een comfortabel lichaam en ik heb geen klachten gehad van degenen die ik toesta om het te zien.

Een pieptoon trekt me uit mijn gedachten en ik kijk naar mijn telefoon waarop een berichtje te zien is.

> Atlas: Fox het is fucking te vroeg en ik heb een kater *zieke emoji*

> Ik: Als je niet binnen 15 minuten voor mijn gebouw staat, dan ontsla ik je.

> Atlas: JE KUNT ME NIET ONTSLAAN! IK WERK NIET IN DIT BUSJE!

Ik rol met mijn ogen bij zijn verwijzing naar *"The office"*. Die show is mijn "comfortshow" zoals Atlas het uitdrukte, toen iedereen erachter kwam dat ik de show binge wanneer ik me overweldigd voel. Misschien is het ook mijn comfortshow. Wie weet. Ik voel me beter als ik het aan heb staan. Nu we het er toch over hebben, ik ga het vanavond nodig hebben.

Met het gevoel dat ik een goede indruk moet maken bij de advocaten, trek ik mijn enige pak aan, dezelfde die ik op Tony's begrafenis had gedragen. De zwaarte van het verlies spoelt weer over me heen, ik sluit mijn ogen en adem diep in. God, ik mis hem, ik blijf wachten tot het makkelijker wordt, tot de wond geneest, maar elke keer als ik een moment van rust heb, raakt het me weer keihard.

Mijn telefoon piept en ik ben dankbaar voor de tijdelijke afleiding. Ik kijk naar beneden en verwacht dat het Atlas is, maar in plaats daarvan is het van een nummer dat ik niet ken.

> Onbekend: FOX FUCKING SIMMONS
>
> Onbekend: Heb je verdomme Frank erbij gehaald?!?
>
> Ik: Wie is dit?

Ik zie de drie stippen verschijnen…verdwijnen…weer verschijnen…wat de fuck? Stuur gewoon dat verdomde bericht!

> Onbekend: Wie dit is? Wat charmant. Het is Janie Pierce. Tony's dochter? Je weet wel degene die je het bedrijf van haar vader GEEFT, en je besluit om FRANK erbij te halen??? Alsof ik een crimineel ben?

Ik sla mijn hand voor mijn gezicht terwijl ik door mijn appartement loop en de deur uitga. Ik kan niet wachten om daar naar binnen te lopen, dat verdomde papier te tekenen en Janie Fucking Pierce en haar vervelende, zeurderige kop voorgoed uit mijn leven te laten verdwijnen. Elke keer dat deze vrouw in de buurt is, word ik vijf jaar ouder, ze is op *elk* mogelijk niveau vermoeiend. Ik probeer mijn irritatie van me af te schudden, en mogelijk wat zenuwen, als ik in de lift stap en haar nummer bewaar bij een nieuw contact voordat ik reageer.

> Ik: Frank is er zodat ik *IK ZELF* niets verkloot. Niet alles draait om jou, Torch, hoeveel die stomme volgers van je je willen laten geloven dat het wel zo is. Bovendien, GEEF je het ook niet aan me. Je geeft me het eerste recht om het van je te KOPEN. Shit, misschien ben jij wel degene die Frank nodig heeft.
>
> Torch: Fox, ik zweer het, als je niet stopt met me Torch te noemen, dan zal ik je castreren! En laat mijn fans hierbuiten! Je bent gewoon jaloers dat ik een fanbase heb en jij bent, wat, 50 en je tatoeëert nog steeds harten met MAMA banners eromheen.

Haar uitbrander is zeker een goede en als ik Atlas achter in een

Uber zie zitten, terwijl hij naar me zwaait, ben ik nog steeds sprakeloos. Ik kies ervoor om de snotaap te negeren, wetende dat het haar nog pissiger zal maken. Ik schuif mijn telefoon in mijn zak en ik begin te grijnzen terwijl ik naar het voertuig loop.

'Je hebt het verdomme gehaald,' zeg ik terwijl ik achterin de sedan schuif en in elkaar zak om met mijn grote gestalte in de stoel te passen. Als ik naar Atlas kijk, zie ik dat hij zich in een vergelijkbare positie bevindt, aangezien hij en ik ongeveer even groot zijn. Ik begin me af te vragen waarom Atlas geen SUV heeft gevraagd om ons op te halen in plaats van de Prius, maar dat zou hebben betekend dat ik denk dat Atlas in staat was om te plannen en vooruit te denken. Hoeveel liefde ik ook voor de man heb, dat zijn niet zijn sterke punten.

'Eerlijk gezegd,' ik kijk toe hoe Atlas zijn wijsvinger omhoogsteekt, 'zijn we hier al vijf minuten. Je bent te laat. Dus ik zou *jou* theoretisch gezien moeten ontslaan.'

Ik rol met mijn ogen en geef hem mijn middelvinger. 'Ik heb met een PP te maken.' *Pissige Pierce*, of "PP", was ons codewoord als Tony een driftbui had, en we ons allemaal moesten gedragen, zodat de normaal gesproken vriendelijke man geen reden had om iets of iemand te breken. Blijkbaar heeft zijn kleine dochter al zijn woede geërfd en richt ze het tijdens de meest stressvolle dag van mijn leven op mij.

'Godverdomme Fox, geen wonder dat ze je haat. Ze had gezegd dat je moest stoppen met haar Torch te noemen, dus je geeft haar die naam in je contactpersonen?'

Ik haal mijn schouders op terwijl ik mijn telefoon net op tijd terugtrek om nog een bericht te ontvangen.

> Torch: O, was die een beetje onder de gordel? Nou, als je klaar bent met huilen, kom dan met je enorme reet hierheen. Ik heb om 2 uur een productbespreking die ik niet mag missen.
>
> Ik: Zo pittig…maak je geen zorgen, Torch, je zult voor je camera staan en de wereld vertellen dat ook zij een stralende huid kunnen hebben als ze een of ander bullshit product kopen dat je nog nooit hebt gebruikt.
>
> Torch: …je vindt dat ik een stralende huid heb?!?! *opgewonden emoji*

Ik dank elke hogere macht die er is als de bestuurder de auto buiten het kantoor parkeert. Terwijl ik de hoofdlobby binnenloop, zie ik Frank buiten een stel dubbele deuren ijsberen terwijl hij in zijn telefoon praat.

'Aurora, ik beloof het,' zucht hij en wrijft met een hand over zijn lange gezicht. 'Ik beloof dat ik op de volgende vlucht zal zitten. Zorg er gewoon voor dat als hij wakker wordt, hij zijn mond houdt.' Nadat hij zijn telefoon heeft opgehangen, geeft Frank Atlas en mij een overdreven zelfverzekerde glimlach. 'Vrouwen.' Hij maakt een spottend geluid. 'Mijn nichtje is helemaal in de wolken door een of andere man waarvoor ze door het hele land is gereisd, maar dat is een verhaal voor een andere keer.' Hij wrijft zijn handen tegen elkaar en geeft ons een grijns. 'Nu, we wachten tot ze klaar zijn met een paar dingen, en dan zullen Janie en jij wat papieren moeten invullen, en kan het proces beginnen. Het zal waarschijnlijk ongeveer een jaar duren om haar volledig te betalen en de nalatenschap te doorlopen. Janie is akkoord met de deadline, natuurlijk. Al was er wel een kleine verrassing.'

Ik kijk met opgetrokken wenkbrauwen naar Atlas, voordat ik weer naar Frank kijk.

'Verrassing?' vraag ik.

Frank knikt en grinnikt even terwijl hij dichter bij ons komt staan en zijn stem laat zakken. 'Ja, blijkbaar had Tony in het testament gezet dat Janie tijdens het overgangsjaar de shop samen met jou kon runnen als ze dat wilde. Maar natuurlijk heeft het meisje daar meteen nee tegen gezegd.'

Ik slaak een zucht van opluchting en lach. 'Dat zou waarschijnlijk mijn dood worden.'

'Jouw dood?' snuift Atlas. 'Het zou de shop de das omdoen! Kun je het je voorstellen — kleine juf Insta-ster die de leiding heeft over Hels Ink?'

'Ja, het zou er mee eindigen dat ze de winst verknalt vanwege een of andere bullshit tas, zodat ze wat extra likes kan krijgen. Hels Ink verdient beter dan dat.'

De twee mannen knikken instemmend met hun hoofd als Frank

met ons de bestuurskamer binnenloopt. Ik ga zitten terwijl de advocaat aan de andere kant behoedzaam naar me lacht. Als ik om me heen kijk, realiseer ik me dat Janie niet in de kamer is.

'Waar is Janie?' Alsof dat haar cue is, komt de kleine roodharige door de deuren lopen die we net zijn binnengegaan. Haar lange krullen springen op en neer terwijl ze loopt, haar dure hakken klikken luid op de tegels. Terwijl ze tegenover me zit, kijk ik van haar zwarte kokerrok naar haar olijfgroene top met nauwelijks mouwen en — fuck, wanneer heeft ze die tieten gekregen?

Mijn mond voelt zo droog als de fucking woestijn terwijl ik naar een waterfles reik en hem open. Nog een blik op Janie werpend, zie ik de rode randen om haar bloeddoorlopen ogen en de strepen in haar make-up, waardoor haar sproeten onder God weet hoeveel make-up door beginnen te gluren.

'Oké, mevrouw Pierce,' zegt de vermoeide advocaat terwijl hij de papieren voor haar neerlegt.

'Wilt u beginnen met het ondertekenen van deze formulieren terwijl ik—'

'Eerlijk gezegd niet.' Haar koude, uitdagende toon verrast me en ik verslik me in mijn water. Deze fucking snotaap geeft de papieren terug aan de advocaat terwijl ik vol afschuw toekijk. Ze steekt haar kin naar voren terwijl ze achteroverleunt in haar stoel en met zo'n verhitte, uitdagende blik naar me staart dat ik er zeker van ben dat ik zal ontbranden.

'Nee?' Atlas schampert. 'Maar je zei—'

'Niemand praat tegen jou, Kompas,' antwoordt Janie en ik zie dat haar lichaam een beetje trilt. Is dit "stoere vrouw" ding een act?

'Ik heet Atlas.' Zijn droge toon en haar gebruik van die naam zou me in elke andere situatie aan het lachen hebben gemaakt, maar nu niet.

'Nee, wat, Janie?' zeg ik zachtjes. Een ziekmakende golf crasht in mijn maag terwijl haar diepblauwe ogen zich op mij richten.

'Nee. Ik ga niet tekenen, Fox.' Een perfecte wenkbrauw komt omhoog, terwijl ze haar armen over elkaar slaat en me arrogant aanstaart.

Jouw beurt, daagt ze me stilletjes uit.

Zal ik haar vermoorden? Ik bedoel, ik begrijp hoe men zou kunnen denken dat moord een beetje extreem is. Normaal gesproken zou ik de man zijn die zegt dat er misschien een betere manier is. Maar nu, op dit moment, houdt deze vrouw, net als een babyvogel, mijn droom en mijn toekomst in haar sproetige handen. En ze is mijn vogel dood aan het wurgen.

Ik lach van verbazing terwijl ik naar haar kijk. 'Janie, je hebt tegen me gezegd dat de shop van mij was. Ik heb berichten om —'

Ze steekt haar hand op om me het zwijgen op te leggen en kijkt dan naar haar nagels en krimpt ineen voordat ze ze aan me laat zien. 'Rode nagels, en ik draag een groen shirt. Het is zomer, Janie. Wat krijgen we nu, toch?'

Ja, ik zal haar moeten vermoorden.

2

Janie

DE GRIJNS OP MIJN GEZICHT GAAT MISSCHIEN NOOIT MEER WEG. Ik was er klaar voor om mijn vaders tattooshop aan Fox te geven. Ik bedoel, dat zal ik nog steeds doen. Maar dat hoeft hij niet te weten, hij zal er eerst voor moeten lijden. Fox heeft geen idee dat ik het gesprek tussen hem, Frank en Atlas heb gehoord. Ik had de bespreking verlaten om een telefoontje van mijn vriend te beantwoorden en ik hoorde ze praten toen ik terugkwam. Ik had me achter een muur verstopt en naar de opmerkingen geluisterd die ze maakten. Ik zou liegen als ik zei dat ze geen pijn deden. Niet per se omdat ik dacht dat die jongens mijn vrienden waren. Ik sprak ze amper, en als ik met ze sprak, dan was het nauwelijks meer dan een *hoi* of een grom. Het doet pijn omdat ik echt gezien word als een domme contentmaker die weinig te bieden heeft.

Ik weet wat mensen zien als ze naar me kijken. Ze lezen me als een datingprofiel, vooral omdat elk deel van mijn leven het grootste deel van een decennium op social media heeft gestaan.

Janie H. Pierce
25 jaar - Leeuw
Eén meter zestig - slanke bouw - minus de borsten
Weerbarstig rood haar en blauwe ogen.

De rest maakt niet uit. *Wat ik leuk vind?* Wat er op dit moment maar trending is. *Wat ik niet leuk vind?* Wat er ook maar trending is.

De meeste mensen zouden mijn baan definiëren als contentmaker of influencer. Mooie woorden voor dansen op apps voor likes en om producten bij mijn volgers te promoten. Wat ik echt leuk vind of waar ik echt van geniet is irrelevant, en dat is het altijd geweest. Mijn dromen, ambities en doelen hebben altijd op een laag pitje gestaan omdat het niet trending is of…vanwege die shop.

Die shop — nee, ik noem hem niet graag bij zijn naam — is het favoriete kind van mijn vader, de broer of zus die ik nooit heb kunnen evenaren. Wat mijn wensen of behoeften ook waren, de shop kwam altijd op de eerste plaats.

Mijn vader was geen slechte vader en ik zal het tegen iedereen opnemen die op een negatieve manier over hem durft te spreken. Mijn moeder is tijdens mijn geboorte overleden, en hij was alleenstaand met een pasgeborene. Aangezien hij geen eigen familie had en mijn moeders kant niets te maken wilde hebben met een tatoeëerder met een strafblad en een motor, of met zijn baby die de doodsoorzaak was van hun dochter, had pap een risico genomen en de shop binnen een paar maanden na mijn geboorte geopend. Hij had de kleine hoeveelheid geld die zijn kunstenaarsvrienden hem hadden gegeven om ons financieel te helpen, gebruikt en had het in een afgebroken winkel gestoken, zodat hij kon blijven werken en mij daar bij zich kon hebben.

Ik ben in die fucking shop opgegroeid. Zeven dagen per week, veertien uur per dag vanaf mijn geboorte totdat ik vijftien werd. Op mijn vijftiende deed ik achterin de shop klusjes. Altijd achterin. Ik zag zelden de voorkant van de shop, omdat papa zei dat het *"niet gepast was"*. Dus ik bleef achterin en zorgde voor de voorraden, schoonmaakmiddelen, bevoorrading en wat er nog meer moest worden gedaan, samen met het starten van mijn social media kanaal.

Het kanaal begon oorspronkelijk als een manier voor mij om te stoppen met me zo eenzaam te voelen. Het is voor mij altijd moeilijk geweest om vrienden te maken. De kinderen op mijn school hadden ouders die artsen en advocaten waren — geen tattoo-artiesten. Dat, plus in tegenstelling tot de andere kinderen, werd er van mij verwacht dat ik vanuit school rechtstreeks naar de shop ging zodat ik met het schoonmaken en aanvullen van de benodigdheden kon helpen. Maar ook, zodat pap zich geen zorgen over me maakte.

Dan was er nog het daten, of het gebrek daaraan. Ik had bijna geen vooruitzichten op een vriendje omdat mijn vader gigantisch was, hij reed op een motor en bezat een shop vol met andere reusachtige tattoo-artiesten die graag iemand in elkaar zouden slaan of intimideren als hij erom vroeg. Dus het is veilig om te zeggen, dat niemand het risico wilde nemen om met me te daten.

Toen ik vijftien was, had mijn vader een acteur getatoeëerd die de volgende dag zijn doorbraakfilm had, en de man had later in een interview gezegd dat de tatoeage van mijn vader zijn geluksbrenger was. Ineens ging de shop van een redelijk drukke, kleine tattooshop naar de volgeboekte plek waar beroemdheden naartoe gingen om hun werk gedaan te krijgen. Ik had gedacht dat mijn vader overwerkt zou raken toen de shop zo bekend werd. Maar het was niets vergeleken met de obsessie die hij voor zijn bedrijf had nadat hij bekend was geworden.

Nadat het succes begon, was hij zelden in de buurt — hij was voortdurend en op alle uren van de dag en nacht de rijken en beroemdheden aan het tatoeëren. Sommige weken sliep hij gewoon achter in de winkel omdat er een boeking was voor een belangrijk persoon die om vier uur 's ochtends zou komen.

Ik herinner me dat ik tijdens mijn *sweet sixteen* aan mijn gereserveerde tafel zat in een nieuw restaurant dat ik dolgraag wilde proberen. Het zou alleen hij en ik zijn, daarna zou hij een week vakantie nemen en zouden hij en ik naar Maine gaan. Ik was zo opgewonden, ik zat aan die tafel in mijn speciale jurk en verjaardagssjerp, heb drie uur op hem gewacht, maar hij kwam niet. Een van zijn klanten duurde langer, hij was het vergeten en niemand in de shop had het aan mij verteld, dus zat ik in m'n eentje in het restaurant en zag eruit als een idioot terwijl ik boven mijn verjaardagstaart huilde.

Daarna ging ik zelden nog naar de shop. Ik zorgde ervoor dat ik van mijn vader thuis mocht blijven, we maakten ruzie, maar uiteindelijk won ik. Ik was altijd een braaf kind geweest tot de avond dat hij me had laten zitten. Daarna waren de ruzies en driftbuien begonnen om mijn zin te krijgen.

Die Halloween was ik viraal gegaan, omdat ik me als een zeer beroemde Ierse roodharige filmheldin had verkleed. Toen dat eenmaal was gebeurd, werd mijn social media-persoonlijkheid een ander monster wiens behoeften vóór de mijne moesten worden gevoed. Wat ik wilde, leuk vond, niet leuk vond, kon zelfs mij niet meer schelen. Niemand wil honderd procent van de tijd een authentieke jij, ongeacht wat er op internet wordt afgebeeld. In plaats daarvan word je entertainment voor de volgers en nep voor de echte wereld. Je bent een marionet en je volgers houden de touwtjes in handen. Je doet wat ze vragen, en als je dat niet doet, word je aan de kant gezet. Vanaf het moment dat ik groot werd tot nu toe, heb ik meer dan een miljoen volgers verzameld, en ik kan zonder enige twijfel zeggen dat ik nu eenzamer ben dan ooit.

Als ik me afgedroogd heb na het douchen, trek ik al geeuwend mijn groene pyjamabroek en zwarte hoodie aan. Ik loop door mijn spaarzaam ingerichte appartement naar de keuken om wat te drinken te pakken. De vraag die gezelschap het vaakst stelt wanneer ik ze in mijn appartement uitnodig – wat zo zeldzaam is dat het bijna gênant is — is *'Oh, ben je hier net ingetrokken?'*

Nee. Ik woon al vijf jaar in de Oasis Apartments, in appartement 13G. Maar ik begrijp waarom ze het vragen. Mijn appartement heeft niets van de kenmerken die het tot een thuis maken. Geen foto's, geen decoraties aan de muren. Ik heb nog steeds de jaloezieën die in het appartement zaten toen ik er in trok, en ik heb nooit de moeite genomen om mijn eigen gordijnen te kopen. Het meubilair is zo goed als nihil. Ik heb een salontafel waar mijn laptop op staat alsook de benodigdheden om op mijn social mediaplatforms te posten: een ringlamp op een statief en een grijs vloerkussen met een tapijt erachter dat ik als achtergrond gebruik, en dat is het wel. In mijn slaapkamer is het net zo schaars ingericht, behalve dat daar kleren, schoenen en tassen rondslingeren.

Ik ben nooit iemand geweest die zich op de lange termijn aan iets kon binden. Niet dat ik dat niet wilde, ik wilde gewoon niet het gevoel hebben dat ik ergens aan vastzat. Wat dan nog dat ik de decoraties niet mooi vind? Wat als ik een nieuw kapsel veracht? Wat als de bank uiteindelijk door een bedrijf wordt gemaakt dat een hekel heeft aan babyzeehonden, en mijn volgers erachter komen en denken dat ik ze steun en ze me vervolgens cancelen?

Ik huiver bij de gedachte, zet de fles wijn tegen mijn lippen en neem een lange slok voordat ik terugga naar mijn slaapkamer. Ik moet het komende jaar uitzoeken wat ik met de tattooshop ga doen. Ik wil hem niet. Ik heb er geen interesse in om een shop te runnen met een man die een godcomplex heeft. Samen met zijn *bromancing* vrienden die allemaal even vol van zichzelf zijn.

Ik begrijp de hele tatoeagetrend ook niet echt. Hoe kun je zo toegewijd aan iets zijn dat je bereid bent om het permanent op je te laten zetten? En iemands naam op je laten tatoeëren? Ik kan niet eens beginnen met het tellen van het aantal boze klanten dat pap uit de shop had verwijderd vanwege zijn weigering om dat te doen.

Ik leun tegen mijn kussen terwijl ik door mijn social media-apps scrol — de opmerkingen, vind-ik-leuks, volgers en gedeeld negerend. Het is niet dat ik ze niet waardeer, maar als ik in een overweldigde mentale toestand ben, wil ik er niet aan herinnerd worden dat Sally4040493 denkt dat ik *een verwend leven leid* of dat Matt69694life *een geweldige crème kent die mijn huid zeker zal laten stralen.* Dus klik ik op de opmerkingen, like de eerste tien en voeg er willekeurige emoji's aan toe, zodat mijn betrokkenheid hoog blijft voordat ik de functie "niet storen" inschakel, zodat mijn meldingen stoppen. Ik ga naar mijn berichten en frons geïrriteerd als ik zie dat mijn vriend, Brody, me nog steeds op te lezen heeft staan. Ik rol met mijn ogen en tik snel een berichtje.

> Ik: Hey B, ik ga vroeg naar bed. Je was geloof ik nogal druk. Moet morgen naar de shop van mijn vader. Moet je snel zien! Ik heb je iets te vertellen. Grote veranderingen…Xx

Mijn lip krult omhoog terwijl ik op de verzendknop druk. Wie bij zijn volle verstand denkt er nu dat op die manier appen schattig is? Maar ik deed het omdat — **giechel* Ik ben Jai en ik ben zo diep als een eetlepel! *Kus kus*'*

'God, ik ben irritant.' Mijn online persona – Jai, is het leeghoofd met zielige ogen en een pruillip die met haar heupen zwaait en giechelt.

Ik haat haar.

Dit leven is niet het leven dat ik voor mezelf wilde toen ik opgroeide. Ik dacht dat ik — nou ja, het maakt niet uit wat ik dacht. De plannen, dromen en ambities die ik misschien had toen ik jonger was, zijn nu verloren en ik heb geleerd het leven waarin ik ben gerold te accepteren.

Terugkijkend op mijn telefoon zie ik dat Brody me een *"okok"* heeft gestuurd en ik slaak een schreeuw van frustratie uit. Waarom kon hij geen normaal persoon zijn als de camera's niet aan stonden? Brody is mijn mannelijke tegenhanger op social media. Ongeveer een jaar geleden kwam ik een van zijn *thirst trap* video's tegen, je weet wel, degene die viral worden omdat een man zijn lippen likt en zijn grijze joggingbroek opvult – ja, ze zijn opgevuld. Toen ik de video zag, had Brody ongeveer twintigduizend volgers. Ik vond hem schattig, dus had ik een duetvideo met hem gemaakt, iets wat ik zelden doe, want als ik daarmee begin, dan wil iedereen dat. Ik had voor hem een uitzondering gemaakt, en Brody werd van de ene op de andere dag een icoon, dus nu heeft hij ongeveer een miljoen volgers. Onze volgers vonden het idee van ons samen leuk, dus we hebben elkaar ontmoet en het klikte enigszins. Na onze tweede ontmoeting denk ik dat er gewoon is besloten dat we moesten daten omdat we dan meer volgers zouden krijgen, en hier zijn we dan. Hij is de persoon die het dichtst bij me komt en de enige "vriend" die ik heb, hoe zielig dat ook is, en het zou leuk zijn als hij me wat troost kon geven.

Toen ik opgroeide moest ik sterk zijn — degene waar pap zich geen zorgen over hoefde te maken. Met een stoere houding, grote mond en geen gevoelens die je kunt kwetsen. Mijn vader maakte grapjes dat ik na mijn geboorte geen traan meer had gelaten. Dit is zeker een foute veronderstelling. Ik heb gehuild en dat doe ik nog steeds. Ik laat het gewoon niet zien. Ik moet nog steeds iemand vinden waar ik me comfortabel genoeg bij voel, inclusief mijn vader, om me zo kwetsbaar op te stellen.

Ik kijk weer naar mijn telefoon en zie dat ik nog een bericht heb. Als ik het open, verwacht ik dat het van Brody is, die zegt dat het onbeleefd was om hem niet te appen. Ironisch, nietwaar? Maar het is niet van Brody, het is van Fox.

> Fox: Je vader en Hels betekenen alles voor me, Janie. Brand dit NIET af alleen maar omdat je pissig bent.

Ik lees het bericht een paar keer terwijl ik probeer het bonzen van mijn hart te negeren. Fox heeft me altijd al kwaad gemaakt. Al vanaf het moment dat hij de shop van mijn vader binnenkwam met zijn gigantische stomme houthakkersbouw, zijn oor stretchers en die arrogante houding. Ik mocht hem toen al niet en ik haatte hem nadat mijn vader hem onder zijn hoede had genomen en zo de weinige tijd en genegenheid stal die ik met de man had.

Terwijl ik de telefoon neerleg en mijn ogen sluit, stop ik die gedachten terug in hun speciale doos. Aan Fox en mijn vader denken voegt alleen maar stress toe, en stress verergert mijn aandoening.

Ik heb *essentiële tremor*, een neurologische aandoening die ervoor zorgt dat verschillende delen van mijn lichaam onvrijwillig trillen. Mijn medicatie helpt om de symptomen die ik heb te verlichten. Ik voel me dankbaar omdat ik mensen met deze aandoening heb gezien die er veel erger aan toe zijn dan ik. Mijn hoofd en stem worden meestal alleen beïnvloed als mijn stress onhandelbaar is en ik ben een meester geworden om het met mijn bewegingen, filters en gekke haar te camoufleren. Maar mijn handen…

Ik zucht zachtjes terwijl ik naar de trillende aanhangsels staar. Ik heb geen probleem met mijn uiterlijk. Ik weet dat ik een aantrekkelijke vrouw ben, hoewel de wereld van social media me graag vertelt dat ik dat niet ben. Maar mijn aandoening is iets wat ik van social media weg heb kunnen houden. Het is mijn geheimpje, zelfs Brody weet er niets van. Dat is makkelijker verborgen te houden dan je zou denken. Brody houdt niet van handen vasthouden of knuffelen en de zeer zeldzame keren dat we intiem zijn geweest, denkt hij dat hij gewoon *mijn wereld op zijn kop zet*. Gatver.

Ik werd op mijn twaalfde gediagnosticeerd en kwam er via mijn vader achter dat mijn moeder het ook had. Hoewel het bij haar blijkbaar veel erger was dan bij mij. Pap en ik waren de enige twee die van mijn ET wisten, en nu weet alleen ik het.

Ik rol op mijn zij en reik naar mijn telefoon om hem aan te sluiten en besluit Fox een snel berichtje te sturen voordat ik ga slapen.

Ik: Hé, je noemt me niet voor niets "Torch". *vuur emoji *

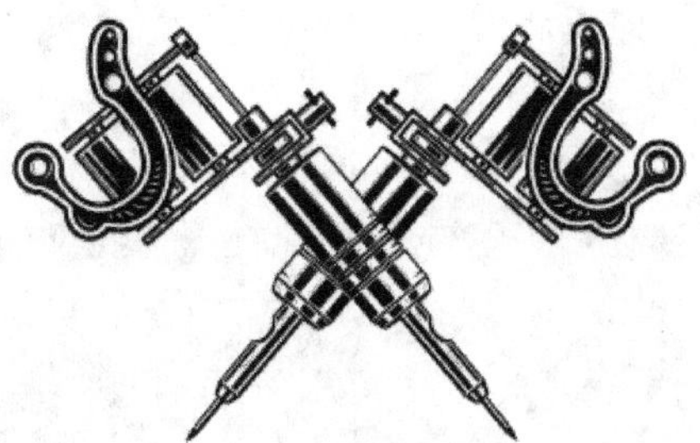

3

Terwijl ik naar de achterkant van de shop kijk, haal ik rustig adem en probeer mijn trillingen onder controle te houden.

'Het is goed,' fluister ik tegen mezelf terwijl ik naar de achterdeur loop. 'Jij bent de baas. Je kunt het, Janie.' De waarheid is, dat ik wil huilen of overgeven. Of huilen *en* overgeven, ik weet het niet zeker. Het enige wat ik wil doen is deze verdomde shop aan Fox geven en fucking wegrennen. Met het geld dat ik zal ontvangen, zou ik de stad kunnen verlaten, met social media kunnen stoppen en een hond kunnen nemen…misschien. Ik hou van honden, ik denk dat ik er een zou willen hebben, maar het is weer dat bindingsgebeuren.

'Concentreer je,' grom ik terwijl ik de deur open en naar binnen glip. Als ik door de achterdeur van de shop loop, word ik geraakt door het vertrouwde aroma van inkt, groene zeep en ontsmettingsmiddel. Ik heb onmiddellijk een brandend gevoel in mijn neus en prikkelingen aan de achterkant van mijn ogen. *Fuck. Hoe kan ik deze geur gemist hebben? Vroeger haatte ik het.*

'Nou, kijk eens wie er eindelijk op is komen dagen,' kondigt de ruwe, zelfvoldane, rijke, stomme stem van Fox aan. Nee, ruw en rijk laat zijn stem sexy klinken en hoewel hij en zijn kleine bijna naakte fanclub misschien denken dat hij een geschenk van God is, is hij dat *niet*.

Ik loop naar voren naar het wacht- en merchandisegedeelte waar Fox en Atlas de muziek en de kassa aanzetten.

'We gaan pas om twaalf uur open.' Shit, mijn stem trilt, dat is geen goed teken. Normaal gesproken is mijn stem een van de laatste dingen die mijn stoornis beïnvloedt. Ik staar van achter mijn zonnebril naar de twee mannen. Ze hebben allebei dezelfde belachelijke lengte. Atlas is enkele jaren jonger dan Fox, maar nog steeds bijna een decennium ouder dan ik. De spieren van Fox zijn veranderd sinds ik hem als tiener heb gezien. Toen hij hier begon, had Fox een extreem strak atletisch lichaam, net als Atlas dat heeft. Atlas is het perfecte sportschool lichaamstype. Uitpuilende biceps, een stevige, strakke sixpack met een zeer duidelijk gevormde V. Zijn enorme, gebeeldhouwde borst en Japanse drakentatoeage zijn volledig zichtbaar terwijl hij zijn shirt verwisselt en — *O MIJN GOD!*

'Zijn dat tepelpiercings?' Mijn stem is veel hoger en luider dan ik had bedoeld. Beide mannen staren me aan en dan kijkt Fox naar de zilverkleurige ballen aan weerszijden van de tepel van Atlas.

'Nou, godverdomme At, je hebt metaal in je tietjes laten zetten.' Ik schud mijn hoofd bij zijn stereotiepe, en gruwelijke "hillbilly" accent terwijl hij zijn geestige opmerking maakt. Atlas snakt dramatisch naar adem en legt een hand op zijn mond.

'Oh hemeltje! Vertel het alsjeblieft aan niemand! Ik zou niet willen dat ze denken dat ik een slet ben!' Hij knippert snel met zijn ogen naar me. Ik kijk hem niet geamuseerd aan.

'Maak je geen zorgen,' mompel ik terwijl ik mijn tas ophang. 'Je Instagram heeft je sletten neigingen al lang geleden verraden.'

'Janie toch.' Atlas glimlacht overmoedig, zijn groene ogen sprankelen van veel te veel opwinding. Is het te vroeg om hem te slaan? 'Ga me niet cyberstalken om dan verliefd te worden.'

Ik kokhals naar hem voordat ik op de barkruk ga zitten en mijn telefoon tevoorschijn haal.' Maak je geen zorgen, je bent niet mijn type.' Ik hoor een geïrriteerde lach van Fox vandaan komen.

'Dertig seconden en je zit al op je telefoon.'

Zijn opmerking laadt me op en ik ben klaar om hem aan te vallen, maar als ik mijn hoofd ophef om hem een verbale afranseling te geven, word ik het zwijgen opgelegd door Fox…zonder shirt. Hij is breder gebouwd dan Atlas, maar Atlas is strak, zoals de getrainde spieren die het gevolg zijn van zware workouts in de sportschool. Fox heeft die grote, dikke werkspieren. Alsof hij boomstammen verplaatst voor de kost. Is dat een baan? Boomstammenverplaatser? Ik zal dat later moeten opzoeken. Zijn buik is sterk, maar hij heeft een zachtere laag over zijn buikspieren waar ik, om wat voor reden dan ook, naar blijf staren—

'Heb je besloten om hier te werken zodat je de hele dag naar ons kan staren?'

De spottende stem van Fox haalt me uit mijn trance en ik voel mijn borst en gezicht warm worden van schaamte.

'Ja,' spot Atlas en veinst verontwaardiging. 'Ik bedoel, seksuele intimidatie op het werk kan ook mannen overkomen, Janie. Ik ben meer dan een lust voor het oog.' Ik trek mijn bovenlip op en staar naar de twee mannen voor me.

'Dus, jullie twee nemen gewoon je enkelvoudige hersencel en wrijven die tegen elkaar om jullie gedeelde humor te krijgen?' vraag ik, terwijl ik tegen de grijns vecht die zich vormt bij de lichte frons die op het gezicht van Fox verschijnt.

'Ik bedoel,' Atlas haalt nonchalant zijn schouders op, 'ik kan wel wat wrijving gebruiken. Het is de laatste tijd een beetje droog geweest.' Hij geeft me een blik die hij waarschijnlijk gebruikt om bij de dames in hun slipje te komen.

Het is duidelijk dat ik het vrouwelijk geslacht van deze imbecielen moet verlossen. Ik pak een tube tattoo nazorgcrème en gooi het naar hem, voordat ik terugkijk op mijn telefoon en mijn handen smeek om te stoppen met zo hard te beven. Het laatste wat ik nodig heb, is dat ze het opmerken en iets anders hebben om me mee uit te lachen.

'Dus, ik vraag het me gewoon af,' zeg ik langzaam en probeer mijn kalmte te bewaren. 'Wat onderbrak ik toen ik aankwam? Hebben jullie een geheime relatie? Is dit een of ander raar seksding?'

Fox lacht droog voordat hij zijn middelvinger opsteekt. 'Het is T-shirt donderdag,' zegt hij terwijl hij een shirt aantrekt met het Hels Ink-logo op de voorkant en een afbeelding van de godin Hel op de achterkant. Ik staar naar de zwart-witte tekening van de half skeletachtige vrouw terwijl ik de pijn in mijn borst dwing weg te gaan. Ik kan hier nu niet aan denken.

'Fuck, doen jullie dat nog steeds?' Ik forceer een snuivend geluid voordat ik me terug op mijn telefoon richt en iets probeer te vinden, *wat dan ook,* om me te focussen.

'*Iedereen* in de shop doet dat.' De stem van Fox krijgt een serieuze toon, alsof hij me waarschuwt om voorzichtig te zijn. Maar ik ben nooit iemand geweest die naar waarschuwingen geluisterd heeft en ik ga er met Fox nu absoluut zeker niet mee beginnen.

'Nou, fijn voor jullie, jongens.' Ik geef ze snel een duim omhoog voordat ik terugga naar mijn telefoon. Brody heeft me niet geappt. Ik had gehoopt hem op zijn minst te spreken voordat hij zijn foto-shoot had.

Ik spring op als er een zwart shirt voor me landt en het scherm van mijn telefoon bedekt. Ik til mijn hoofd op en staar boos naar Fox, die zijn enorme armen over elkaar heeft geslagen. Ik bedoel, serieus? Waarom zijn al deze mannen zo verdomd breed?

'Doe aan.'

Ik trek mijn wenkbrauw op omwille van de veeleisende toon van Fox voordat ik weer naar het shirt staar. Ik pak het shirt en gooi het naar hem terug.

'Neuh. Ik vind het goed zo. Maar toch bedankt.' Ik laat hem een glimlach zien die zo breed is dat ik zeker weet dat mijn kiezen te zien zijn. Er is geen amusement op zijn gezicht te zien als hij het shirt weer naar me gooit, voordat hij zijn hand op de toonbank spreidt die ons van elkaar scheidt en voorover leunt om me boos aan te staren.

'Het was geen verzoek,' zegt hij met opeengeklemde tanden.

Ik sta op de voetsteun van de kruk om zijn blik te ontmoeten en antwoord op dezelfde toon, waarbij ik elk woord benadruk. 'Je bent niet mijn baas, Fox.'

Ik zie zijn rechteroog trillen en er verschijnt een grijns op zijn gezicht. Ik ben er klaar voor, kom maar op, laat maar zien wat je in je mars hebt. Ik heb me in…ik weet verdomme niet hoelang, zo levend gevoeld. Vanuit mijn ooghoek zie ik beweging als Atlas zichzelf tussen Fox en de toonbank plaatst.

'Oké, laten we even ademhalen, kinderen.' De lach van Atlas is nerveus als hij Fox op zijn schouders klopt. Fox duwt hem weg en wijst met zijn vinger naar mij.

'Geen shirt, geen baliewerk. Doe hem aan of ga met je reet naar de achterkamer.'

Ik huiver als ik terugdenk aan de honderden keren dat mijn vader me had verteld om in de achterkamer te blijven. Ik haal diep adem en geef hem nog een glimlach.

'Heb je er een met lange mouwen?' vraag ik onschuldig.

De woede van Fox neemt toe en als de roodheid van zijn nek een indicatie is, dan geldt dat ook voor zijn bloeddruk.

Ik ben deze strijd ZO aan het winnen.

Ik kijk toe hoe hij gromt en zijn handen door zijn baard laat glijden. 'Torch, het is augustus in Zuid-Californië.'

Ik negeer de bijnaam; hij klampt zich aan strohalmen vast en probeert me op elke mogelijke manier te irriteren. Gaat niet gebeuren, oude man.

Sterker nog…

Ik grijns vanbinnen en gooi het shirt terug naar hem voordat ik weer gedachteloos op mijn telefoon ga scrollen. 'Geen mouwen, geen deal, Papa Fox.'

Ik hoor Atlas, 'O nee!!!' schreeuwen, terwijl hij krom gaat van het lachen.

Papa Fox was mijn bijnaam voor hem en hij haat het. Toen Fox hier net begon, moest mijn vader soms de shop verlaten en dan zat ik achterin. Maar als ik wist dat de kust veilig was, sloop ik stiekem naar voren om de artiesten te irriteren of snacks te stelen. Er waren een aantal klanten geweest die hadden gevraagd of ik de dochter van Fox was. En na het vierde incident begon ik hem, ondanks zijn bezwaar, *Papa Fox* te noemen.

De intensiteit in de blik van Fox laat tintelende energie door mijn hele lichaam stromen. Nou, ik denk dat het eigenlijk door de *ET* komt, maar toch.

Nu ik erover nadenk, mijn trillingen zijn vandaag verschrikkelijk. Heb ik mijn medicijnen wel ingenomen? Ik denk terug en ga door mijn hele routine. Ik heb ze zeker ingenomen. Ik kijk naar mijn half gedronken ijskoffie en mijn mondhoeken zakken naar beneden. Heeft de barista me gewone koffie gegeven in plaats van cafeïnevrij?

'Wauw, luister je eigenlijk wel naar een fucking woord dat ik zeg?' zegt Fox fronsend.

God, hij is irritant lang. Ik heb een massage nodig met al dat omhoogkijken. Ik vraag me af of mijn massagetherapeut al terug is van vakantie.

Oké, ik ga alle kanten op. Dit is zeker niet cafeïnevrij. 'Sorry, mijn koffie is niet cafeïnevrij. Mijn hoofd gaat eerlijk gezegd alle kanten op. Wat zei je?'

Fox snuift en gooit weer hetzelfde shirt naar me terug.' Ik zei, trek het over je shirt met lange mouwen aan, als je zo wanhopig bent. Ik zal er volgende week een uit de opslag halen... Als je het zo lang volhoudt.'

Ik zet een grijns op terwijl ik naar hem staar. 'Oh, maak je geen zorgen, dat lukt wel. Je zit de komende tweeënvijftig weken met me opgescheept, maatje. Ik zou er weleens zo van kunnen genieten dat ik gewoon als je partner blijf.' Ik kijk toe hoe zijn grijns betrekt en het licht uit zijn ogen verdwijnt. Ik glimlach triomfantelijk, spring van de kruk en ga met het shirt in de hand naar de achterkamer.

Ja, ik heb dit helemaal onder controle.

4

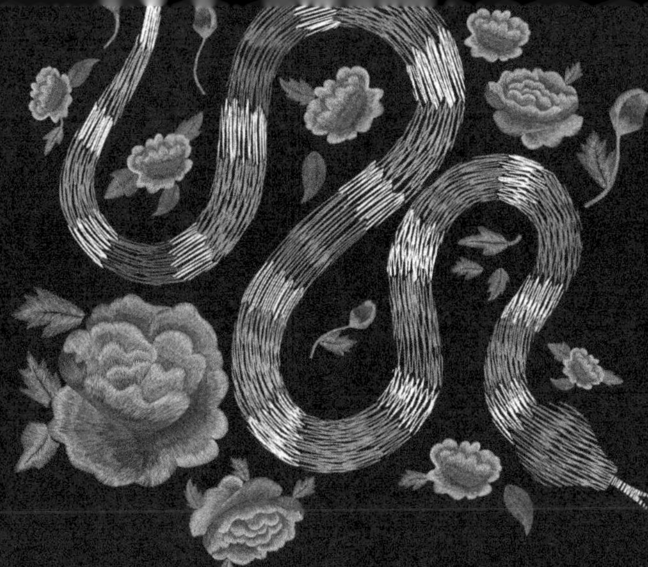

JAREN GELEDEN HAD IK IETS GELEZEN OVER DAT DE TIJD DIE doorgebracht wordt in de hel anders verstrijkt. Een dag op aarde is daar tientallen jaren of zoiets. Ik heb er nooit echt veel aandacht aan besteed…tot nu toe. Terwijl ik in de voorraadkast sta en naar Janie luister, die aan de telefoon over haar wekelijkse aantallen praat nadat ze me terloops vertelde dat ze mijn inktbestelling heeft geannuleerd, realiseer ik me dat ik echt in de hel ben.

Twee weken — zolang is het pas. Ik weet zeker dat ik in deze tijd tien jaar ouder ben geworden. De snotaap maakt bij elke stap die ik neem ruzie met me. Elke. Verdomde. Stap. Bij elke suggestie die ik doe, heeft zij een tegengestelde mening. Ik wil merchandise naar de linkerkant verplaatsen, en zij zegt dat het naar rechts moet. Ik stel voor om de thermostaat op een warmer standje te zetten, en zij — nou ja, in eerste instantie stelde ze een warmere stand voor, maar nadat Atlas en de jongens grappen begonnen te maken over standje 69, die je van een groep onvolwassen mannen zou verwachten, besloot ze dat negentien de voorkeurstemperatuur was en ging ze over tot het dragen van extra lagen.

'Torch, het kan me niet schelen!' schreeuw ik vanuit de kast. 'Ik gebruik alleen dat merk inkt! Waarom zou je in godsnaam mijn bestelling annuleren?'

Ik loop naar buiten met de laatste fles van mijn favoriete zwarte inkt, me eraan vastklampend alsof het de laatste plak cake is die de mens ooit zal kennen — fuck, wat een tragedie zou dat zijn. Janie zit op haar plaats vooraan, eruitziend als de feeks die ze is.

Ik kijk toe hoe ze haar hoofd naar het plafond rolt voordat ze luid zucht. Wacht, is *zij* door mij geïrriteerd?

'Ik heb het je al verteld!' gromt ze. 'Het merk dat ik heb besteld is trendy in de tattoowereld. Het is rendabel, sterk gepigmenteerd en veganistisch!' Mijn uitgestreken blik lijkt haar niet te boeien als ze met die fucking klotegrijns blijft glimlachen.

'Ik geef niets om de kosten,' blaf ik. 'Het zit in mijn uurtarief verwerkt. Er is geen merk zo gepigmenteerd als degene die ik gebruik. Jij hebt geen idee van de tattoowereld, en tenslotte — een meisje dat net een burrito met kip heeft gegeten, die met gemak net zo enorm was als haar grote hoofd, kan niet met mij over veganistische versus niet-veganistische producten praten.' Ik grijns terwijl ik haar hals en borst rood zie worden, haar teken dat ze boos is.

'Ik zal je laten weten dat ik heel — Hallo!' Ik zie haar gedrag veranderen wanneer er een man van in de dertig binnenkomt. Het feit dat Janie dingen professioneel houdt wanneer er klanten in de shop zijn, is waarschijnlijk het enige dat ik aan haar kan waarderen.

'Ja, ik wil met iemand praten om de naam van mijn vriendin op mijn arm te laten zetten.' Ik rol vanbinnen met mijn ogen en kijk toe hoe Atlas — die op zijn werkplek aan een schets werkt — stilletjes lacht. We doen niet aan namen van stelletjes. We hebben borden aan de voorkant staan waar dat op staat; het staat op onze website en er hangt een bord boven Janies enorm irritante hoofd waar ook op staat dat we geen namen tatoeëren.

'O, het spijt me.' Janies stem is vriendelijk en geduldig terwijl ze met hem praat. 'We tatoeëren eigenlijk geen namen, tenzij het van je kind of zoiets dergelijks is. Maar misschien kun je iets anders doe—'

'Ik heb niet om jouw mening gevraagd,' snauwt de man en ik verstijf onmiddellijk. 'Ik zei dat ik met iemand moest praten over me laten tatoeëren. En als je die van mijn vriendin niet wilt doen, prima; dan is het die van mijn dochter. Ga nu een van de mannen halen die daadwerkelijk het werk uitvoeren.'

Ik sta op om naar voren te gaan en hem te zeggen dat hij op moet rotten. Janie is misschien niet mijn favoriete persoon, of zelfs niet mijn tiende favoriete persoon, maar geen enkele man zou zo tegen een vrouw moeten praten, *vooral* niet tegen Tony's dochter. Janies stem weerhoudt me ervan om naar de toonbank te lopen, de klootzak te pakken en mijn vuist in zijn gezicht te slaan.

'Oké, goed! Nou, ik zal een van de tatoeëerders voor je halen. Ik hoef alleen maar de naam van je dochter te weten en de geboorteakte te zien, zodat we kunnen verifiëren dat ze je—'

'Meid, hou je kop met je shit en ga je baas halen.'

'Hé!' blaf ik en ga achter Janie staan. Een overweldigend gevoel van bescherming vult mijn lichaam tot een ongemakkelijk niveau. Ik zie dat Janies hele lichaam vreselijk trilt en nu begin ik rood te zien.

'Excuseer me,' fluistert ze met een trillende stem voordat ze zich langs me heen duwt om naar de achterkant van de winkel te lopen.

'Eindelijk,' zegt de man en hij staart me aan. 'Oké, dus ik ga op zakenreis en mijn meisje…'

Ik zwaai met mijn hand voor hem en schud vol ongeloof mijn hoofd. 'Sorry, maar heb je de indruk dat je een tatoeage van ons gaat krijgen?'

De man knippert en lacht dan. 'Nou, ja…ik ben immers een betalende klant.'

'Nee, dat ben je eerlijk gezegd niet.' Ik staar naar de slanke man met zijn kleine oogjes. Het zou zo makkelijk zijn. *Zo verdomd gemakkelijk.* Eén klap en deze vuile klootzak zou neergaan. Hoe durft hij Jan — ik bedoel, de shop — niet te respecteren.

Met mijn schouders rollend, voel ik me steeds ongemakkelijker door het verraad van mijn hersenen. Hels is nummer één. Ik ben alleen van streek door dit met Torch, omdat ze Tony's dochter is.

Natuurlijk. Blijf dat jezelf wijsmaken, Fox.

'Hier is het probleem, maat,' zeg ik, in een poging om dit zonder bloedvergieten te beëindigen. 'Je liep hier gewoon naar binnen, respecteerde het beleid van de shop niet en dat deed je tegen mijn baas.'

Hij knippert terwijl hij achter me kijkt naar waar Janie heen was gelopen en dan terug naar mij. 'J-je baas?'

Ik knik. 'Ja, dus als ik jou was, zou ik oprotten.' Ik hoor iets de grond raken, gevolgd door Janie die een reeks vloekwoorden uitspreekt. Verdomme, wat nu weer? 'Ik ga mezelf niet herhalen,' grom ik terwijl ik met mijn hoofd naar de deur knik.

Ik loop terug naar het tattoogedeelte en zie Janie op handen en knieën zitten met Atlas die haar verwoed probeert te kalmeren. Janie is helemaal rood en ze is bijna aan het stuiptrekken terwijl ze probeert op te ruimen — klootzak.

'Het spijt me zo, Fox.' Haar stem trilt terwijl ze me met waterige ogen aankijkt. Oh, shit, gaat ze huilen? 'I-ik struikelde en r-raakte je werkblad en toen ging de inkt overal heen.'

'Het was echt een ongeluk, man,' zegt Atlas zachtjes terwijl hij het met inkt bedekte meisje helpt om de vloer schoon te maken.

Ik adem langzaam in. 'Oké, het geeft niet. At, kun je dit afhandelen? Janie, kom met mij mee.' Ik leid Janie naar de kantine en eenmaal binnen doe ik de deur dicht en draai me om om met haar te praten, maar ze begint meteen te stamelen.

'F-fox! Ik z-zweer het! Het w-was…alsjeblieft ik-'

Ik leg mijn handen op haar bevende schouders en laat mijn hoofd zakken om haar in de ogen te kijken. Terwijl ik mijn stem zo kalm en zacht mogelijk houd, probeer ik met haar te praten, de meid moet kalmeren voordat ze flauwvalt.

'Gaat het wel goed?' Ik zie haar volledige onderlip trillen terwijl ze me met rode, tranende ogen aankijkt. *Au.* Dat is een ongemakkelijk gevoel in mijn borst.

'Ja. Ik kan gewoon…ik kan niet zo goed tegen geschreeuw.'

Ik pak haar trillende handen, en zodra we elkaar aanraken, rukt ze zich uit mijn greep alsof ik haar verbrand. Ik kijk haar vragend aan en sta op het punt om iets te zeggen, maar ze is me voor.

'Sorry,' ze lacht ongemakkelijk naar me voordat ze op de bank gaat zitten. 'Ik hou er niet van als mensen mijn handen aanraken.'

Ik trek een wenkbrauw op, pak wat doekjes uit de bijkeuken en geef ze aan haar terwijl ik voor haar op de salontafel ga zitten. Ze stopt niet met trillen. 'Heeft die klootzak je echt zo van streek gemaakt?' grom ik knarsetandend. Ik weet dat ik professioneel moet zijn, om mijn hoofd niet te verliezen, maar ik kan het niet, ik zal niet toestaan dat iemand haar zo van streek maakt.

De rode kleur overspoelt haar hals en wangen terwijl ze me de droevigste glimlach geeft die ik ooit heb gezien.

'Fox.'

Mijn naam komt er meer als een verzoek uit. Alsof wat ze gaat onthullen iets pijnlijks is, en het haar een ongemakkelijk gevoel geeft om dat te doen.

'Ik heb—'

Ze staart me recht in de ogen en het is bijna te veel. Ik zie het allemaal in haar. De angst, verdriet…misschien eenzaamheid? Nee, dat kan niet waar zijn. Hoe kan iemand met al die volgers eenzaam zijn? Ze verbreekt het oogcontact en haalt kort adem terwijl ze met haar tong over haar lippen gaat.

Nee. Stop dat plaatje in een doos en steek dat fucking ding in brand. Ik zal dat plaatje *niet* opnieuw afspelen.

'Godverdomme,' kreunt ze. 'Ik ga het je vertellen en je zult me uitlachen.' Ik kijk toe hoe haar blik naar het plafond gaat en ze schudt haar hoofd. Wat voor klootzak denkt ze dat ik ben? Natuurlijk haten we elkaar en zijn we constant aan het kibbelen, maar ik ben geen monster.

'Luister Torch, onze tijdelijke oorlog terzijde, als er iets is dat je me moet vertellen, dan zal ik je deze keer ontzien. Hoewel ik, eerlijk gezegd, een beetje beledigd ben dat je denkt dat ik je zou uitlachen over iets dat je *zoveel* stress bezorgt.' Ik zie haar langzaam knikken en haar terughoudende blik gaat naar de mijne.

'Goed dan,' zegt ze diep ademhalend. 'Ik heb een aandoening die Essentiële Tremor wordt genoemd. Dus ik heb hier geen controle over.' Ze gebaart naar haar trillende lichaam. 'Daarom draag ik lagen en blijf ik hier achter zodat niemand het kan zien. Het wordt alleen zo erg als ik overstuur ben of te veel cafeïne heb — Nee, stop, niet doen!'

Ze slaat op mijn onderarm, waardoor ik ineenkrimp en naar haar kijk. 'Wat de hel, Janie?' Ik wrijf over mijn arm terwijl ik naar haar staar. Voor iemand die zo klein is, weet ze wel hoe ze pijn moet veroorzaken.

'Ik heb je dit niet verteld, opdat je me zo zou aankijken! Ik wil je medelijden niet!'

Ik knipper met mijn ogen en staar haar vol verwarring aan. 'Ik geef je geen medelijden. Jezus! Dat heet aardig zijn.' Ze staart me aan en zwijgt alsof ze wil zien of ik bluf.

'Niemand weet het,' zegt ze zachtjes en ik knik, haar onuitgesproken woorden begrijpend.

'Het gaat niemand wat aan.' Fuck, wat is dat voor een blik? Glinsterende poelen van blauw trekken me in een trance. Ik knipper en schud mijn hoofd. Waarom ziet ze er zo…blij uit?

'Bedankt, Fox.' Ze glimlacht zachtjes. Een oprechte glimlach en ik moet een brok in mijn keel doorslikken. Dit wordt ongemakkelijk en ik voel de plotselinge drang om ons weer aan tegengestelde kanten te plaatsen.

'Nee, je gaat me niet bedanken. Je bent mijn aartsvijand en je hebt al mijn goede inkt verspilt.' Het wordt hier te warm en ik voel me steeds minder op mijn gemak. Negentien graden, mijn reet. Ik ga naar de deur voordat er geen zuurstof meer in de kamer is.

'Yo, Janie!' De dreunende stem van Atlas laat me ineenkrimpen. Waarom kan die klootzak niet gewoon hierheen lopen in plaats van te schreeuwen? 'Er is hier ene Brody!'

'Brody?' Ik geef haar een vragende blik terwijl ze naar adem snakt.

'Shit, mijn vriend!'

Vriend? Ik weet niet waarom het feit dat ze een vriend heeft, me het gevoel geeft…wat dit ook is. Maar ik vind het niet prettig. Ik voel me geconstipeerd en geïrriteerd als Janie me uit de kantine duwt, zodat ze zich kan kalmeren en omkleden voordat ze naar buiten komt om haar *vriend* te zien.

'Mis ik soms iets?' vraag ik terwijl Atlas en ik verbijsterd naar Janie en haar paarsharige vriend — Brody staren. Glimlachend haalt Atlas zijn schouders op voordat hij weer aan het werk gaat met zijn cliënt.

Brody is hier nu zo'n twintig minuten. Het kostte Janie meer dan tien minuten om voldoende te kalmeren om haar met inkt bedekte kleren te verwisselen en naar buiten te komen. Toen ze zei dat niemand van haar toestand wist, bedoelde ze blijkbaar echt niemand. Ik vraag me af hoe hecht ze kunnen zijn als hij haar trillingen niet opmerkt. Ik vraag me ook af waarom ik iets om hun niveau van "gehechtheid" geef.

Ik rol met mijn ogen terwijl hij haar verschillende foto's laat maken van hem die naast verschillende flash art frames en tekeningen staan die ikzelf, de jongens of Tony hadden gemaakt.

'Wat is dat op je shirt?' schampert Brody waardoor hij mijn aandacht trekt. Mensen vragen naar de shirts; er staat op hen allemaal de Noorse godin Hel afgebeeld, gezien het feit dat de shop naar haar is vernoemd. Maar de toon die hij gebruikt, alsof Janie een vuilniszak draagt, irriteert me, vooral omdat dat ontwerp er een is die Tony zelf heeft gemaakt.

'Het is ons logo. Je weet wel, de godin Hel?' Ik kijk toe hoe haar lange glimmende krullen naar één kant vallen terwijl ze haar hoofd kantelt. Hoe gaat ze met die manen om? Nou, zo te zien niet. Haar haar is net zo wild en koppig als zij.

Brody drukt zijn paarse wenkbrauwen in verwarring tegen elkaar. 'Is dat als het Hades-ding dat trending is?' vraagt hij en mijn schouders zakken omlaag.

Het Hades-ding dat trending is? Al mijn gedachten blijven schreeuwen waarom ze bij hem is. Beter nog, waarom stond Tony het toe? Ik begrijp dat ze een volwassen vrouw is, maar ik heb de oude man nooit over dit vriendje horen klagen en ik heb het gevoel dat dit bovenaan de lijst zou staan van dingen om over te zeiken.

'Deze man is te dom om te ademen,' mompel ik terwijl Atlas me van zijn werkplek een high five in de lucht geeft.

'Soort van,' zegt Janie zachtjes. Waarom is ze zo geduldig met hem? Verdomme, als ik haar die vraag zou stellen, zou ik mijn trots al van de vloer schrapen. 'Het zou je waarschijnlijk niet interesseren.'

Ze beweegt met haar pols, het onderwerp wegwuivend en ik kan het niet helpen, maar voel me nog meer geïrriteerd door haar gedrag. In de korte tijd dat ze hier is, heb ik haar uitgebreide gesprekken zien voeren met klanten over de godheden. Het meisje kent haar godinnen. Waarom doet ze dan nu alsof het saai is?

'Ja, ik snap de symboliek niet. Maar misschien moet je een grafisch ontwerper een nieuw logo laten maken. Die tekening is een beetje gedateerd. Als je wilt kan ik je de contactgegevens van het meisje geven die mijn afbeeldingen heeft gemaakt. Ik zie haar vanavond op de meet-and-greet.'

Hoe erg kan een persoon een hekel aan een ander hebben? Ik word gedwongen om een shop te runnen die van mij zou moeten zijn met een vrouw die ik negenennegentig procent van de tijd niet kan uitstaan — die andere één procent is gereserveerd voor momenten zoals in de kantine, of wanneer ze te laat is op het werk, en ik meer tijd zonder haar heb. Ik ben letterlijk in de hel met de kleine, sproetige roodharige demon, maar ik denk dat zelfs Janie niet het laagste niveau op mijn haatlijst heeft bereikt. Met zijn neonpaarse haar en *suggesties* is Brody echter snel zijn weg daarheen aan het banen.

Janies mond trilt een beetje terwijl ze naar Brody opkijkt. 'O, ga je naar die meet-up?'

Hoor ik teleurstelling in haar stem? Ik kan me niet voorstellen waarom. Als ik met die wannabe betweter uitging, dan zou ik extatisch zijn dat hij ervoor koos om iets zonder mij te doen.

Brody grinnikt terwijl hij met zijn ogen rolt. 'Eh ja, Jai, dit is belangrijk. Dat jij je carrière niet serieus neemt, betekent niet dat ik dat niet doe. Ik moet netwerken en mijn fans zien.'

Wauw…Brody gelooft echt dat hij een big deal is. Wat schattig. Ik zie ze nog een paar minuten kibbelen voordat Brody verkondigt dat Janie hem aan het manipuleren is, omdat ze de avond met hem wil doorbrengen, en hij weggaat.

Janie, die oogcontact vermijdt, marcheert naar de kantine en sluit de deur.

Fuck, ik ben uitgeput, en we zijn nog maar twee fucking weken ver.

5

IK STAAR VOL ONGELOOF NAAR MIJN TELEFOON. TIEN MINUTEN GELEDEN had ik een selfie genomen voor een nieuwe gastronomische donutwinkel. Het is vorige week geopend en hier binnen geraken is bijna onmogelijk, tenzij je bereid bent om bijna een uur in de rij te wachten, wat ik vandaag aan het doen ben. Maar na het plaatsen van de selfie met onderschrift dat ik in de rij sta te wachten op mijn suikerfix, begonnen de opmerkingen binnen te rollen. En hoewel het voor iemand met zoveel volgers op social media zoals ik normaal is om af en toe een hatelijke opmerking of een trol te krijgen, waren deze reacties voornamelijk negatief.

'Ze is er de laatste paar weken niet helemaal bij.'
'Ik heb gehoord dat Brody met Gemma samen is.'
'Ze is sowieso oud aan het worden.'
'Je bent wat??? 30 GTFO oma!'
'Hier komt de binge trein.'
'Ugh, het was niet schattig om op je 15e zo dom te zijn en dat is het nog steeds niet. Jij bent de reden waarom we minder verdienen dan mannen.'

Mijn menstruatie kwam vanmorgen keihard binnen, en hoewel mijn bed heerlijk lag, had ik gisteravond een fantastisch idee gekregen voor de shop en ik sta te popelen om er met de jongens over te praten en hun mening te horen. Om te kunnen functioneren terwijl ik krampen heb, heb ik echter dringend donuts nodig. De snelste manier om me voor je te winnen is door me gebakken etenswaren te geven — niet dat iemand ooit probeert om me voor zich te winnen. Terwijl ik in de rij sta, staar ik naar alle verschillende soorten. Mijn ogen vallen op een met de naam *"Je zult hier geen spijt van krijgen"* en ik lach. Hij is ongeveer twee keer zo groot als de andere enorme donuts, is gemaakt van een chocoladecake donut, met dikke pindakaasglazuur, fudge en stukjes gebroken Reese's cups.

Hoe dol ik ook op zoetigheid ben, ik ben geen chocoladeliefhebber. Fox is dat daarentegen wel. Ik ontdekte dit gisteren toen de man een driftbui kreeg omdat hij een Reese's cup wilde hebben. Hij was de hele dag net een klein kind omdat hij volgeboekt was met klanten en de winkel op de hoek geen Reese's meer had. En het is inderdaad vreemd dat zo'n item niet meer op voorraad is, dat moet ik hem nageven. Maar het is niet zo dat ze de dunne versie niet hadden. Toen ik daarmee terugkwam, zou je door het gezicht dat hij trok gedacht hebben dat ik een drol had ingepakt en die aan hem had overhandigd. Het was kinderachtig...zelfs als die kleine pruilmond die hij trok me vlinders had gegeven. Nou...misschien niet, ik ben vanmorgen wel ongesteld geworden, dus waarschijnlijk waren het gewoon premenstruele krampen...*geen* vlinders.

Op de binnenkant van mijn wang kauwend, begin ik een interne strijd te voeren. Ik probeer attent te zijn en mensen dingen te geven, gewoon zomaar, maar Fox en ik zijn aartsvijanden. Hij is de Voldemort voor mijn Harry Potter, de Magneto voor mijn Professor X.

Nee! Erger nog, hij is de Toby Flenderson voor mijn Michael Scott. Een Toby die voor me zorgde toen ik vorige week een paniekaanval had en die geen grapjes had gemaakt over mijn aandoening.

NEE! Janie, dit is hoe Toby wint! Hij kruipt in je hoofd!

Maar God, hij was zo verdomd lief toen ik het hem had verteld. Ik had absoluut verwacht dat mijn Torch-naam zou worden veranderd in "Trillend rietje" of iets dergelijks. Maar dat had hij niet gedaan, hij had geluisterd, hij had me gerespecteerd, en hij had niets tegen de jongens gezegd. Het maakt alles zoveel vervelender omdat ik onvermurwbaar moet blijven over mijn afkeer van hem.

'Kan ik je helpen?' Het vrouwelijke zuidelijke accent trekt me uit mijn gedachten, waardoor ik naar de vrouw opkijk en glimlach. Ze lijkt van mijn leeftijd te zijn, misschien een beetje ouder en ze is schattig. Een aquagroene lange bob omlijst haar zachte gezicht met zwarte accenten die eronder vandaan gluren. Een zwart balletje siert aan weerszijden haar gezicht en accentueert zo haar kuiltjes, ze passen bij het zwarte ringetje dat subtiel aan het midden van haar neus hangt.

'Hoi,' zeg ik zachtjes en wijs naar de chocolade- en pindakaasdonuts. 'Ik heb een behoorlijk grote doos nodig.'

Balancerend met de absurd grote doos donuts, mijn decaf ijskoffie, mijn tassen en de pakketten die bij de achterdeur waren afgeleverd en die de jongens blijkbaar niet hadden gepakt, schop ik meerdere malen met mijn hak tegen de deur voordat Atlas opendoet.

'Hé Red, wat is er aan de hand?' Meent hij dat nou? Ziet hij niet dat ik van alles vast heb?

'Help me even, eikel!' grom ik als hij daar voor me blijft staan, om alleen maar…te staren. 'Mijn god! Heeft je moeder je geen manieren geleerd? Je helpt een vrouw die het moeilijk heeft!' Atlas pakt de pakketten en de donuts terwijl hij de deur openhoudt zodat ik erdoorheen kan lopen.

'Mijn moeder heeft me geleerd dat vrouwen gelijk zouden moeten zijn aan mannen. Als Fox dat allemaal bij zich had, dan zou ik hem ook niet helpen. Zie je? Gelijkheid. Ik ben eigenlijk een feminist.' Hij kijkt me glunderend aan en ik rol met mijn ogen.

'Spel "Feminist" eens.' Atlas fronst terwijl ik mijn tas neerzet en ik het tattoogedeelte binnenloop waar ik Fox over zijn tatoeage-tafel gebogen zie zitten schetsen.

'Dat is grof!' spot Atlas en hij kijkt om zich heen alsof ik hem net heb geslagen. 'Ik word niet betaald om te spellen, Red. Ik ben een kunstenaar.' Mijn gezicht betrekt en ik zie Fox vanuit mijn ooghoek stilletjes schudden van het lachen.

'Je bent een verdomde tattoo-artiest!' roep ik vol ongeloof. 'De helft van wat je doet, is belettering!'

Atlas haalt zijn schouders op. 'Ik gebruik spellingcontrole en dan keurt de klant het goed.'

Ik schud vol ongeloof mijn hoofd naar de man. 'Oké, dan beveel ik alleen Derek en Ash aan bij klanten.' Mijn antwoord laat Fox zuchten terwijl hij achteroverleunt in zijn stoel zodat hij me kan aankijken voordat hij spreekt.

'En ik dan? Ik weet hoe ik moet spellen.'

Ik trek een wenkbrauw op en sta op het punt een belediging te geven — je weet wel, iets over Neanderthalers en zo, als de tekening waaraan hij werkt, mijn aandacht trekt waardoor ik even met mijn mond vol tanden sta.

'Wauw, dat is mooi,' fluister ik terwijl ik naar het portret van de op een pin-up lijkende vrouw uit de jaren vijftig staar.

Fox grinnikt. 'Voorzichtig Torch, je geeft daar bijna een compliment.'

Ik schud mijn hoofd en besluit het geplaag te laten gaan…voor nu. Ik moet tenslotte met ze praten en ik heb liever dat iedereen in een prettige bui is. Dus glimlach ik naar hem voordat ik de zak met de donut op zijn schoot laat vallen. Ik pak dan de doos uit de handen van Atlas, die er al in geslaagd is om twee donuts in zijn wangen te proppen, als een soort hamster.

'Atlas, eet al mijn donuts op en je zal zien wat ik je dan aan zal doen,' waarschuw ik.

Atlas wiebelt suggestief met zijn wenkbrauwen. 'Bedreig me niet met een goede tijd, Red.'

'Wat is dit?' vraagt Fox, zijn toon iets krachtiger dan ik denk dat nodig is. Ik merk dat zijn koude blik op Atlas blijft hangen. Waar gaat die blik over? Hebben ze ruzie?

Fox opent de zak en haalt de donut tevoorschijn en ik ben me plotseling zeer bewust van de toename van de trillingen in mijn hand. Wat kan mij het schelen of hij de donut lekker vindt?

'Umm—' Ik stop een krul achter mijn oor, om hem vervolgens weer terug te zien springen naar waar hij eerder was. 'Ik weet dat je gisteren Reese's cups wilde hebben, en de winkel op de hoek was uitverkocht, en eh…ik zag deze in de donutwinkel. Als je hem niet wilt hebben, dan weet ik zeker dat Atlas—'

'O, fuck ja!' roept Atlas opgewonden, op het exacte moment dat Fox een 'Nee!' blaft.

De blik van Fox gaat naar mij, en ik voel me als een hert gevangen in de koplampen. Dan, oh mijn god, lacht hij naar me. Hij lacht nooit naar me en fuck…vijanden of niet, ik kan die sexy glimlach waarderen. Ik wrijf met mijn handen over de voorkant van mijn legging, God, mijn handpalmen zweten.

'Dank je, Janie. Dat was echt aardig.' Er is geen sarcasme, geen vijandigheid, alleen oprechte blijdschap in zijn stem en ik voel dit vreemde gevoel van voldoening. Wacht, vind ik het *leuk* als hij blij met me is? Nee, nee…het zijn de menstruatiehormonen.

'Ik hoop dat het lekker is. Ik bedoel, ik weet zeker dat het lekker is, dat is dom. Maar het meisje in de bakkerij zei dat het in de winkel een favoriet is.' Jezus Janie, hou op met dat geratel. 'Ik ga achter even liggen voordat de andere jongens er zijn. Ik voel me vandaag niet zo best, maar ik wil zodra iedereen er is jullie mening over iets hebben.' Ik neem de donutdoos — ondanks het gejammer van Atlas — mee naar de kantine en ga op de bank zitten, in een poging de kramp in mijn buik te negeren.

'Oké,' zeg ik terwijl ik wat er nog over is van de donuts op de werkplek van Atlas zet, ondertussen zijn geluiden van verrukking negerend. Ik trek de zwarte map onder mijn arm vandaan en geef hem aan Fox terwijl ik probeer mijn zenuwen te kalmeren. 'Luister, ik weet hoe jullie allemaal over me denken, en ik weet hoe jullie allemaal over mijn baan op social media denken.' Ik kies ervoor om het gesnuif en gegrinnik om het woord *baan* te negeren en ga verder. 'Maar er is één ding dat jullie niet kunnen ontkennen, en dat is dat ik weet hoe ik moet verkopen. Ik weet hoe ik iets moet vastnemen en het groot kan maken. En ik zat te denken; misschien kan ik een socialmedia-account voor de shop beginnen, met jullie en jullie werk erop.'

'We hebben onze portfolio's al online gezet,' zegt Atlas terwijl hij over de schouder van Fox naar de map kijkt die ik hem eerder heb overhandigd. Mijn hart maakt een raar sprongetje als ik zie hoe Fox in de lade van zijn werkplek reikt en zijn zwart omrande bril tevoorschijn haalt.

Ik schiet wakker uit mijn trance want ik vind NIET dat Fox, die een bril opzet om mijn papieren te lezen, op welke manier dan ook schattig of aandoenlijk is.

Helemaal niet.

Zelfs niet een beetje.

'I-ik weet van de website van de shop en dat sommigen van jullie Instagram gebruiken om je werk te uploaden, maar het is niet uniform. De website heeft kuren en is verouderd; er is totaal niets terug te vinden over alle prijzen of conventies waar een van jullie heen is gegaan of van plan is om heen te gaan, wat jammer is. Ik bedoel, Fox, jij en Atlas zijn zo bekend—'

Atlas grijnst en geeft Fox een elleboog in zijn biceps. 'Fuck ja, dat zijn we zeker, de vrouwtjes houden van ons, de jongens willen ons zijn.'

De spot en de oogrol van Fox ontmoedigen me. Ik kijk naar Ash en Derek die achter Atlas en Fox zitten. Ash is in traditionele Japanse tatoeages gespecialiseerd. Hij is een paar centimeter kleiner dan Fox en heeft de donkerste ogen die ik ooit heb gezien. Ash is ongeveer dertig – en hij wordt elke dag door een ander meisje afgezet.

Derek is…nou ja, een mysterie. Hij zegt niet veel, en hij neemt alleen de klanten zonder afspraak. Volgens Atlas had de man vaak ruzie met Fox en Tony, omdat hij weigerde om zijn werk te presenteren of aan terugkerende klanten te werken. Het is jammer omdat zijn zwart-grijze werk echt ongeëvenaard is. Maar Derek zit daar gewoon en maakt zijn toch al vlekkeloze plek schoon, alsof hij geen deel uitmaakt van dit gesprek.

Geen van hen zal me in deze discussie van enig nut zijn. Ik slik de enorme brok in mijn keel weg. Mijn presentatie gaat slechter dan ik gedacht had dat het zou gaan.

'Als je naar de hashtags kijkt die ik op pagina vier heb afgedrukt, dan zie je dat klanten jullie wel aanbevelen, *"Hashtag Fox Hels Ink"* is enorm en Atlas komt daar niet ver achter aan. Als ik dit zou stroomlijnen, jullie meer georganiseerd maak en in de publiciteit zou krijgen, dan zou jullie succes —'

'Zijn we niet succesvol?' zegt Fox eindelijk terwijl hij de map op de tatoeagetafel laat vallen. 'Ik bedoel, ik verdien veel geld, ik ben de eigenaar van een beroemde shop.'

'Mede-eigenaar,' mompel ik en krijg een boze blik van hem.

'Luister Torch, dit is schattig, ik kan zien dat je er heel hard aan hebt gewerkt.' De betuttelende toon van Fox zorgt ervoor dat mijn irritatieniveau omhoogschiet. Hij zet zijn bril af om naar me te kijken terwijl hij blijft praten. 'Maar we zijn tattoo-artiesten. Niemand hier wil huidcrèmes of dieetpillen verkopen om de kost te verdienen.'

Mijn nek en gezicht beginnen op te warmen als ik, dankzij zijn o zo lieve woorden die me als een klap in het gezicht raken, door een golf van schaamte word overvallen. Ik had deze uitkomst eigenlijk wel verwacht toen ik vanmorgen alle informatie bij elkaar had verzameld, dus ik weet niet zeker waarom ik er zo door geraakt ben.

Ik forceer een glimlach en knik naar ze. 'Oké, ja, vergeet het maar.' Ik lach geforceerd terwijl ik de hitte naar mijn nek voel stijgen. 'Het was gewoon een domme suggestie, je weet wel…iets om tijd aan te verspillen terwijl ik hier ben.' Ik leg mijn handen op mijn rug en verontschuldig mezelf om naar het toilet te gaan.

Ik loop het toilet voorbij en het oude kantoor van mijn vader binnen en doe de deur dicht. Pap had misschien een kantoor, maar hij gebruikte het zelden. Hij vond dat hij op de werkvloer moest zijn, waar hij thuishoorde. Het kantoor was dus meestal van mij. Ik maakte huiswerk, zat op social media of verstopte me hier om weg te komen van de geluiden van de machines, de muziek en de mensen.

Zittend op de loveseat, merk ik dat het naar oude boeken en pijptabak ruikt. Mijn vader rookte niet, maar hij hield van de geur van pijptabak, dus hij zat vaak op een pijp te blazen zodat de kamer zich met het aroma zou vullen.

Ik begraaf mijn gezicht in de armleuning van de loveseat en adem diep in terwijl ik de pijn in mijn borst probeer te negeren. Ik probeer het zo lang mogelijk uit te stellen, maar de dam breekt eindelijk door en voor het eerst sinds ik dat telefoontje kreeg dat mijn vader was overleden, beginnen de tranen vrijelijk uit mijn ogen te stromen.

6

'A SH EN IK GAAN HAMBURGERS HALEN. GA JE MEE?' VRAAGT ATLAS terwijl hij zijn machine uitzet. Ik kijk naar de achterkant van de shop waar de kantine is. Derek was vertrokken om God weet waarheen te gaan en Janie zat nu al vijf uur achterin.

'Nee, ik heb geen honger. Die donuts waren meer dan genoeg.' Lachend klop ik op mijn buik en kijk toe hoe Ash en Atlas vertrekken. De waarheid is dat ik even wil kijken hoe het met Janie gaat, hoe erg ik het ook vind om toe te geven. Maar ik weet dat ik moet wachten tot alleen zij en ik hier nog zijn. Ze zou me afschepen als de jongens zouden binnenkomen. Een schuldgevoel doet mijn maag krampen als ik terugdenk aan vanochtend.

Ik was waarschijnlijk te hard voor haar. Niet waarschijnlijk, ik was met zekerheid een opzettelijke lul. Haar grafieken zagen er indrukwekkend uit, denk ik. Ik begreep er voor negentig procent niets van. Die tabellen en grafieken — ik ben nooit in staat geweest om dat soort shit te begrijpen. Toen ze me al die papieren overhandigde, had ze me net zo goed een technische handleiding kunnen geven, maar ik was niet van plan om het in het bijzijn van haar en de jongens toe te geven. Ik ben de oude man, de eigenaar, ik kon niet toestaan dat ze me dom liet lijken, opzettelijk of anderszins. Dus deed ik alsof ik ernaar keek, het begreep en haar vertelde dat het niet ging gebeuren, omdat ik een lul ben.

Wat ik niet had verwacht, was het feit dat ze ervoor koos om niet met me in discussie te gaan. Of dat ze er zo neerslachtig en beschaamd uitzag. Ik had verwacht dat ze met me in discussie zou gaan, mijn intelligentie in twijfel zou trekken, maar toen ze zei dat het gewoon een domme suggestie was om wat tijd aan te verspillen, nadat ze duidelijk binnen was gekomen als een zakenvrouw met een missie…

'Waar is ze, verdomme?' mompel ik terwijl ik de kantine scan en probeer om de mentale afranseling die ik mezelf geef te stoppen. Ik loop naar Tony's oude kantoor en klop op de deur. Ik wacht een paar seconden, maar krijg geen antwoord, dus doe ik de deur open en loop naar binnen.

Janie ligt op de loveseat te slapen, haar kleine gestalte ligt in de foetushouding om een kussen heen gekruld. Haar krullende koperen lokken zijn wild en liggen in alle richtingen. Ik kniel voor haar gezicht en onmiddellijk wordt de knoop in mijn buik strakker. Haar mascara en make-up zijn uitgelopen door de tranen die ze moet hebben gehuild.

'Hé,' zeg ik zachtjes terwijl ik mijn hand op haar arm leg. 'Janie, kom op, je hebt al de hele dag hier achterin gezeten.'

Ze kreunt, maar opent haar ogen om me aan te kijken. 'Wat is er Fox? Val ik je hierachter lastig?' Ik verdien de ijzige sneer.

'Je bent al de hele dag hierachter. Ik wilde kijken hoe het — wat is er aan de hand?' Janie klapt voorover en blaast sissend haar adem uit voordat ze haar hoofd schudt.

'Niets,' kreunt ze. 'Het zijn gewoon krampen.'

'Kan ik wat medicijnen voor je halen? Volgens mij heb ik een warmtekussen in de kantine zien liggen. Wat?' Ze staart me met grote ogen en een open mond aan.

'Ik zei dat ik kramp had, ik ben ongesteld en voel me niet zo goed. Waarom doe je zo aardig tegen me?'

Ik haal mijn schouders op en ga op de grond zitten, zodat mijn knieën stoppen met schreeuwen. Fuck, oud worden is klote.

'Mijn moeder en zus zouden zich in hun graf omdraaien als ik niet aanbood om je te helpen.' De verandering in haar gedrag ontgaat me niet.

'Oh,' haar toon is zacht en de blik van sympathie op haar gezicht geeft me de kriebels. 'Ik wist niets van hen. Het spijt me—'

'Torch,' onderbreek ik haar met strenge stem, 'hoe voel jij je elke keer als iemand zegt dat het ze spijt als ze het over Tony te weten komen?'

Haar volle lippen vormen een dunne lijn en ze zegt niets. Wacht. Volle lippen? Het zijn lippen, Fox! Je voegt geen bijvoeglijke naamwoorden toe! We denken niet aan haar lippen, die wilde manen van krullen, of die fucking geur van haar. Omdat mijn specialiteit hyperrealisme met een sterke focus op kleuren is, is het mijn taak om het leven in het algemeen door middel van kleuren te beschrijven. Als ik Janies geur en algehele zelf als kleuren zou moeten beschrijven, dan zou het het groen zijn van tropische bladeren, blauw van de oceaan en haar aanwezigheid als de warmte van de zon. Ze ruikt naar oranjebloesems en thee, en het doet me denken aan cruisen in de auto met de ramen open op die eerste warme dag.

Het is bedwelmend in elke verdomde manier waarop het dat niet zou moeten zijn, en ik baal ervan dat ik me niet kan inhouden om er geobsedeerd door te zijn.

'Je hebt gelijk.'

Haar stem laat me schrikken, waardoor ik terugdeins. Was ik zo diep in gedachten?

'Gaat het?' Ze grinnikt zachtjes.

'Ja, ik was gewoon aan het denken,' brom ik terwijl ik de stijgende hitte in mijn wangen probeer te negeren. Wat is dit? Blozen? Mannen die in de veertig zijn, blozen niet. Ik kijk rond in het oude kantoor en probeer mezelf af te leiden van de ongemakkelijke gevoelens waar ik tegen vecht. Tony haatte het kantoor tenzij hij een slechte dag had, dan kwam hij hierheen om op zijn pijp te blazen en naar muziek te luisteren. Hoewel het nooit is bevestigd, ben ik ervan overtuigd dat hij hierheen kwam, omdat dit de plek was waar Janie verbleef als ze naar de shop kwam en Tony het fijn vond om hier met haar te praten.

'Het spijt me als ik je vanmorgen heb gekwetst.' Ik kijk vanuit mijn ooghoek terwijl haar kaken zich aanspannen, en ze vermijdt het om me aan te kijken.

'Dat heb je niet gedaan,' zegt ze snel. 'Er is veel meer voor nodig dan de mening van een of andere oude man om me te kwetsen.'

'Hé.' Ik doe alsof ik beledigd ben. 'Je hoeft niet gemeen te doen.'

'Oh, je bedoelt dat zeggen dat ik dieetpillen verkoop om de kost te verdienen, niet gemeen is?'

'Dus je bent *wel* van streek!' Ik wijs met mijn vinger naar haar terwijl ze haar armen over elkaar slaat, de rode blos kruipt langs haar hals omhoog.

'Ik ben niet van streek!' schreeuwt ze terwijl ze opstaat en naar de deur loopt. Ik sta op en volg haar naar het hoofdgedeelte.

'Dat ben je wel! Je bent boos dat je je zin niet hebt gekregen! Wat dacht jij dan? Dat je ons voor je kunt winnen met een doos donuts alsof je ons niet hebt genaaid?' Mijn humeur gaat snel de verkeerde kant op door de manier waarop ze zich gedraagt. Zoals gewoonlijk gaat Janie over op verwende-driftbui-modus wanneer de dingen niet op haar manier gaan. Ik kan niet eens alle telefoontjes tellen die ik Tony hoorde hebben met haar schreeuwend aan de andere kant. Maar ik zou niet met haar driftbuien te maken moeten hebben, dit zou *niet* mijn taak moeten zijn, maar de laatste tijd heb ik het gevoel dat ik veel meer bezig ben met haar ergens van te overtuigen, dan dat ik bezig ben met tatoeëren en ik ben het zat.

Ze kijkt me aan, haar gletsjerkleurige ogen zien er kristalhelder uit met de tranen die erin opwellen. Ze knippert, en een enkele traan biggelt naar beneden, al mijn woede met zich mee nemend. Ik kan niet tegen vrouwen die huilen. Als mijn moeder of zus begon te huilen, dan ging ik meteen in de beschermer/oplosser-modus.

'Ik heb die —' Ze schraapt haar keel terwijl iets wat lijkt op een snik, probeert te ontsnappen. 'Ik heb die donut voor je meegenomen om aardig te zijn. Niet om je voor me te winnen. Ik ben ongesteld. Ik wilde een donut. Ik zag die ene en dacht aan jou. Geloof me, het zal niet meer gebeuren.'

Er ontsnapt nog een traan en ik kijk toe hoe haar trillende handen hem wegvegen. Huilt ze echt om de donuts?

'En ik heb je niet genaaid!' Haar stem is luid en trillend als ze naar me kijkt, de hete tranen blijven stromen. 'Ik heb jullie gehoord!'

'Ons gehoord?' krijg ik er met moeite uit. Mijn keel voelt uitgedroogd, en Tony's stem schreeuwt in mijn hoofd, me vervloekend dat ik het lef heb om zijn dochter pijn te doen.

Janie lacht sarcastisch terwijl ze met haar ogen rolt. '"Ze zou de winst verknallen omwille van een handtas zodat ze wat extra likes kan krijgen. Hels Ink verdient beter dan dat."'

Mijn maag draait zich om en mijn mond valt open als de bekende woorden bij me binnenkomen. *Mijn woorden.* De woorden die ik tegen Frank en At zei voordat ik naar de advocaten ging. Voordat Janie me vertelde dat ze haar helft nog niet verkocht.

'Janie, ik—'

'Nee!' schreeuwt ze door haar tranen heen. 'Niemand begrijpt wat ik heb meegemaakt. Ik wilde je deze zaak geven, niet omdat ik het geld wilde, maar omdat ik dacht dat je het zou laten opbloeien! Ik ben hier opgegroeid! Dit was mijn thuis. Die man was mijn vader! Dat logo is van mij! De naam van de shop is van mij!'

Ik knipper en staar haar aan. 'Wat?'

'Janie. Hel. Pierce.' Ze zegt elk woord door haar opeengeklemde tanden. 'Hels Ink is naar mij vernoemd, idioot. Dit is mijn shop, Fox. *Van mij.* En voor alle duidelijkheid, ik probeerde aardig te zijn en jou en de jongens in mijn idee te betrekken, om dit vijandelijke gedoe te laten rusten omdat je aardig tegen me was, en ik dacht dat we misschien echt met elkaar op zouden kunnen schieten. Maar ik zal hier nog een hele lange tijd blijven en ik *zal* met deze shop doen wat ik verdomme maar wil. Je kunt meedoen, of ik koop je aan het einde van het jaar uit, maar dat zijn je enige twee opties, oude man. Hij was misschien jouw mentor, maar hij was *mijn* vader. Ik sta in rang boven jou en dat zal ik altijd blijven doen.'

Het lage, bijna grommende geluid in haar dreigende stem laat iets in me knappen. Ik verklein de afstand tussen ons, nu hoog boven haar kleine gestalte uittorenend, niet dat het haar lijkt te boeien. Janie heeft het "kleine hondjes syndroom". Je weet wel, waarin de chihuahua's denken dat ze de stoerste klootzakken in de stad zijn en graag hun dominantie willen laten gelden. Dat is exact zij.

'Ik heb het grootste deel van mijn tattoocarrière in deze shop doorgebracht. Tony was als een vader voor me, en je komt hier niet als een verdomd kind naar binnen om zo tegen me te praten, na alles wat ik voor deze shop heb gedaan. Je bent niet de enige die iemand heeft verloren, Janie.' Ik probeer kalm te blijven, maar haar woorden hebben een vuurtje in me aangewakkerd. Hoe durft ze dat tegen me te zeggen? Hoe durft ze me een ultimatum te stellen?

We staan neus aan neus, ik sta zo dichtbij dat ik haar hartslag bijna kan horen. Ik staar in haar ogen en kijk even naar haar mond, ze heeft die ene sproet op het bovenste puntje van de boog van cupido die een ongezonde obsessie van me wordt.

Jezus Christus, wat is er met me aan de hand?

Janies ogen veranderen in spleetjes terwijl ze naar me snauwt. 'Je hebt het zelf gezegd, *als* een vader.'

Ik sla met mijn vuist op een bak met voorraden die naast ons staat, in de hoop een deel van deze woede los te laten. 'Ik was meer een kind voor hem dan jij ooit was!' blaf ik. 'Je was er nooit, tenzij er een probleem was dat hij moest oplossen!'

'Hou je kop.' Haar stem is nauwelijks een gefluister en ik kies ervoor om haar volledig te negeren terwijl ik tegen haar blijf schreeuwen.

'Te druk met naar je fucking telefoon te staren, in de hoop dat een willekeurige klootzak op de like knop tikt terwijl je vader hier zat te wachten tot je hem wat aandacht gaf!'

'Ik haat je!' Het komt eruit als een sis tussen haar opeengeklemde tanden.

'Het gevoel is wederzijds,' grom ik. We staan daar in stilte en dagen de ander uit om als eerste het oogcontact te verbreken. Onze ademhaling is zwaar en de hele kamer is geladen met de elektriciteit die er tussen ons hangt.

Ik weet niet wie het initieert, maar opeens bevinden haar lippen zich op de mijne. Er is geen zachtheid, geen vriendelijkheid. Deze kus is primitief, boos en ruw. Ik til haar zonder enige moeite van de vloer voordat ik haar tegen een muur ram. Ze laat een luid gekreun horen voordat ze haar nagels in mijn schouders graaft, waardoor ik van genot sis en mijn al hard wordende pik trilt. Haar tong smaakt naar de suiker van de donuts. Haar geur is bedwelmend. Ze is zacht en klein, en fuck! Mijn pik is nu pijnlijk hard.

Ik fluister een 'fuck' terwijl ze op mijn onderlip bijt voordat ze haar tong eroverheen laat gaan. Ik druk mezelf dichter tegen haar aan om haar tegen de muur vast te zetten, zodat ik beide handen vrij heb. Mijn linkerhand vindt zijn weg naar de achterkant van haar hoofd, en ik trek aan een vuistvol van haar dikke haar terwijl mijn rechterhand over haar borst gaat.

Ik voel haar handen over mijn flanellen shirt gaan. Ze probeert de knopen los te maken, maar haar handen trillen te veel. Een kreet van frustratie slakend, grijpt Janie mijn shirt vast en rukt het open, de knopen vliegen alle kanten op, en daarmee ook het laatste beetje controle dat ik nog heb. Ik ruk haar trui uit en onthul haar bleke huid met sproeten en een donkergroene kanten beha die fantastisch werk heeft geleverd om haar volle tieten een boost te geven.

Ik bedoel…

'Mijn fucking god.' Ik adem uit voordat ik mijn gezicht tegen haar borst duw en die bedwelmende geur inadem. Ik ga met mijn tong langs haar borst naar haar decolleté en fucking hel, ze is zo zacht en heerlijk en ik wil in elk deel van haar bijten.

'Meer!' Ze trekt mijn elastiekje uit mijn haar en graaft haar vingers erin. Ik kreun terwijl ik haar tegen mijn kloppende erectie voel bewegen. Ze slaakt een luide zucht en ik pauzeer even. Ze rijdt weer tegen me aan. 'Hoe fucking groot ben jij? Shit zeg, het voelt daar beneden alsof er een onderarm zit.'

Ik kan het niet helpen, maar begin te lachen voordat ik mijn pik tegen haar kern duw terwijl ik de bovenste heuvel van een van haar zoete, zachte borsten kus waarna ik aan mijn dierlijke driften toegeef en erin bijt. Haar gejammer en gekreun sturen een stroomstoot door me heen die rechtstreeks naar mijn pik gaat. Ik heb meer van haar nodig, alles van haar.

Ik hoor het geluid dat aangeeft dat de voordeur opengaat, en in een oogwenk duwt Janie me van haar af, pakt haar shirt en rent naar achteren, net voordat Atlas en Ash de hoek om lopen. Ik staar ze hijgend aan, met wild haar, een gescheurd shirt en een stijve pik die door mijn spijkerbroek probeert te breken. Atlas knippert met zijn ogen en kijkt rond in de lege kamer.

'Umm… Fox? Wat ben je aan het doen, maatje?'

Ik verman mezelf, laat mijn handen door mijn haren glijden en trek mijn shirt recht waar nog steeds één knoop aan hangt.

'Had zin om te trainen, bemoei je met je eigen zaken.'

7

Janie

Fuck. Shit. Fuck.

Ik sla de deur van mijn appartement dicht voordat ik langs de deur naar beneden glijd en mijn hoofd in mijn handpalmen laat rusten. Wat…heb ik in godsnaam gedaan?

Ik weet wat ik heb gedaan. Ik had bijna een orgasme door tegen de enorme erectie van Fox aan te rijden! Ik kreun terwijl ik mijn hoofd tegen de deur laat rusten. Fucking hel. Ik was zo hormonaal en boos en…nou, het is duidelijk wat ik nog meer was. Maar toen hij me greep en tegen de muur sloeg…toen hij me beet, en me markeerde.

Ik raak weer opgewonden als ik aan zijn warme, natte tong denk die over mijn borsten gaat. Ik kijk naar beneden, gluur onder mijn trui en zie de rode vlek op mijn borst. *Fuck.* Ik ben nog nooit tegelijkertijd zo in verlegenheid gebracht en opgewonden geweest. En het ergste van alles? Ik schaam me er niet voor dat ik mijn vijand in mijn tiet heb laten bijten en zijn *enorme* erectie tegen me aan heb laten rijden, ik ben van streek vanwege Brody.

Brody.

Ik ben zo'n trut. Een van de dingen waar ik online actief over praat, zijn de mannen in mijn PB's die een vriendin of vrouw hebben, maar hier ben ik dan.

Zuchtend haal ik mijn telefoon uit mijn zak om Brody een berichtje te sturen. Ik moet hier met hem over praten, ik ben geen vreemdganger, ik geloof in eerlijk zijn.

Ik: Hé! Kun je langskomen? Xx

Schokkend genoeg hoef ik geen uur te wachten voordat ik een antwoord van hem krijg.

Brody: Wrom? Ben je niet ongie?

Weet je, zou het zo moeilijk voor hem zijn om zijn berichtjes iets netter te typen. Ik ben bereid om iets door de vingers te zien, maar dit? En wat dan nog dat ik ongesteld ben? Wat maakt dat uit? Fox was er klaar voor om me te neuken terwijl ik ongesteld – nee…Janie… stout. We gaan die twee niet met elkaar vergelijken.

Maar is er wel een vergelijking?

Ik: Ik moet met je praten.

Brody: Ké

Ik grom van frustratie en druk met mijn vinger op zijn stomme profielfoto om hem te bellen. Het gaat drie keer over voordat zijn geïrriteerde stem aan de andere kant van de lijn klinkt.

'Jai, schat, ik doe niet aan bellen. Maar hé, wil je live met me praten? Misschien kunnen we wat views krijgen.'

Er was een tijd, niet zo lang geleden, dat ik ja had gezegd. Ik had er misschien niet van genoten, maar ik zou ermee hebben ingestemd om live te gaan en te proberen wat extra geld en volgers te krijgen. Nu wil ik alleen maar schreeuwen.

'Brody, ik moet met je praten. Alleen met jou.' Ik hoor hem zuchten en het klinkt alsof hij opstaat en wandelt. Brody woont in een "creator huis". Hij en twaalf andere mensen, allemaal creators op social media, leven samen in een enorm huis en doen trends en halen grappen met elkaar uit. Het is erg vervelend.

'Oké, ik ben alleen,' zegt hij en ik hoor het vertrouwde geluid van zijn vaper. Ik haal rustig adem en schraap de moed bij elkaar om schoon schip te maken.

'Brody, er is vandaag op het werk iets tussen Fox en mij gebeurd,' zeg ik en ik hoor hem zijn damp uitblazen.

'Welke was Fox?'

Ik rol met mijn ogen bij zijn vraag. 'Degene die oorspronkelijk de shop zou overnemen.' Ik wacht.

Stilte.

'Hij heeft langer, donkerblond haar en een baard…' Kom op, hij is de enige met lichter haar en een grotere baard.

Jemig.

Ik sla op mijn voorhoofd. 'De oudere.'

'Oh, NATUURLIJK! Degene die oud genoeg is om je vader te zijn!' zegt hij en nu besef ik dat hij lullen aan het meten was. Dat Brody me aan ons leeftijdsverschil herinnert wil zeggen dat hij probeert zichzelf hoger te plaatsen. En terwijl ik probeer schoon schip te maken en dingen uit te leggen, kan ik officieel zeggen dat Fox *zeker* een grotere pik heeft. Veel groter.

'Ja.' Ik schraap mijn keel en concentreer me op de taak die voor me ligt. 'Hoe dan ook, Fox en ik hadden ruzie, en de dingen raakten nogal verhit en…Brody, het spijt me, maar hij en ik…'

'Heb je hem geneukt?' Zijn stem klinkt bijna verveeld.

'Wat?' sputter ik, 'N-niet precies. Het was gewoon…we hebben gekust en —'

'Oké, dus wat is het punt? Willen jullie er een derde bij? Dit is niet beledigend bedoeld, maar ik hou niet van "daddies".'

Ik laat in shock bijna mijn telefoon vallen. 'W-wat? Nee! Ik belde om het eerlijk te vertellen en om mijn excuses aan te bieden!'

Hij is een lange tijd stil en dan hoor ik gelach. Lacht hij?

'Wat is er zo grappig?' roep ik. Ik probeer met mijn vriend een serieus gesprek te voeren, en hij lacht gewoon.

'Niet grappig als in ha-ha, maar meer triest grappig.' Zijn lach sterft weg voordat hij weer verder praat. 'Ik bedoel, wat heb je gedaan? Jij en ik hebben nooit meer seks. Niet dat we het überhaupt veel hadden, om wat voor reden dan ook.' Mijn wangen blozen bij zijn opmerking. We zijn door mijn stoornis nooit echt super intiem geweest. Brody heeft de ongelukkige neiging om de "gebreken" van mensen als een manier te gebruiken om over hen heen te stappen en ik heb altijd gevreesd dat hij dat op een dag bij mij zou doen.

Toch had ik niet verwacht dat mijn afkeer zo in mijn gezicht zou worden gegooid. 'Wat probeer je te zeggen?' vraag ik, terwijl ik een knoop in mijn maag krijg. 'Heb je me bedrogen?'

'Wat?' Brody lacht weer. 'Jai, we zouden exclusief moeten zijn om het als vreemdgaan te beschouwen.'

Mijn telefoon valt uit mijn hand. Ik doe geen moeite om hem op te rapen.

We zouden exclusief moeten zijn om het als vreemdgaan te beschouwen.

Brody is de hele tijd met andere mensen naar bed geweest.

'Ga je me nog vertellen wat er aan de hand is?' vraagt Royce terwijl we de parkeerplaats van *Nuts About Dough* oprijden — de gastronomische donutwinkel waar ik me gisteren aan te buiten ben gegaan en wat ik vandaag volledig van plan ben te herhalen. Royce is een andere content creator. Ze draait helemaal om drama, thee, roddels en dat is waar haar social media voor vijfennegentig procent van de tijd uit bestaat. De andere vijf procent is een mix van krappe kleding, make-up en voedsel waarvan ze doet alsof ze het eet.

'Ik heb gewoon dringende behoefte aan wat schaamteloos schransen.' Ik haal mijn schouders op als we uit haar Benz stappen. Royce is het typische SoCal-meisje. Lang, superdun, grote — gekochte — borsten. Haar haar is…nou ik weet eigenlijk niet hoe haar haren eruitzien omdat ze een steile, witte pruik draagt die tot aan haar kont komt.

Ze trekt haar grote design zonnebril naar beneden en kijkt naar het bord boven de kleine winkel. 'Nuts About Dough,' herhaalt ze en kijkt me dan aan. 'Je kunt maar beter een goede reden hebben om me uit mijn penthouse te halen en je naar een winkel te rijden, waar ik garandeer je twee kilo zal aankomen door simpelweg de met koolhydraten gevulde lucht in te ademen.' Haar stem is kortaf en een fluistering als zij en ik naar binnen lopen.

Ik heb eerlijk gezegd geen goede reden. Het is echt uit den boze dat ik Royce alles zou vertellen wat er in mijn leven speelt. Ik heb meer volgers dan zij, wat betekent dat ze me met alle liefde zou zwartmaken om zichzelf een boost te geven. Maar ik wilde niet alleen zijn. Brody heeft me gisteravond meerdere keren teruggebeld, maar ik heb niet opgenomen. Wat Brody heeft bekend, heeft me gewoon overrompeld. Het is niet dat ik een gebroken hart heb. Hij en ik waren niet verliefd, maar dat hij gewoon andere mensen neukte… En het me dan niet vertellen! O mijn god, ik zal me moeten laten testen.

Ik loop naar de balie en glimlach naar het meisje van gisteren.

'Ik zei toch dat ze verslavend waren!' Ze lacht lichtjes. Ik kijk naar haar naamplaatje, *Stevie*.

'Ze waren echt heerlijk!' Ik kan niet anders dan opfleuren door haar lachende gezicht. 'Kunnen we wat donuts krijgen en ik wil een ijskoffie-latte met een pompje kaneel en vanille en wat havermelk voor hier?'

'O.' Royce kijkt op van haar telefoon en schudt met haar wijsvinger. 'Ik heb over dertig minuten een spinningles, en ik ga echt niet dat gif en die koffie in me stoppen.'

Ik krimp ineen en geef Stevie een verontschuldigende blik. Het meisje lijkt zich niks van de opmerking aan te trekken terwijl ze me een kaartje met een nummer overhandigt.

'Zoek een plaatsje. Ik zal je koffie zo brengen.' Stevie draait zich om naar de achterkant terwijl Royce en ik aan een tafeltje gaan zitten.

'Oké,' zucht Royce terwijl ze haar telefoon neerlegt en me recht aankijkt. Tenminste, dat is wat ik aanneem dat ze aan het doen is; ik kan het niet met zekerheid zeggen omdat ze haar zonnebril nog steeds op heeft. 'Ik geef je vijf minuten, Jai. Ik meen het serieus over de les.'

Ik wrijf mijn handen samen onder de tafel terwijl ik op mijn wang kauw. 'Royce, we zijn al zes jaar bevriend. Ik dacht dat we gewoon een kopje koffie konden gaan drinken. Het gaat niet zo goed met me nadat mijn vader is overleden.'

Royce doet haar zonnebril af en geeft me een lege blik. 'We hebben allemaal problemen Jai, maar het is niet alsof je een kind bent die zijn ouders heeft verloren, het komt goed. Laat de dokter je wat kalmerende middelen voorschrijven en je zult zo goed als nieuw zijn.'

Ze wuift afwijzend met haar hand naar me terwijl ze spreekt. 'Ik bedoel, we volgen elkaar al jaren, maar vriendinnen? Je weet dat er hier geen echte vrienden zijn. Iedereen doet alsof, om het te maken. Het draait allemaal om de cijfers. Die tussen haakjes…bij jou naar beneden gaan. Je verloving bestaat niet en naast die amateuristische selfie van gisteren, heb je al een week niets met je accounts gedaan! Wat in onze wereld als een jaar is, ik zeg het maar even. Je hebt drie trends gemist!'

'Ik heb het druk gehad in de shop,' zeg ik stijfjes, en voel me een beetje defensief. Royce snuift en rolt met haar ogen.

'Oh ja, de kleine tattooshop met die oversized apen. Brody had daar tijdens die meet and greet iets over gezegd.'

'Het zijn geen apen,' zeg ik tussen opeengeklemde tanden. 'Ze hebben namen, ze zijn geweldige kunstenaars, en—'

'Ja, ja, maak je niet zo druk. Mijn God, ze zijn gewoon een stel criminelen.'

Stevie zet mijn koffie en drinken neer en ik zie Royce met een veroordelende blik naar het meisje staren.

'Ga naar je les, Royce, dit was een slecht idee.' Ik neem een slok van mijn koffie terwijl ik toekijk hoe ze opstaat.

'Ja, de volgende keer gaan we naar een club. Een donutwinkel is zo…triest. Je haar ziet er ook een beetje kroezig uit.' Royce vertrekt en mijn gezicht valt in mijn handen.

Miljoenen volgers en op het moment dat ik het nodig heb om koffie met een vriendin te drinken, heb ik niemand.

Ik hoor de lege stoel van Royce bewegen. Ik kijk op en zie Stevie.

'Mag ik even gaan zitten?' vraagt ze. Ik glimlach en knik terwijl ze haar eigen koffie en donut neerzet. 'Ik ben trouwens Stevie.' Ze wijst naar haar naamplaatje. Ik knik terwijl ik mijn koffie doorslik.

'Janie,' zeg ik terwijl ik een stuk van mijn donut afbreek. 'Het spijt me van mijn kennis net.'

Stevie zwaait met haar hand. 'Het geeft niet, geloof me, ik heb erger meegemaakt. Ik heb groen haar, gezichtspiercings, tatoeages en ik werk in een donutwinkel van *deze* grootte, in Zuid-Californië. Je Barbie-vriendin zou me niet eens kunnen kwetsen als ze het probeerde.'

Ik lach en bekijk haar, hoewel het moeilijk is om te vertellen wat haar figuur is onder de omvangrijke bakkersuniform dat ze draagt.

'Ben je eigenaar van de winkel?' vraag ik terwijl ik achterover-leun in mijn stoel.

Stevie schudt haar hoofd. 'Hij is van mijn moeder. Ze zit achterin met mijn oma. De oude vrouw haat het om met de menigte om te gaan die na tienen binnenkomt, dus ik zorg voor de balie voor haar.'

'Ben je van plan om het over te nemen? Ik weet dat het zwaar kan zijn om met familie te werken.' Niet dat ik ooit echt heb gewerkt. Het was meer zo dat ik vastzat in de shop, terwijl pap werkte.

'O god, ik hoop het niet.' Stevie lacht lichtjes. 'Ik ben helemaal blij met de maat die ik heb, maar als ik hier meer dan parttime werk, dan heb ik uiteindelijk een hijskraan nodig om me te verplaatsen.'

Ik lach snuivend in mijn drankje. Ze is zo makkelijk om mee te praten, het is echt leuk.

'Dus, wat hoop je te doen?'

Stevie haalt haar schouders op bij mijn vraag. 'Misschien ga ik wel naar school om IT te studeren. Ik was in mijn geboortestad in Louisiana een piercer voordat ik…nou voordat ik hierheen verhu-isde. Ik heb van mijn werk genoten, maar dat soort atmosfeer kan giftig zijn.' Ik zie haar ogen in de verte staren en hoewel ik dieper wil graven, weet ik dat het mijn zaken niet zijn, dus in plaats daarvan gri-jns ik vrolijk naar haar.

'IT is toch waar alle hete nerds zitten,' zeg ik plagend en zie hoe ze zichtbaar ontspant. Het is fijn om met iemand over iets niet al te belangrijk te praten. Zo'n soort vriendschap heb ik nooit gehad. De meesten wilden mijn volgers hebben en verder niets. Stevie is leuk, en aan het einde van ons gesprek wisselen we telefoonnummers uit zodat we contact kunnen houden, en ik verlaat de donutwinkel met het gevoel dat ik mijn eerste vriendin heb gemaakt.

8

Fox

'Dus.' Ash zit op mijn tafel en kijkt me met zijn donkere ogen aan. Hij heeft dezelfde stomme grijns op zijn gezicht die Atlas krijgt voordat hij iets zegt om me kwaad te maken. 'Heb je Janie echt zover gekregen om te vluchten?'

Ik zucht, ze is nu al vier dagen niet op het werk verschenen. Geen telefoontjes, geen berichtjes, niets. Ik heb erover nagedacht om bij haar langs te gaan, maar ik weet niet waar ze woont. Het enige dat me ervan weerhoudt me obsessief zorgen over haar te maken, is dat Derek onlangs een reactie van haar had ontvangen toen hij haar had geappt dat hij bijna geen inkt meer had. Ik bedoel, wat ze had gestuurd was een duim omhoog emoji, maar toch…bewijs van leven en zo.

'Nee Ash,' brom ik en voel me ongemakkelijk over het hele gedoe. 'Ze had alleen wat vrije dagen nodig. Ik geloof dat ze een social media internet ding had.' Dat is een leugen, maar Ash lijkt het te accepteren terwijl hij van de tafel springt en zich uitstrekt.

'Ik mis haar.' Hij zucht verlangend en ik moet tegen de steek van ergernis vechten die ik daardoor voel. 'Ik bedoel, ze is echt grappig en een echte flapuit.' Atlas en zelfs Derek knikken instemmend.

'Bovendien, heeft ze die ko—'

Ik sla het schetsblok die ik op mijn werkplek had gebruikt dicht en geef Ash een waarschuwende blik. 'Pas op,' grom ik terwijl ik naar Ash kijk die ter verdediging zijn handen omhooghoudt.

'Wat is er Fox?' Hij lacht zachtjes. 'Je kunt haar haten zoveel je wilt, maar je weet dat ik gelijk heb.'

'Dat is Tony's dochter,' zeg ik geïrriteerd, hoewel mijn maag zich omdraait met een soort schuldgevoel waar ik sinds het incident maar al te bekend mee ben geworden. 'Toon wat respect.'

Ash maakt een buiging voor me. 'Maar natuurlijk, ik ben niets anders dan een echte heer.'

Derek gnuift. 'O ja?' zegt hij met een lach in zijn diepe, norse stem. 'Wie heeft je vandaag naar je werk gebracht?'

Ash tikt met een vinger tegen zijn kin met stoppels terwijl hij naar het plafond staart.

'Lindsey… Lucy… Iets met een L.' Ash haalt zijn schouders op en Atlas lacht luid.

'Je zei dat ze Anna heette.' Atlas schudt zijn hoofd en Ash knipt met zijn vingers.

'Dat klopt! Anna! Gast, dat is pas een kont om over te praten.'

Ik rol met mijn ogen en omdat ik dit gesprek niet wil horen — aangezien het hetzelfde is als wat ik de meeste dagen hoor —sta ik op, ga naar Tony's kantoor en sluit de deur achter me.

Ik moet me bij Janie verontschuldigen, ik weet dat ik dat moet doen. Maar ik weet niet eens hoe ik daar aan moet beginnen. Ik heb misbruik van haar gemaakt, ik heb haar ruw behandeld. Fuck, ik ben oud genoeg om haar vader te zijn…*haar* vader was mijn mentor en beste vriend. Hoe heb ik dit in hemelsnaam kunnen laten gebeuren?

Ik ga met mijn handen door mijn haar en knijp in mijn nek voordat ik de bel bij de voordeur hoor rinkelen. Als ik het kantoor uitloop, zie ik dat de mannen nog steeds in discussie zijn over de beste kontvormen.

'Nee, laat mij maar,' brom ik terwijl ik naar voren loop en de vrouw een kleine glimlach geef. Ze is schattig, met turquoise haar, curvy, en een mooie set van dimple piercings.

'Kan ik je helpen?' vraag ik als ik opmerk dat ze een doos bij zich heeft. Ze glimlacht vrolijk, hoewel haar lichaamstaal haar nerveus laat lijken.

'I-is Janie hier?' vraagt ze, terwijl ze haar haren, die tot aan haar kin komen, achter haar oor stopt.

'Nee, mevrouw—'

'Stevie… alsjeblieft, ik ben nog niet oud genoeg voor mevrouw.'

Ik knik. 'Stevie, Janie is vandaag vrij. Kan ik je ergens mee helpen?' Er vormt zich een frons op haar gezicht terwijl haar donkere wenkbrauwen samenkomen.

'Ik heb haar een uur geleden nog gesproken. Ze heeft me gevraagd om wat donuts bij haar werk af te leveren. Ik nam aan dat ze hier zou zijn.'

Mijn uitdrukking wordt zachter en ik voel de schuld in mijn buik terugkeren. Ze heeft donuts voor ons gehaald…alweer.

Ik hoor commotie achter me en plotseling staan At en Ash naast me.

'O mijn god,' zegt Ash met een zucht. 'Ik ben doodgegaan en naar de hemel gegaan. Er staat een mooie vrouw in onze shop met een doos donuts.'

Stevie verschuift ongemakkelijk en wendt haar blik af. Ik geef Ash een elleboog in zijn ribben. 'Probeer je pik onder controle te houden,' sis ik terwijl ik naar voren stap om de donuts aan te pakken en het arme meisje te ontlasten.

'Bedankt, Stevie,' zeg ik glimlachend terwijl ik de deur opendoe zodat ze naar buiten kan gaan. 'Ik waardeer het dat je deze hebt afgeleverd. Ik wens je een geweldige dag.'

Stevie geeft me een korte zwaai met haar hand voordat ze wegloopt en ik draai me om om boos naar Ash te staren.

'Alleen al daarvoor krijg je geen donuts,' zeg ik.

Terwijl ik van mijn badkamer naar mijn slaapkamer loop, luister ik naar The Office dat op de achtergrond speelt. Ik pak mijn pyjamashort en trek hem aan voordat ik in de spiegel kijk die naast mijn kast staat.

'Jezus, ik moet naar de sportschool als ze niet met die donuts stopt,' mopper ik terwijl ik mijn telefoon pak en op mijn bed val. Ik ga door de e-mails die ik heb. Voornamelijk van de website, mensen die afspraken of consultaties willen. Het staat allemaal door elkaar. Misschien zou het fijn zijn als ze de dingen zou stroomlijnen, niet dat ik bereid ben om haar dat te vertellen.

Plots bevind ik me op Instagram en kauw op de binnenkant van mijn wang terwijl ik naar de zoekbalk staar. *Wat was haar online naam?*

Ik typ "J-A-" in en de suggesties verschijnen en laten Janies gezicht zien. Haar haren zitten in een strakke paardenstaart en ze heeft felle make up op die bij de achtergrond met snoepthema past. Ik tik op haar pagina en blader door de foto's. Allemaal in scène gezet, gefotoshopt en nep. Op de meeste van hen staat ze met steil haar en haar sproeten ontbreken. Het is nogal verontrustend om haar zonder hen te zien.

Ik scrol naar boven om de twee nieuwste foto's te zien en ik voel de glimlach aan mijn lippen trekken. Een daarvan is van de dag van *het incident* — ze staat voor de donutwinkel. Geen make-up, geen photoshop. Ik kijk naar de reacties en ik voel mijn bloed gaan koken. Wie zijn deze mensen, verdomme? Ik dacht dat mensen hier waren om te praten over hoe geweldig ze is.

POV - Je denkt dat je belangrijk genoeg bent dat het mensen iets boeit dat je in een donutwinkel bent.'

Ik zou haar geglazuurde donut willen proeven.'

Eet stront en sterf.'

Denk je dat het tapijt bij de gordijnen past?'

Dus ik moet die winkel stalken en dan zal ik haar ontmoeten?'

LIEVE HEMEL, is dit een sproeten filter? Als dat zo is, dan is het VERKEERD gegaan! Je ziet er VIES uit!'

Ik merk dat mijn hand tintelt en dan realiseer ik me hoe strak ik de telefoon vasthoud. Ik scrol naar de foto van drie uur geleden. Janie zit met haar kin op haar handpalm terwijl ze uit een raam staart. De foto is zwart-wit en ze heeft haar krullende haar en sproeten laten zitten. Ik lees wat ze in het bijschrift heeft geschreven.

'Soms is die "gelukkige gloed" gewoon een filter.'

De reacties zijn vergelijkbaar met haar andere foto's. Ze haten haar haren, haar sproeten, ze zoekt aandacht. Waarom doet ze dit? Als dit gebruikelijk is, waarom zou ze zichzelf dan zo'n mentale marteling aandoen. Ik beschouw mezelf als een evenwichtige man, ik kan met *haat* omgaan, maar zelfs ik zou me na het lezen van deze opmerkingen verslagen voelen.

'Geen wonder dat ze haar trillingen verbergt,' brom ik. Ik kan me alleen maar voorstellen wat ze op internet over haar stoornis zouden zeggen. Het maakt me tot op mijn botten boos dat het heel goed mogelijk is dat ze thuis zit, in haar eentje, en deze opmerkingen zit te lezen.

Nee, ze is waarschijnlijk met Brody uit.

Ik verlaat haar profielpagina als er een hartje verschijnt.

Fuck, ik heb haar foto geliket. Ik tik er snel weer op en wil niet dat ze weet dat ik naar haar profiel kijk. Shit…zal het nog steeds verschijnen en zal ze dan zien dat ik de like weg heb gehaald? Moet ik hem weer liken?

Terwijl ik in mijn hoofd het dilemma doorneem, trilt mijn telefoon, waardoor ik me rot schrik. Ik kijk naar het ongelezen bericht.

> Torch: Derek zei dat we geen groene inkt meer hebben. Heb jij nog iets nodig?

Wauw…wat een saai bericht. En sinds wanneer vraagt ze of ik iets nodig heb?

> Ik: Ik zou om zwart kunnen vragen, maar dan geef je me gewoon weer die shit inkt.

Ik grijns als ik de drie stipjes zie stuiteren terwijl ik op haar reactie wacht. Maar haar reactie is geen sarcastisch antwoord. Nee, het is een screenshot van de inkt…mijn favoriete inkt.

> Torch: Deze toch?

Ik: Gaat het goed met je, Torch? Ik weet niet hoe ik met je om moet gaan als je je gedraagt.

Torch: Ja, nou, ik probeer gewoon alles netjes en professioneel te houden. Dus is dit wat je wil hebben?

Mijn maag draait zich weer om. Ze gedraagt zich zo door wat ik heb gedaan. Ik ga een verontschuldiging appen, maar… is dat waardeloos en laf? Moet ik me niet persoonlijk verontschuldigen, als een man?

Ik: Ja, je hebt het goed.

Ik: Wanneer ga je weer aan het werk?

Torch: Mis je me al *knipogend gezichtje*

Ik grinnik om haar bijdehante houding die er doorheen sluipt.

Ik: Ja, ongeveer net zoveel als ik mijn proctoloog mis.

Torch: Nou Papa Fox, zorg ervoor dat je je prostaat laat controleren. Mannen op jouw leeftijd moeten de gezondheid van hun prostaat serieus nemen.

Die verdomde snotaap.

Ik: Netjes en professioneel, hè?

Janies tekstbubbels verschijnen, en verdwijnen keer op keer voordat er een simpel en laatste berichtje doorkomt.

Torch: Ik ben dit weekend terug. Fijne avond.

Fuck.

Wat de fuck moet ik tegen haar zeggen om dit op te lossen?

9

IK HAAL RUSTIG ADEM TERWIJL IK NAAR DE ACHTERDEUR VAN HELS STAAR. Na de vernedering van wat er tussen Fox en mij is gebeurd, leek het me in ieders belang beter als ik de week vrij nam. Ik zou vandaag normaal vrij hebben genomen omdat ik vanavond met Brody uitga, maar ik moet hier zijn om voor pakketten te tekenen waarvoor mijn handtekening is vereist.

Een deel van me heeft het gevoel dat met Brody uitgaan teleurstellend zal zijn, zoals de meeste van mijn uitstapjes voor mijn verjaardag zijn. Ja, vandaag is mijn zesentwintigste verjaardag. En na een walgelijke hoeveelheid geslijm, inclusief drie video's van hem terwijl hij aan het huilen was, heb ik Brody eindelijk teruggebeld zodat we konden praten.

'Ik wist het niet, Jai!' zucht Brody terwijl hij een trekje van zijn vaper neemt. Ik staar hem aan in de foyer van zijn stomme creator huis. Ik haat het om hier te zijn omdat ik me altijd zorgen maak dat ik gefilmd word.

'Wat wist je niet Brody? Dat als mijn vriend, ik van je verwachtte dat je trouw zou zijn?' Met mijn handen door mijn haar halend kijk ik boos naar hem op en zie hoe er tranen in zijn ogen opwellen. Wat is hij aan het doen? Brody valt op zijn knieën en slaat zijn armen om mijn middel. Instinctief duw ik hem weg en stap achteruit. Ik wil niet dat hij mijn trillingen voelt die vandaag opspelen.

'Jai.' Zijn stem breekt. 'Alsjeblieft. Ik ben een vreselijk persoon. Ik verdien

je niet. Maar alsjeblieft…jij hebt zo'n groot hart, kun je het alsjeblieft in jezelf vinden om me nog een kans te geven? Ik beloof je, i-ik zal je mee uit nemen voor je verjaardag! We kunnen naar een leuk restaurant gaan en praten. Alsjeblieft? Ik geef om je. We kunnen niet zomaar alles zo beëindigen. We zijn het aan onszelf verplicht om het te proberen uit te praten.'

Dat wil ik niet. Ik wil het niet uitpraten. Ik wil niet naar een restaurant. En waarom huilt hij? Ik schud verslagen mijn hoofd en slaak een zucht.

'Geen social media? Geen camera's?' vraag ik terwijl hij verwoed knikt.

Ja! Wat je maar wilt!'

Normaal gesproken breng ik mijn verjaardagen alleen door in mijn appartement. Ik neem een bad in mijn saaie badkuip; ik doe een gezichtsmasker op en kijk tv terwijl ik mezelf in slaap drink. Het is niet de meest glamoureuze manier om mijn dag door te brengen, maar het is beter dan dat iemand je laat zitten zoals al vaker gebeurd was. Maar vandaag is het anders. Ik ga proberen om naar een verjaardagsetentje met Brody te gaan. Ik weet niet hoe ik me daarbij voel. Ik heb de afgelopen week ontdekt dat hij tijdens onze relatie met tientallen vrouwen naar bed is geweest. Alhoewel tientallen vermoedelijk voorzichtig ingeschat is. Een deel van me heeft het gevoel dat ik gewoon verder moet gaan. We waren nooit *close*. We zijn niet verliefd, en ik voel me niet eens comfortabel genoeg om hem over mijn aandoening te vertellen, of over iets van mijn leven dat niet om social media draait.

Maar, goed of slecht, Brody maakt al meer dan een jaar deel uit van mijn leven. En, goed of slecht, er valt iets te zeggen over het hebben van dat gevoel van vertrouwdheid…toch?

Dus, omwille van de vertrouwdheid, en vanwege de enorme hoeveelheid schuldgevoel die ik heb vanwege het incident met Fox, ga ik dit nog een kans geven. Wie weet? Misschien wordt dit een keerpunt voor ons.

Ik pak mijn handtas en mijn rugzak met mijn make-up,

haarbenodigdheden en outfit voor de avond, haal nog een laatste keer diep adem en ga naar Hels Ink.

Nadat ik al mijn spullen in het oude kantoor van mijn vader heb gezet, loop ik door de gang en het tattoogedeelte binnen. Het vertrouwde aroma van de ontsmettingsmiddelen, groene zeep en inkt vult mijn neus, maar in tegenstelling tot mijn eerste dag, ben ik niet vervuld van verdriet. In plaats daarvan is het een troost, zoals wanneer je thuiskomt en je moeder je favoriete koekjes aan het maken is — tenminste, ik denk dat dat is wat een moeder zou doen.

Mijn ogen dwalen over de jongens. Ash en Derek bekijken een schets van een stuk voor een rug dat Ash blijkbaar eerdaags heeft. Atlas is nergens te bekennen en Fox heeft zijn rug naar me toegedraaid terwijl hij een zeer curvy blondine tatoeëert die blijkbaar geen broek aan heeft. Ik word opeens gevuld met een gevoel waar ik me ongemakkelijk bij voel. Mijn maag draait zich om op een manier die me zowel boos als misselijk maakt.

'Hé!' Atlas' stem die van achter me komt doet me opspringen. 'Je bent eindelijk terug!' Hij grijnst terwijl hij uit de richting van de voorraadkast komt.

'Ja, ik was niet zo lekker,' zeg ik, mijn ogen niet van de vrouw afwendend. Wat zegt ze waardoor Fox zo hard moet lachen? Hoe kan ze zich zo op haar gemak voelen tijdens het praten met hem terwijl ze in haar ondergoed ligt? Het is onmogelijk dat ze *zo* grappig is. En waar is het lapje om haar blootgestelde gebieden mee te bedekken?

'Fox zei dat je zaken moest regelen,' zegt Atlas verward waardoor mijn aandacht terug naar hem gaat.

'Ja, en toen werd ik verkouden,' zeg ik verdedigend terwijl ik mijn blik terug naar Fox laat gaan. 'Dus, wie is het blondje?' zeg ik voordat ik mezelf kan stoppen. Atlas grinnikt terwijl er een sluwe grijns op zijn gezicht komt.

'Wat gaat jou dat aan, Red?' Hij geeft me een wetende blik die ik niet waardeer.

Ik leg mijn hand op zijn gezicht en duw hem weg voordat ik naar Fox loop. Ik zal even gedag zeggen en dan naar de balie gaan.

Als ik dichterbij kom, maken het blondje en ik oogcontact. Ze bekijkt me van top tot teen en ik zie dat haar gelaatstrekken verharden. Waarom gedraagt ze zich zo afwerend? Wacht, waarom doe ik dat?

'Goedemorgen, Fox,' zeg ik terwijl ik langs hem door loop.

'Hé, Torch,' zegt hij, zonder zijn ogen van de dij van het meisje te halen. Hij draagt weer zijn schattige bril en ik haat wat het met mijn lichaam doet.

'Je bent nieuw. Ik heb je nog nooit gezien.' Het blondje geeft me een valse glimlach voordat ik weg kan lopen.

'O, nee!' lach ik en stop een lok van mijn op dit moment steile haar achter mijn oor. Het heeft uren gekost om het steil te krijgen, maar Brody haat mijn krullende haar en hij zegt dat het altijd een luie vibe uitstraalt. 'Ik ben Janie Pierce. Mijn vader was Tony Pierce, de eigenaar en oprichter van de shop.' Had ik dat allemaal in mijn introductie moeten zeggen? Nee. Maar om de een of andere reden heb ik het gevoel dat ik ervoor moet zorgen dat ze weet dat dit mijn arena is, en dat dit mijn jongens zijn.

Mijn jongens? Godverdomme.

De valse glimlach van het blondje wordt oprecht, en ik ben verrast door de snelle verandering. 'O, hoi! Ik ben Lauren. Iedereen noemt me Ren. Ik ben hier een vaste klant. Fox is al jaren mijn vent!'

HAAR vent?

Nee…Janie stop. Fox mag iemands *vent* zijn. Brody… denk aan Br —

'Ze is mijn advocaat — wat de fuck is er met je haar gebeurd?'

Ik krimp ineen bij de abrupte vraag van Fox terwijl Lauren hem berispend op zijn arm slaat. Nogal moedig als je bedenkt dat hij een tattoomachine vasthoudt.

'Ik ga vanavond met Brody uit…voor mijn verjaardag. Hij houdt ervan als mijn haar stijl is.' Mijn stem verraadt me als de woorden er zwakker uitkomen dan de bedoeling was. De intense blik van Fox zorgt dat mijn zenuwuiteinden in overdrive gaan, en ik voel de bijna volledig vervaagde zuigzoen op mijn borst tintelen wanneer er herinneringen aan hem —— nee, stop daarmee.

'O, gefeliciteerd!' zegt Lauren met een grijns. Ze ziet er prachtig uit en haar ogen doen me denken aan rijke, warme chocolademelk. Dat doet eigenlijk haar hele aanwezigheid. Ik zie dat haar ogen van mij naar Atlas flitsen, die —heel vals — *Piece of Me* van Britney Spears zingt.

Ik kijk toe hoe haar wangen een knalrode kleur krijgen en ik kan niet anders dan glimlachen. Voelt ze iets voor de idioot van de shop? Ik kijk naar het werk van Fox; zoals altijd is het perfect. De grote, kleurrijke bloemen zijn perfect op haar heup en dij geplaatst.

'Je tatoeage is prachtig.'

Lauren straalt naar me. 'Dank je! Fox is de enige man die ik vertrouw om me te tatoeëren.'

'Waarom blijf je mijn hart breken, Ren!' roept Atlas vanaf zijn werkplek, waar hij zich klaarmaakt voor zijn afspraak. Lauren rolt met haar ogen, maar haar nog steeds rode wangen verraden haar.

'Nou, ik zal je niet meer onderbreken,' zeg ik zachtjes voordat ik naar de voorkant van de shop ga. Ik draai me om en mijn ogen kijken in die van Fox. We staren elkaar voor wat voelt als de langste seconde van mijn leven aan, voordat hij het contact verbreekt en weer naar Lauren glimlacht.

Terwijl ik in het oude kantoor van mijn vader mezelf in de spiegel bekijk, maak ik me verder klaar zodat Brody me kan komen ophalen voor het etentje. Ik draag een korte champagnekleurige cami overslagjurk met pailletten, en zwarte wrap-up hakken. Mijn make-up is vlekkeloos; er is met de hoeveelheid concealer en foundation die ik op heb geen sproet te zien. Mijn wenkbrauwen zijn gevuld en hebben een perfecte boog. Mijn lippen zien er gezwollen en kusbaar uit in de donkere nude lippenstift en mijn ogen steken helder af tegen het donkere smokey effect van mijn oogschaduw en frosted highlights.

Ik haal diep adem, draai me om en kijk hoe mijn kont knalt in deze jurk. Ik zie eruit alsof ik de beste filter opgezet heb, maar toch, terwijl ik selfies en korte video's maak om later te uploaden, zorg ik ervoor dat ik de geschikte filters toevoeg. De hoeveelheid haat die ik bij mijn laatste twee uploads heb ontvangen waar ik de filters niet had toegevoegd, heeft mijn mentale toestand echt geschaad en ik kan het niet aan om dit nog eens te ondergaan. Gisteravond tijdens het scrollen door een website met tips voor content creators, was een van de suggesties een pauze op social media. Ik moest om dat idee lachen. Mensen die die pauzes nemen zijn, ofwel niet groot genoeg dat het er iets toe doet of ze zijn zo groot dat ze ermee weg kunnen komen. Ik ben erg groot, maar omdat ik mezelf als een *trend-fluencer* heb neergezet, zal ik als ik langer dan een paar dagen verdwijn, sponsorvooruitzichten, trends, trendy hashtags of drama om mijn mening over te geven, mislopen. Het laatste wat je als influencer wilt, is te laat komen met meningen die niet langer relevant zijn.

Mijn scherpe hakken klikken op de tegels met elke stap die ik zet door de hal om naar de voorkant van de shop te gaan. Ik zie Fox naast Atlas en Lauren staan, drinkend uit een flesje water en grappen makend over iets dat ik niet kan horen.

'Is Brody er?' vraag ik terwijl ik naar ze toe loop.

Fox draait zich om om naar me te kijken en ik zie zijn mond open vallen, samen met zijn waterfles. Ik kan het niet helpen dat ik er een ego boost van krijg.

'Fuck,' sist hij terwijl hij onhandig naar wat keukenrol reikt en vooroverbuigt om het water op de vloer op te drogen.

Ik krimp ineen als hij op weg naar beneden zijn hoofd tegen het dienblad stoot. Zijn wangen beginnen rood te worden terwijl hij zijn blik heen en weer blijft bewegen tussen mij en het gemorste water.

'Verdomme, meid!' Atlas fluit terwijl hij me van top tot teen bekijkt. 'Hij is er niet, maar als ik een meisje had dat op jou leek, dan zou ik haar niet laten wachten.'

Ik rol met mijn ogen bij zijn opmerking, maar kan het niet helpen om op te merken dat Lauren zich ongemakkelijk verschuift achter hem. Ik kijk toe hoe haar armen zich om haar buik slaan alsof ze onzeker is. Ik voel me onmiddellijk schuldig omdat ik een andere vrouw een slecht gevoel over zichzelf heb gegeven. Dat wil ik een andere vrouw nooit aandoen omdat ik weet hoe dat voelt. Het is hoe alle vrouwen in mijn wereld zijn.

Ik loop naar Lauren en gebaar naar haar om me naar de voorkamer te volgen. Ik ga zitten op een van de zwarte leren stoelen in de wachtkamer en sla mijn benen over elkaar.

'Hoelang kom je hier al?' vraag ik haar na een berichtje naar Brody te hebben gestuurd, om te vragen hoe laat hij komt.

'O, vijf jaar waarschijnlijk. Ik heb mijn eerste tatoeage van Fox gekregen nadat ik mijn eerste jaar van mijn rechtenstudie had behaald.' Haar boogvormige lippen vormen een kleine glimlach terwijl ze haar been draait om de tatoeage op haar kuit te laten zien. Het is een zwart en grijs portret van Vrouwe Justitia, met de weegschaal en tranen die van onder haar blinddoek vallen.

'Mijn god, ze is prachtig,' fluister ik terwijl ik vol ontzag naar het stuk staar, zoals altijd, bij het werk dat van Fox zijn hand is.

'Dus Fox maakte geen grapje?' vraag ik terwijl ik opkijk om uit het raam te kijken. *Waar is Brody?*

Lauren lacht even. 'Hij noemt me hun advocaat omdat de jongens Frank haten. Maar nee, ik geef ze alleen maar advies. Maar ik ben niet zo dom om echt hun advocaat te zijn. Die vier mannen zouden me vroeg in mijn graf laten belanden om alles van hen af te handelen,' grapt ze en ik grinnik. Alsof ze kan voelen dat ik afgeleid ben, houdt ze haar hoofd schuin en geeft me een meelevende blik. 'Wanneer had je date hier moeten zijn?'

Ik kijk naar mijn telefoon en zucht voordat ik haar een kleine glimlach geef. 'Ongeveer dertig minuten geleden…zou hij *fashionably late* zijn geweest.' Ik zie haar huiveren en ik haal mijn schouders op terwijl ik probeer om mijn *vrolijke gezicht* op te zetten. 'Het is niet de eerste keer dat iemand me op mijn verjaardag heeft laten zitten.

Ik geef hem nog een paar minuten en dan ga ik gewoon naar huis.' Mijn hoofd schreeuwt naar me omdat ik zo dom was om te denken dat Brody echt zou komen. Hij had me om nog een kans gesmeekt, waarom? Zodat hij me eruit kon laten zien als een idioot. Nou, dat is goed gelukt. Ik voel mijn trillingen opkomen. Ik moet hier weg. Ik wil niet dat er met medelijden naar me wordt gekeken, dat kan ik niet aan.

'Wat?' foetert Lauren terwijl ze haar hoofd heen en weer schudt. 'Nee! Absoluut niet! Je ziet er zo mooi uit! Je kunt die outfit niet verspillen. Als je vriend te dom is om te beseffen wat hij mist, dan zullen we de jongens zover krijgen om je mee uit te nemen.'

Mijn ogen worden groter als het mijn beurt is om mijn hoofd te schudden, waarschijnlijk iets meer verwoed dan zij. 'O, nee! Ik bedoel, dat is lief, maar de jongens en ik kunnen niet zo goed met elkaar opschieten —'

Ik stop met praten als ik een luide *"KLOOTZAK"* hoor, gevolgd door Fox die vanuit de achterkamer naar voren stormt. Hij ziet er woedend uit met zijn donkere ogen en gespannen kaken.

'Wat is er aan de hand?' vraag ik nerveus, me half voorbereidend om in de verdediging te moeten gaan voor het geval de woede op mij gericht is. Ik kijk toe hoe Atlas met Ash naar buiten komt. Wat is er gebeurd?

'Janie,' begint Ash, nerveus over zijn nek wrijvend. 'Is je vriend *de* Brody? De influencer op social media?'

Ik knik langzaam, angst begint mijn lichaam in te kruipen. Heeft hij een ongeluk gehad?

Ash steekt zijn telefoon naar voren. Ik kan hem niet vastpakken omdat mijn handen te hard trillen. Ik kijk naar de live video op zijn scherm en voel me onmiddellijk leeglopen. In de video krijgt Brody een lapdance van Royce.

Ik haal diep adem en geef ze allemaal een glimlach, ook al ben ik diep geschokt. Hoe kan ik doen alsof het me niet kan schelen terwijl ik zo gekleed ben?

'Nou.' Ik pers er een lach uit die meer als een snik klinkt. 'Het lijkt erop dat hij al aan het feestje begonnen is.' Mijn stem breekt, en dat geldt ook voor mijn zelfvertrouwen. Hoe kon hij me zo vernederen? Op mijn verjaardag. Brody is gewoon weer iemand anders, een andere man, die me publiekelijk voor schut zet op mijn verjaardag. Het hele internet krijgt te zien dat ik mijn man niet tevreden kan houden. O, god, de selfie die ik heb genomen met het bijschrift "Verjaardagsdate met mijn lief" waar ik hem in heb getagd… Ik ben zo dom!

'Ik denk dat ik maar moet gaan,' zeg ik terwijl ik naar de achterkamer begin te lopen wanneer een sterke hand mijn trillende pols grijpt. Ik sta op het punt om me weg te trekken, als ik opkijk en zie dat het Fox is en ik laat hem me daar blijven vasthouden.

'Wij nemen je mee uit.' De definitieve toon van Fox laat geen ruimte voor discussie, niet dat het me ervan weerhoudt om het te proberen.

'Nee, echt… het geeft niet, ga gewoon —'

'O kom op!' pleit Lauren. 'Ik weet dat ik na mijn week wel een paar drankjes kan gebruiken, en aangezien deze drie nogal de gentlemen zijn,' ik kijk toe hoe ze hen allemaal waarschuwende blikken geeft, 'weet ik zeker dat ze bereid zullen zijn om ons op een avondje uit te trakteren.'

Ik kijk van de jongens naar Lauren en terug voordat ik verslagen zucht en met mijn hoofd knik. Ik kan wel een drankje gebruiken. 'Oké, laten we gaan.'

'EEN, TWEE, DRIE! DRINKEN!'

Ikzelf, Ren, Atlas en Ash drinken nog een shotje terwijl Fox toekijkt. Fox heeft een half biertje gedronken toen we een paar uur geleden bij de club aankwamen, maar ik denk dat hij sindsdien heeft besloten om vanavond de nuchtere vriend te zijn. Ik, daarentegen, ben zo dronken als maar kan. Brody's acties storen me meer dan ik bereid ben toe te geven en het enige wat ik wil doen is deze afgang wegdrinken.

'Ren!' Ik dwing mezelf om haar voorkeursnaam te onthouden,

Lauren is blijkbaar *te saai*. 'Neem een selfie met me!' Ik druk mijn gezicht tegen het hare terwijl ik verschillende foto's van ons maak.

'Probeer je Brody jaloers te maken?' vraagt ze en neemt nog een shot. Ik geef haar een kleine knipoog.

'Wil je hem heel erg jaloers maken?' Ze pakt mijn telefoon en geeft hem aan Atlas die aan de andere kant van de tafel staat. Ze kromt haar vinger en gebaart dat ik dichterbij moet komen. 'Neem je op, Atlas?'

Hoewel heel erg in de war zijnde, knikt Atlas terwijl hij naar mijn telefoonscherm staart. Ren grijpt me aan weerszijden van mijn gezicht en trekt me naar zich toe voor een lieve kus.

'O mijn god,' hoor ik Atlas zeggen. 'Dit is de mooiste dag van mijn fucking leven!' juicht hij.

Ik verbreek de kus en zie Atlas en Ash met de domste grijns op hun gezicht staan terwijl Fox… erg geïrriteerd lijkt.

'Dat zal hij wel voelen!' Ren straalt en ik glimlach naar haar voordat ik Fox hoor snuiven.

'Ja, zorg ervoor dat je die kostbare likes krijgt. God verhoede dat je met hem zou praten in plaats van via internet ruzie te maken.' Zijn woorden steken meer dan ik op dit moment wil toegeven. Ik schud de gevoelens van me af, terwijl ik nog een shot neem voordat ik besluit dat ik moet gaan dansen.

'Foxy!' schreeuw ik terwijl ik tegen hem aan strompel. Hij vangt me op met zijn enorme hand stevig tegen mijn buik. Ik voel de warmte zich over me heen verspreiden als hij me naar zijn kruk leidt om erop te gaan zitten. Zelfs dronken kan ik zien dat Fox er klaar mee is om hier te zijn. *Damn*, dat zei hij al zo'n twintig minuten na onze aankomst. Maar wat we ook zeiden, de koppige klootzak wilde niet naar huis gaan.

'Foxy, mag ik dat hebben!' Ik wijs naar de knot op de achterkant van zijn hoofd. Hij raakt zijn haar aan en kijkt me aan, zijn wenkbrauwen fronsen in verwarring.

'Wil je mijn haar?'

Ik laat een snuif horen die niemand, op geen enkele manier,

aantrekkelijk zou kunnen vinden, voordat ik mijn hoofd schud. 'Ik wil dansen! Maar mijn haar wordt nogal rommelig!'

Fox rolt met zijn ogen terwijl hij in zijn zak reikt en een zwart elastiekje tevoorschijn haalt. Ik probeer het te grijpen, maar mijn dieptezicht functioneert niet meer zo goed. Hij schudt zijn hoofd afkeurend en gaat achter me staan. Ik voel zijn vingers door mijn haar kammen en er verschijnt kippenvel op mijn armen. Het gevoel dat hij het haar van mijn nek haalt en zijn hand over de basis van mijn nek laat glijden om het glad te strijken…kreunde ik net gewoon hardop? Ik kijk de groep rond die het niet lijkt op te merken, godzijdank.

'Ik denk niet dat je nu op de dansvloer moet zijn, Torch.' Ik voel zijn hete adem terwijl hij in mijn oor fluistert en… fuck hij maakte me zonet opgewonden, de lul.

'Ik wil dansen!' zeg ik met een pruillip ik als hij mijn knot vastgemaakt heeft en ik opsta om hem aan te kijken. 'Dans met mij?' vraag ik lief en hij lacht voordat hij zijn hoofd schudt.

'Zelfs niet als er een meteoor recht op ons afkwam en dansen de enige manier was om de hele mensheid te redden.'

Ik staar hem een tijdje zwijgend aan voordat ik mijn hoofd schud. 'Oké, een simpele nee zou voldoende geweest zijn.'

Ik loop weg van onze tafel en naar de halfvolle dansvloer. Er zijn veel mensen, maar iedereen heeft de ruimte om te bewegen. Als ik me omdraai, zie ik dat Ren me hierheen volgt, haar blonde haar plakt aan haar gezicht door het zweet van het dansen van net. We beginnen samen te dansen, en het duurt maar even voordat er een man naar ons toe loopt, zijn ogen zijn op mij gericht.

'Zullen we dansen?' Zijn adem ruikt naar tequila en sigaren. Ik kijk naar hem op, zijn naar achteren gekamde zwarte haar en bruine huid glanzen in de lichten van de club. Hij ziet er goed uit op een wannabe Hollywood acteur manier. Ik kijk toe hoe zijn donkere ogen over elke centimeter van mijn lichaam gaan. Ik huiver en voel me plotseling naakt.

'Nee, bedankt!' Met een verlegen glimlach beweeg ik mijn hoofd naar Ren, die boos naar de man staart. 'Ik ben met haar!'

Terwijl ik me omdraai om weer met Ren te gaan dansen, grijpt Hollywood mijn arm stevig vast en trekt me terug zodat ik weer tegenover hem sta.

'Hé!' Ik snak naar adem en probeer mijn arm los te rukken, maar zijn pijnlijke greep wordt nog strakker. Ik zie hoe Ren tegen zijn borst duwt in een poging hem zover te krijgen dat hij me loslaat, maar hij is goed gebouwd en beweegt nauwelijks.

'Maak dat je wegkomt, blondie, ik val niet op mollig,' snauwt hij, voordat hij zijn blik weer op mij richt.

Ik kijk hem boos aan voordat ik met mijn hand zwaai zodat ik hem in zijn gezicht kan slaan, maar hij vangt mijn pols in zijn andere hand.

'Je zegt geen nee tegen mij, jij —' De man stopt zijn bedreiging en staart naar iets achter me. Ik zie de kleur uit zijn gezicht wegtrekken en zijn ogen wijd opengaan.

Ik kijk om en zie Fox staan — met vuurschietende ogen, trillende neusvleugels en omhoogkrullende lip. Zijn vuisten ballen en ontspannen zich, waardoor de spieren in zijn met tatoeages bedekte onderarmen op een zeer heerlijke manier aanspannen. Ik trek mijn blik van hem af en zie dat Atlas en Ash aan weerszijden van Fox staan, met dezelfde dreigende blikken.

Fox kijkt naar Hollywoods hand die nog steeds als een gek in mijn arm knijpt. Voordat ik nog maar kan knipperen, staat Fox naast Hollywood, zijn vingers grijpen de hand van de man vast en hij verdraait zijn pols om ervoor te zorgen dat hij me loslaat. De man valt op zijn knieën terwijl Fox blijft draaien totdat zijn pols een misselijkmakende *plop* laat horen en hij een luide kreet slaakt.

Fox pakt de huilende man bij zijn shirt en houdt hem omhoog, zodat ze op ooghoogte zijn.

'Wie de fuck ben jij om ook maar een vinger naar haar uit te steken? Raak haar nog eens aan en ik breek je fucking gezicht.'

'H-hé man, het spijt me!' huilt de man. 'A-alsjeblieft! Ik wist niet dat ze bezet was!'

Leugenaar. Ik had gezegd dat ik met Ren samen was.

FOX

Fox grijpt de man ruw bij de achterkant van zijn hoofd. 'Bied je excuses aan,' gromt hij. De man begint zich opnieuw bij Fox te verontschuldigen en Fox rolt met zijn ogen voordat hij de man bij de keel grijpt. 'Niet aan mij, jij fucking idioot. Bied je excuses aan hen aan. Nu.' Fox gebaart met zijn hoofd naar Ren en mij.

Hollywood kijkt nerveus naar ons en met zijn smekende ogen en trillende lip begint hij te spreken. 'Dames, het spijt me zo,' lukt het hem om tussen zijn trillende snikken door te zeggen.

Ik leg een hand op de uitpuilende biceps van Fox. Dat de naden van zijn zwarte flanellen shirt niet aan flarden zijn gescheurd, is een verdomd wonder.

Ik kreun als een golf van misselijkheid me overvalt en de ruimte begint te draaien. 'Fox, ik voel me niet zo goed,' jammer ik terwijl ik hem in stilte smeek om de man los te laten.

Voor even ziet Fox eruit alsof hij er toch voor zal kiezen om eerst de man te doden. Maar in plaats daarvan laat hij de man ruw vallen en leidt hij me de trap op.

We lopen de club uit en terwijl de koele bries mijn oververhitte lichaam raakt, voel ik een hevige golf van misselijkheid over me heen komen.

'Ik moet overgeven.' Ik strompel de steeg in terwijl de inhoud van mijn maag omhoogkomt. Ik voel een stevige hand op mijn heup en taille terwijl een ander het haar dat uit mijn knot is gevallen uit mijn gezicht houdt.

Ik weet zonder te kijken dat het Fox is. Zelfs brakend in het donker, en terwijl ik dronken ben, wordt het gevoel van zijn handen in mijn ziel gebrand.

'Het komt goed,' zegt hij zachtjes. Zijn duim gaat over mijn heup en probeert me te kalmeren terwijl ik over zijn onderarm hang en heviger braak dan ik me ooit kan herinneren.

Wat is dit toch een fantastische verjaardag geworden.

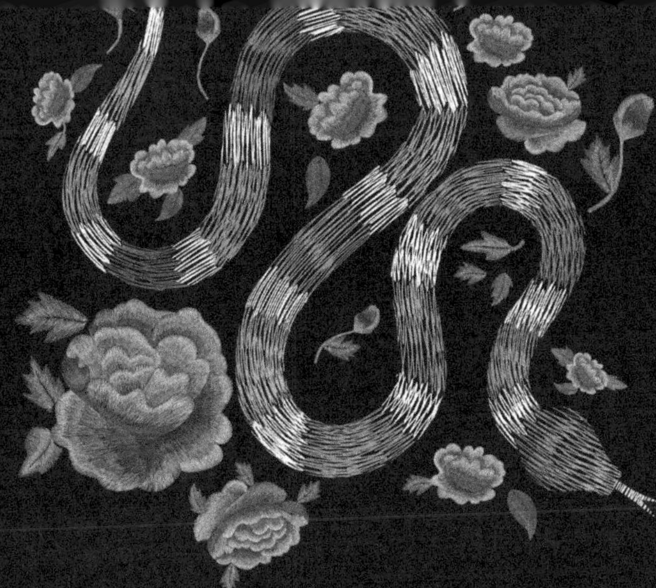

10

IK STAAR NAAR DE ZWARTE KOFFIE VOOR ME TERWIJL LIZA BLIJFT SNIKKEN en een scène maakt in het *Nuts About Dough* Café. Ik wou dat ik nu thuis was, maar ik was helemaal vergeten dat ik Liza hier vanmorgen zou ontmoeten toen ik had aangeboden om Janie en Ren gisteravond mee uit te nemen.

Mijn hoofd klopt. Dankzij de harde geluiden van gisteravond, de stress van die fucking klootzak die Janie had aangeraakt en haar daarna naar mijn huis te hebben gedragen met Atlas, Ash en Ren, heb ik niet geslapen. Vooral omdat Janie en Atlas het grootste deel van de nacht een band aan het vormen waren door om de beurt boven het toilet te hangen en te kotsen en het toilet te missen.

'Ik—' Liza snuit haar neus in haar tissue. 'Ik begrijp het gewoon niet! Mijn jongens werken niet in de shop en de verzekeringsmaatschappij weigert zijn levensverzekering aan me vrij te geven! Ik was eigenlijk gewoon zijn vrouw!'

Ik kan het niet helpen, maar snuif terwijl ik van de koffie nip. Tony zou nog eerder met Derek getrouwd zijn dan met Liza.

'Liza, ik weet niet wat ik je moet vertellen,' zeg ik, terwijl ik in haar roodomrande…maar vreemd genoeg droge ogen kijk. 'Als jij niet de begunstigde bent, dan denk ik dat het Janie is, maar ze heeft er mij niets over verteld, en het is niet aan mij om het te vragen. Mijn juridische zaken gelinkt aan Tony's overlijden gaan niet verder dan Hels.'

'Nou, hoe zit het met mijn jongens! Er is hen na die stage een plek in de shop beloofd.' Liza's handen trillen en mijn gedachten gaan naar Janie, wat zou ik voor haar kater kunnen halen? Ze kan geen cafeïne drinken, maar ze zou haar gebruikelijke cafeïnevrije ijskoffie nog wel waarderen.

'Je zonen hebben hun kans gehad bij Hels, Liza. We weten allebei dat ze high waren toen ze daar waren.' Liza laat een spottend lachje horen en ik roep een serveerster die me bekend voorkomt.

'Fox, toch?' De vrouw met turkoois haar glimlacht vriendelijk als ze naast onze tafel komt staan.

'Goed geheugen, het was Stevie, toch?' Ik geef haar een beleefde glimlach terwijl ze knikt.

'Helemaal goed! Wat kan ik voor jullie doen?'

Liza zwaait afwijzend met haar hand, maar Stevie's aandacht is op mij gericht.

'Kun je twee grote zwarte ijskoffies voor me halen en dan een cafeïnevrije ijskoffie met een pompje vanille, havermelk… O! En een pompje kaneel alsjeblieft?' Zowel Liza als Stevie staren me sceptisch aan. Ik verschuif ongemakkelijk, en probeer me te gedragen alsof het helemaal niet zo belangrijk is. 'Wat? Ik hou van iets anders na mijn ochtendkoffie.'

'Dat is Janies bestelling.' Stevie grinnikt zachtjes en schudt haar hoofd. 'Wil je wat te eten meenemen?'

Ik denk daar even over na. 'Ze was gisteren jarig, het was een rotdag en ze voelt zich vanochtend waarschijnlijk niet zo goed.'

Stevie tikt met haar pen tegen haar kin terwijl ze nadenkt. 'Ik zal iets voor je inpakken,' zegt ze lachend. 'Ga je de jongens ook te eten geven? Of alleen Janie?' Haar suggestieve grijns en speelse knipoog zorgen ervoor dat ik wegkijk en over mijn nek wrijf.

Ik schraap mijn keel en geef haar een scheef lachje. 'Uhm…de jongens ook.'

Liza kucht en ik kijk haar terug aan, waardoor ik opnieuw geïrriteerd raak.

'Dus, Liza, je zei in je bericht dat je wat dingen van Tony hebt?'

Dat is de reden waarom ik met deze ontmoeting had ingestemd, maar behalve haar gesnik heb ik nog niets gezien.

Liza schudt haar hoofd en kijkt weg. 'Nee,' zegt ze zacht. 'Ik wilde gewoon…ik wilde je zien, Fox. Je doet me zoveel aan Tony denken en ik ben zo eenzaam geweest.'

'Stop,' zeg ik nadrukkelijk terwijl ik in mijn portemonnee reik en een paar biljetten tevoorschijn haal om Stevie een fooi te geven. 'Ik ga die opmerking niet eens aandacht geven. Als er verder niets is, ga ik mijn bestelling halen en dan ga ik er weer vandoor.'

Liza grijpt mijn onderarm terwijl ik op het punt sta om te gaan en er gaat een koude rilling door me heen. 'Die ellendige griet gaat de shop vernietigen.' Haar stem is een hard gefluister. Ik verstijf onmiddellijk, kijk op haar neer, en mijn ogen vernauwen zich.

'Je weet absoluut niets over Janie, of die shop, dus het kan in je eigen belang zijn om over beide je mond te houden,' snauw ik en ruk mijn arm uit haar hand voordat ik ga.

Terwijl ik in mijn moderne keuken tegen het aanrecht leun, staar ik naar de twee mannen voor me. Ze omhelzen allebei hun koffie en liggen op het koele granieten aanrecht. Ren, de koningin van het vermijden van katers, is al weg met de mededeling dat ze naar haar werk moest. Zij en Janie hadden gisteravond mijn bed gedeeld, terwijl Ash, Atlas en ik allemaal in de woonkamer lagen.

Toen ik een keer een vrouw had meegenomen naar mijn huis, had ze gezegd dat mijn huis "gezellig" was. Ik beschouwde het als een compliment, maar ik geloof dat ze het als *te klein* bedoelde. Ik woon hier alleen, ik heb zelden bezoekers en ik ben niet zo vaak thuis, dus een groot huis lijkt me verspilling en meer werk dan ik aankan. Ik heb deze bungalow met twee slaapkamers en twee badkamers ongeveer vijf jaar geleden gekocht.

De keuken en badkamers zijn allemaal gerenoveerd, maar de rest van het huis lijkt op de slaapkamer van een tiener. Nou, een zeer schone tiener. Ik houd het huis net zo smetteloos als de shop. Dat gezegd hebbende, zijn de muren, net als in de shop, bedekt met verschillende schetsen, schilderijen, flash arts, prijzen en foto's van de laatste twee decennia van mijn carrière. De meeste mensen weten het niet, maar ik ben een sentimenteel persoon. Ik vind het leuk om items te bewaren die betekenis voor me hebben en ze tentoon te stellen.

'Ik ga dood,' zegt Atlas langzaam terwijl hij zijn hoofd opheft, om het uiteindelijk toch te veel moeite te vinden en zijn hoofd weer terug op het aanrecht te leggen.

'Ja, nou, jullie twee zijn fucking idioten. Jullie weten allebei beter dan het op te nemen tegen Ren.' Ik heb geen idee wat er met dat meisje is gebeurd, maar ze heeft een alcoholtolerantie die ik nog nooit heb gezien. Ze kan ons alle drie in een rij laten staan en om beurten shots nemen. Ze zou ons allemaal verslaan en nog steeds in staat zijn om door te blijven gaan.

'Luister.' Atlas probeert een gezaghebbende toon aan zijn stem toe te voegen, maar het lijkt zijn hoofd alleen maar meer pijn te doen want hij kreunt en gaat op een meer gedempte toon verder. 'Mijn mannelijkheid lag op tafel. Wat zou jij doen?'

'Niet zo onzeker zijn om te denken dat een vrouw die me met shots verslaat, een rechtstreekse impact zou hebben op mijn mannelijkheid,' zeg ik hard, en krijg daarmee twee sets van oogrollen.

'Ja ja, "Papa Fox" is altijd zeker over zichzelf,' kreunt Ash terwijl hij opstaat. 'Kom op, Atlas, laten we teruggaan naar het appartement.' Atlas en Ash delen een duur appartement in het centrum in de buurt van de shop. Ik weet niet hoe die twee de hele dag samen kunnen werken en dan dezelfde woonkamer delen, maar ze lijken het te laten werken.

We nemen afscheid en zodra ik de deur sluit, kijk ik naar mijn slaapkamer. Janie is nog steeds niet naar buiten gekomen. Ik loop door de gang naar mijn slaapkamer en wil net op de deur kloppen als ik gesnotter hoor.

Fuck, is ze aan het huilen?

Ik wrijf over de achterkant van mijn nek voordat ik zacht op de deur tik en hem op een kiertje zet. De kamer is dankzij mijn verduisterende gordijnen nog steeds donker.

'Gaat het?' vraag ik terwijl ik naar binnen kijk, en het licht uit de gang een warme gloed over haar werpt. Op dat moment zie ik dat ze in mijn bed zit met mijn dekbed dat haar blote borst bedekt.

'Nee,' zegt ze moeizaam tussen de snikken door terwijl ze haar hoofd buigt. Ik loop erheen en ga op de rand van het bed zitten.

'Wat is er aan de hand? De kater?' Ze lacht zwakjes. Ik zie haar trillingen en vraag me kort af of ze haar medicatie in haar handtas heeft.

'Nee, het is gewoon… Ik kreeg een telefoontje dat ik papa's as vandaag moet ophalen. Ik heb zolang gewacht als ze me konden geven, en ik had gehoopt niet alleen te hoeven gaan, maar Brody heeft me geghost voor de lapdance gisteren, dus ik gok dat het afgelopen is tussen ons. Ik weet gewoon niet wat ik moet doen want ik moet een urn bestellen en wat als ik de verkeerde kies? Ik kan verdomme niet eens een bank kiezen, maar ik moet wel de urn kiezen waar mijn vader voor altijd in zal zitten? En waar laat ik hem dan?'

Ik leg mijn handen op haar trillende en knijp erin.

'Adem,' zeg ik zachtjes. Ik voel dat haar handen de mijne vastgrijpen en ik heb de neiging om haar tegen me aan te trekken en haar pijn weg te nemen.

'Kunnen we een tijdelijke wapenstilstand sluiten?' fluistert ze zwakjes. Ik knipper met mijn ogen naar haar en kantel dan mijn hoofd opzij.

'En waarom zouden we dat doen?' vraag ik, terwijl ik een grapje met haar probeer te maken. Ik kijk toe terwijl ze diep ademhaalt.

'Ik heb geen echte vrienden die ik kan vertrouwen om me zo te zien.' Ze gebaart naar haar met tranen bevlekte, trillende gezicht. 'Jij bent de enige die van mijn aandoening weet, de enige die me heeft zien huilen. En jij was de enige andere persoon die zo dicht bij papa stond als ik. Alsjeblieft? Ik wil dit niet alleen doen.' Het laatste deel komt eruit als een verstikte snik en haar hoofd valt naar voren, waardoor het nog steeds steile, maar volledig geklitte haar als een gordijn voor haar gezicht fungeert. Als ze krullen heeft, dan is Janies haar lang, tot in het midden van haar rug, maar steil; hangt het tot op haar kont.

'Natuurlijk,' zeg ik met een glimlach. 'Ik wil graag een wapenstilstand inroepen voor het weekend en met je meegaan. Ik heb vandaag geen klanten, dus ik weet zeker dat de jongens de shop wel aankunnen. Wat dacht je ervan om op te staan, een douche te nemen en dan zal ik je naar je huis brengen zodat je je kunt omkleden en daarna kunnen we er heen gaan.' De kleine glimlach die op haar gezicht verschijnt, laat me smelten. Janie is een "lach" type meisje, maar de meeste waren gewoon neppe, beleefde glimlachen. Je krijgt zelden een echte glimlach te zien waarbij haar wangen omhooggaan, haar neus een beetje optrekt en die fucking kuiltjes… fuck, ik wil haar gewoon—

'Oké.' Ik haal diep adem terwijl ik mijn handen van haar warme, zeer zachte huid haal. 'Ik zal je laten douchen. Als je iets wilt lenen, daar in mijn kast liggen een paar T-shirts.' Ik wil verdomme weg uit deze kamer. Ik herschik mijn half stijve pik, dankbaar voor de overwegend donkere kamer. 'Ik ben in de woonkamer als je klaar bent. Neem je tijd.'

11

Janie

I K ZUCHT, WAARSCHIJNLIJK LUIDER DAN IK BEDOELDE ALS WE VOOR EEN rood licht stoppen. Fox en ik hebben net mijn appartement verlaten en gaan paps as ophalen. Dat ik Fox mijn appartement moest laten zien, stond waarschijnlijk in de top tien van meest ongemakkelijke dingen die ik heb gedaan. Het was binnen vijf minuten duidelijk dat hij het vreselijk vond, wat een beetje overdreven is gezien het feit dat het een fatsoenlijke plek is en het er gloednieuw uitziet.

Precies!' Ik herinner me dat hij zijn hoofd had geschud en verbaasd door de woonkamer had gekeken. *'Voor iemand met zo'n luide persoonlijkheid is het verbazingwekkend dat je huis zo leeg is.'*

Hij zal nooit weten hoe diep die woorden me hebben geraakt. Hij was erin geslaagd me perfect samen te vatten — vrolijk aan de buitenkant en schijnbaar leeg aan de binnenkant.

De beslissing nemend dat ik afleiding nodig heb, kijk ik naar Brody's Instagram omdat, nou ja, blijkbaar ben ik een masochist en geniet ik ervan om me rot te voelen. Ik scrol door de nieuwste foto's voordat ik naar de foto's kijk waarop hij getagd is. Fronsend staar ik naar wat een internetnieuwsfoto lijkt te zijn. De foto is van Brody en mij die ongeveer drie maanden geleden op het strand is genomen. Zijn magere armen zijn om mijn blote middel geslagen terwijl we in het water staan en voor de camera poseren met de zon achter ons. De foto werd gebruikt om mensen over een product te vertellen dat we goedkeurden — *BreatheLove* – een apparaat dat op een inhalator lijkt.

Als je angstig bent, dan inhaleer je de aromatherapie, en dan is het de bedoeling dat je je beter voelt. Het heeft voor mij nooit gewerkt, maar het salaris was geweldig, dus ik had het aangenomen.

Maar de foto waar ik momenteel naar staar, is niet voor die promotie, hij is bewerkt om eruit te zien alsof de afbeelding doormidden is gescheurd en de tekst zegt: *IJskoningin Jai breekt hartendief Brody's hart.*

'Dit moet een fucking grap zijn,' grom ik, terwijl ik de foto aanraak en de link open.

'Wat is er aan de hand?' hoor ik Fox nauwelijks vragen en ik grom als antwoord terwijl ik het artikel lees.

<u>Social media-ster Jai heeft hartendief Brody gedumpt voor drank,</u>
<u>jongens en vechtpartijen</u>

Privébronnen zeggen dat de ster, Jai, gisteravond in een high-end club in het centrum werd gespot waar ze met andere mannen aan het drinken en dansen was. Dit druist natuurlijk in tegen haar "90 dagen nuchter" campagne die ze slechts vijfenveertig dagen geleden is begonnen.

Jai heeft onlangs zonder uitleg aan haar fans een stap teruggedaan van social media. Volgens vele geruchten zou ze zwanger kunnen zijn en niet zeker weten hoe ze dit aan haar fans uit moet leggen vanwege haar gelofte om geen kinderen te nemen als ze in de twintig is. Andere geruchten zeggen dat de afwezigheid te wijten is aan plannen om af te kicken.

Deze verslaggever heeft met een radeloze Brody gesproken, die een verjaardagsfeestje voor haar had geregeld waar ze nooit naartoe is gegaan.

'Zij en ik hebben een moeilijke periode doorgemaakt,' zucht een uitgeputte Brody terwijl hij in zijn huis zit, met ogen die rood zijn van de tranen. 'Ik denk dat ze een probleem heeft om zich te settelen. Monogamie is een strijd voor haar geweest, en ik denk dat het iets is waar we niet uit kunnen komen. Ik ben gebroken, een verloren ziel, en ik ben mijn beste vriendin verloren, mijn andere helft. Ik weet niet wat ik moet doen.'

Jai was niet bereikbaar voor commentaar.

'Wat is er aan de hand?' vraagt Fox opnieuw, met meer kracht dan daarnet. Ik kijk op van mijn scherm naar de weg en weer naar beneden. Dit… dit kan niet waar zijn.

Ik zoek online naar mijn naam en die van Brody. Shit, het is waar. Tal van mediasites publiceren het. Er zijn overal screenshots van Brody en Royce met het bijschrift: *Proberen er met vrienden overheen te komen.*

Er zijn foto's van mij in de club, van die vent die me vastpakt en van Fox en de jongens die Ren en mij verdedigen. Maar door dit en de foto van Ren en ik die kussen ernaast…lijkt het erop dat ik op zoek was naar problemen. Alsof ik een losbandig feestbeest ben. Ik voel het branden in mijn neus en mijn zicht wordt wazig.

'Brody.' Zijn naam komt eruit als een verstikte snik. Ik voel dat mijn onderlip begint te trillen en ik probeer rustig adem te halen. 'Hij heeft een verslaggever zover gekregen om me online zwart te maken. Ze laten me eruitzien als een egoïstisch dronken feestbeest terwijl hij het liefhebbende vriendje is waar ik overheen heb gelopen,' zeg ik zachtjes en staar recht vooruit terwijl de realiteit me als een emmer ijswater raakt.

Brody heeft me zojuist gecanceld.

Fox opent de passagiersdeur van zijn zwarte pick-up truck en ik ben me slechts vaag bewust van zijn grote handen op mijn onderrug en zijkant terwijl hij me helpt in te stappen. Ik voel me gevoelloos en het is onmogelijk dat ik kan samenvatten wat er de afgelopen twee uur is gebeurd. Mijn telefoon blijft maar afgaan. Er zijn om de paar minuten snel getingel, trillingen en telefoontjes. Daarbovenop zijn we paps as op gaan halen, en ze wilden dat ik zijn urn uitkoos. Het was te veel en op een gegeven moment sloot ik me helemaal af. En toen ik me afsloot, nam Fox het over. Hij had mijn telefoon op stil gezet voordat hij hem in zijn broekzak stopte. Hij had met de mensen gesproken en, ik vermoed, dat hij de urn heeft gekozen. Nu helpt hij me in zijn truck, want naast mijn korte gestalte, zijn hoge truck en het feit dat ik me afgesloten heb, aan het schudden ben en een kleine bruine doos met opschrift — *MENSELIJKE RESTEN* — *PIERCE, TONY* — in een dodelijke greep houd, ben ik volledig nutteloos.

De rit verloopt in stilte als hij ons terugbrengt naar mijn appartement. Mijn hersenen maken kortsluiting. Ik denk tegelijkertijd duizend gedachten en geen gedachten. Al die tijd kan ik pap niet loslaten.

Drie kilo.

Dat is waar mijn 'grote indrukwekkende' vader toe gereduceerd is. Zijn heldere blauwe ogen en dreunende lach. Zijn intimiderende gestalte, maar met het hart van een teddybeer. Zijn licht, zijn liefde, zijn bescherming…het is allemaal tot deze kleine doos die drie kilo weegt gereduceerd.

Ik tril harder als mijn overweldigende "niet denken" gedachten langzaam vervangen worden door herinneringen. De verhaaltjes voor het slapengaan, de kleursessies, de pizza en films. De tatoeage op zijn hand die ik op m'n negende had gemaakt. Mijn naam met een knipoog boven de 'i'. Die tatoeage is nu weg. En daarmee, mijn grootste beschermer. Ondanks onze verschillen op het einde, wist ik dat pap altijd achter me stond. En als ik ooit hulp nodig had, dan was hij er.

Maar nu, hier ben ik dan. Ik ben alleen en bang. Ik heb hulp nodig en hij is er niet. Ik ben alleen…*holy shit*. Ik ben echt alleen.

'Janie!'

De dreunende stem van Fox en zijn stevige handen op mijn armen brengen me terug naar de realiteit. Ik kijk om me heen — we staan op zijn oprit.

'Wat?' Mijn borst doet pijn en ik ben naar adem aan het snakken. Ik raak mijn gezicht aan en merk dat het nat is van de tranen waarvan ik niet eens wist dat ik ze had gehuild.

Fox staat aan de passagierszijde van de truck. Zijn ogen schieten heen en weer en zijn gezicht ziet er paniekerig uit. Zijn wenkbrauwen staan zo dicht op elkaar dat er slechts een diepe lijn is die hen scheidt.

'Je bent al tien minuten aan het trillen en huilen zonder op me te reageren.' Zijn warme hand bedekt mijn wang en het voelt alsof iemand me in een van die verzwaringsdekens heeft gewikkeld. Dat ene gebaar geeft me een veilig gevoel, zelfs als het niet echt is.

'W-waarom zijn we bij jou thuis?' vraag ik zachtjes terwijl hij me uit de truck helpt.

'Nou, naast het feit dat ik je niet alleen laat in deze toestand,' zegt hij, terwijl hij in mijn richting gebaart. 'Heb je de voorkant van je appartement niet gezien?'

Ik knipper en probeer na te denken. Ik kan me niet eens herinneren dat we weg zijn gereden bij het crematorium. Ik schud langzaam mijn hoofd, hij slaakt een zucht en wrijft over zijn nek.

'Janie, er was een menigte mensen die probeerde je gebouw binnen te komen. Hoe weten je volgers waar je woont? Ik dacht dat dat allemaal privé was.'

Mijn hoofd begint te tollen en mijn benen beginnen te trillen. Het is te veel. Het is gewoon allemaal te veel. Er klinkt een luide piep in mijn oren en ik voel dat ik begin te vallen, maar de sterke armen van Fox vangen me en tillen me op. Ik laat mijn hoofd tegen zijn stevige borst rusten en luister naar zijn hartslag terwijl hij begint te lopen. De warmte en veiligheid die ik op dit moment voel, zijn genoeg om me in slaap te laten vallen. Ik schaam me bijna om toe te geven dat ik het moment vrees dat hij me los zal laten.

Nadat hij naar binnen is gelopen, zet Fox me op zijn oversized bruine bank voordat hij voor me knielt. 'Wat dacht je ervan als ik deze doos neem en—'

'Nee,' onderbreek ik hem, mijn toon scherper dan ik bedoelde. 'Nee,' herhaal ik zachter, bijna als een smeekbede terwijl ik de doos strakker vasthoud. 'Ik... ik ben er nog niet klaar voor om... om...'

'Sst,' fluistert hij terwijl hij met een duim over mijn wang streelt. Ik kijk naar hem en mijn muren brokkelen helemaal af. Aan de gepijnigde blik op zijn eigen gezicht, weet ik dat hij het ziet. Ik slaak een luide snik terwijl ik naar hem staar.

'Ik wil mijn vader,' huil ik en in een oogwenk zit ik met mijn hoofd tegen zijn borst aan, zijn armen stevig om me heen geslagen.

'Het is al goed, baby doll.' Ik voel hem zijn lippen tegen de bovenkant van mijn hoofd drukken. 'Laat het er maar uit, ik hou je wel veilig.'

Ik heb geen idee hoe lang ik tegen de borst van Fox aan heb gehuild. Maar hij heeft geen een keer geklaagd. Hij heeft zich nooit teruggetrokken, zich nooit verschoven. Hij hield me gewoon vast en streelde voortdurend mijn hoofd en vertelde me dat ik veilig was, en ik geloofde hem.

Ik sluit mijn ogen en begraaf mezelf diep in zijn zachte borst. Hij ruikt zo uitnodigend, en ik laat het me aarden. Vleugjes van amberhout en peper vullen mijn neus terwijl ik hem met zijn kin op mijn hoofd voel rusten.

'Het komt goed met je, baby doll.' Zijn stem is zacht, en zo ver weg, alsof ik het bewustzijn verlies. 'Ik ben hier. Je bent niet alleen.'

12

HET NIEUWS STAAT OP EEN LAAG VOLUME AAN OP DE TELEVISIE TERWIJL Janie zachtjes op me ligt te snurken. Haar kleine hand heeft nog steeds de doos met Tony's as vast. Ik begreep niet wat ze eerder bedoelde toen ze zei dat haar vriend…haar *ex-vriend* haar had "gecanceld".

Ik was naar haar flatgebouw gereden, al ongerust om haar alleen te laten nadat ze zo overstuur en overweldigd was tijdens de afspraak om Tony's as op te halen. Maar toen we bij haar gebouw aankwamen en ik letterlijk een menigte mannen en vrouwen zag die borden vasthielden, waar op verschillende ervan, *"Jai de slet"* stond, had het me met zoveel verblindende woede gevuld dat ik bijna was gestopt om ze allemaal verrot te slaan. Ik kon haar niet bij haar thuis achterlaten, dat was echt onmogelijk. Ze hadden op de een of andere manier haar thuisadres gevonden, en Janie was niet langer veilig in dat appartement. Het was echt uit den boze dat ik haar daar alleen liet blijven. Dus was de enige logische oplossing om Janie hierheen te brengen.

De hele rit was ze ver weg geweest, huilend, trillend en fluisterend dat ze alleen was. Ik heb nog nooit de hoeveelheid hartzeer en hulpeloosheid gevoeld die ik tijdens die rit heb gevoeld. En ik had nooit gedacht dat Janie de persoon zou zijn voor wie ik het zou voelen. Toen ik haar op de bank had gezet, had ik toegekeken hoe ze volledig was gebroken. Er was niets meer over van het harnas dat haar kleine lichaam elke dag droeg, ze was gebroken, kwetsbaar, rauw en bang. En op dat moment besefte ik dat het tijd was om onze kleine geschillen opzij te zetten. Ik moet haar beschermen. Ze is alleen in deze wereld. Er is niks meer van haar leven overgebleven en ik kon het niet over mijn hart verkrijgen om haar dit alleen te laten doorstaan.

Toen Janie eenmaal in mijn armen in slaap was gevallen, manoeuvreerde ik haar terug op de bank en was van plan om op te staan.

Dat was ik echt van plan.

Nou ja, grotendeels. Hoe dan ook, mijn bedoelingen deden er niet toe, want toen ik "probeerde" te bewegen, begon ze te huilen en hield ze me net zoals Tony's doos vast. Dus zo zijn we hier terecht gekomen. Ik, liggend op de bank met haar tegen mijn borst aan. Ze is zo vredig als ze slaapt, en ik merk dat haar trillingen verdwenen zijn, wat me een gevoel van rust geeft. Ik ben blij om te weten dat haar lichaam tenminste in haar slaap kan rusten.

Ik kijk op mijn telefoon en zucht. Hoewel ik toegeef dat ik niet op de hoogte ben van hoe het meeste op social media werkt, ben ik geen complete idioot. Eén eenvoudige zoekopdracht op het web naar *"Jai"* en alle artikelen verschenen. De hatelijke opmerkingen, foto's van haar en mij terwijl ik haar uit de club hielp. Ondertussen lijkt dat zielig stuk vreten, Brody, het fucking slachtoffer te zijn.

Ik begrijp het niet. Waar zijn de foto's van hem met andere vrouwen? Fuck, hoe zit het met de video waarin hij een lapdance krijgt? Maar overal waar ik keek, het bleek weg te zijn. Het was alsof de sociale mediasites *wilden* dat ze "gecanceld" werd, zoals zij het uitdrukte.

Ik richt mijn aandacht weer op de slapende roodharige op mijn borst. Ik veeg de wilde krullen uit haar rode gezicht. Ze kreunt van protest en drukt haar neus in mijn nek. Ik sluit mijn ogen en haal langzaam adem, terwijl ik mijn verraderlijke pik dwing om godverdomme te blijven liggen. Ik zie dat haar greep op Tony's doos los is geraakt, en ik maak van de gelegenheid gebruik om de doos te pakken en hem op mijn bijzettafel te zetten. Ik hou van Tony, maar met hem op mijn borst samen met zijn dochter, terwijl ik tegen een erectie vecht is teveel van het goede.

Janie jammert mijn naam op de zachtste, droevigste toon die ik ooit heb gehoord, terwijl haar nu vrije hand over mijn nek en in mijn baard gaat. Hoever laat ik dit gaan voordat ik niet langer een zorgzaam persoon ben, maar in plaats daarvan een viezerik?

Fucking lul, kom op, man! Ik staar naar de prominente bult die pijnlijk tegen mijn spijkerbroek drukt en fuck, ik kan niet zo over haar denken! Het was al erg genoeg laatst in de shop, maar ik had dat toegewezen aan het feit dat we beiden met zoveel woede waren gevuld dat we gewoon waren geëxplodeerd. Het was een vergissing. Maar dit zou anders zijn, ze is kwetsbaar, en ik maak op geen enkele manier misbruik van haar als ze zo is.

Het maakt me gek dat ik het steeds moeilijker heb om me te herinneren waarom ik naar haar moet blijven kijken als Tony's dochter en niet als een volwassen vrouw.

Fucking hell.

Ik open mijn ogen en kijk rond in de donkere kamer. Ik pak mijn telefoon en knijp mijn ogen dicht om te zien hoe laat het is, *tien uur.*

Als ik naar beneden kijk, zie ik dat Janie niet langer in een strakke bal ligt, maar in plaats daarvan heeft ze haar hoofd onder mijn kin gelegd, haar armen onder mijn oksels en haar benen liggen schrijlings langs mijn middel. Ik merk een nat gevoel op in mijn hals en beweeg mijn hand om de kleine plas te voelen van…o in godsnaam, de meid ligt in mijn nek te kwijlen. Ik weet niet van wie ik meer walg. Van haar omdat zij het doet, of van mezelf omdat ik het schattig vind.

'Torch.' Ik tik op haar schouder. Ik moet echt opstaan. Ik moet pissen, mijn oude lichaam is stijf en ik heb honger. 'Torch,' zeg ik luider terwijl ik begin te bewegen. Ze moppert, maar wordt toch wakker. Ik voel haar hele lichaam verstijven en haar ademhaling stopt.

'Fox?' Haar stem is zwak, ik reageer met een korte *hmm* en ze kreunt. 'Ik had gehoopt dat het allemaal een nare droom was.' Ze gaat rechtop zitten en manoeuvreert zich van mijn middel af. Grappig, ik wilde haar eraf hebben, en nu dat haar gewicht weg is, wil ik het terug.

Ik schud die belachelijke gedachte uit mijn hoofd, sta op en rek mijn stijve lichaam uit.

'Heb je honger?' vraag ik terwijl ik haar naar haar telefoon zie kijken.

Ze knippert en kijkt me aan. 'Ik val om van de honger.'

Ik knik en haal mijn portemonnee tevoorschijn en geef hem aan haar. 'De pizzeria of Chinees levert nog op dit uur. Het kan me niet schelen welke van de twee, neem er in ieder geval veel van.' Ze knikt langzaam voordat ik naar de badkamer ga. Ik moet pissen en me waarschijnlijk aftrekken als ze vannacht blijft.

'Ik zweer het je, Fox, ik ga mijn schoen naar je televisie gooien als je me nog een seconde naar het nieuws laat kijken.'

Ik lach terwijl ik kijk hoe Janie een grote lepel gefrituurde rijst neemt en in haar mond stopt. Ze heeft zich in een van mijn hoodies omgekleed, en ik zou een fucking leugenaar zijn als ik niet toegaf dat haar in mijn grote kleren zien iets met me deed. Het was schattig toen ze er mee naar buiten kwam rennen, gillend van vreugde dat mijn hoodies voor haar als Snuggies zijn. En doordat ze met haar blote benen in kleermakerszit zit, kruipt de bovenkant heel langzaam via haar dijen omhoog.

Mijn ogen gaan naar de doos die op mijn bijzettafel staat en ik voel Tony's waarschuwende blik op me branden.

Janie is verboden terrein.

Dat was de nummer één regel in Hels Ink. Op het moment dat iemand te lang naar haar keek, nam Tony ze mee naar buiten en joeg hij ze de stuipen op het lijf. Ik heb veel mannen gezien die probeerden om stageplaatsen of een baan bij Hels te krijgen, alleen maar in een poging om dicht bij Janie te raken, vooral toen ze online groot werd. Tony had strikte regels dat we zijn dochter niet mochten volgen en haar video's en foto's niet mochten bekijken. Natuurlijk kon hij dat niet echt afdwingen, maar de man probeerde het wel. En ik weet het niet. Ik denk dat ik er gewoon in geloof om die wens van hem te respecteren. Tony had me zoveel gegeven dat dat het minste was wat ik kon doen.

Maar nu wordt het steeds moeilijker om naar deze volwassen vrouw te kijken en haar als Tony's kind te zien, wat me een soort walgelijk schuldgevoel geeft dat ik niet had verwacht. Hoewel dat schuldgevoel de masturbatiesessies niet heeft tegengehouden die ik had, denkend aan haar, sinds we hebben gezoend. Inclusief de *drie* nadat zij en ik wakker zijn geworden. Drie. Ik ben drieënveertig jaar oud en ik heb me in de laatste twee en een half uur drie keer af moeten trekken. Zoals ik al zei, walgelijk schuldgevoel.

'Luister je wel?' Haar stem overvalt me en ik zie haar vragend naar me staren.

'Sorry,' mompel ik, terwijl ik rechtop ga zitten. 'Je praat zoveel dat het na een tijdje achtergrondgeluid wordt.'

'Luister eens, oude man, dat zal je je kop kosten.'

Ik lach terwijl Janie op de bank gaat staan en met een beschuldigende vinger naar me wijst. Mijn ogen verraden me als ze van haar uitdagende blik naar haar blote, crèmekleurige benen gaan. Net als de rest van haar, zitten haar benen vol met lichte sproeten, en — God helpe me — ik moet weten hoe elk van hen smaakt.

'Prima,' zeg ik, terwijl ik snel van onderwerp moet veranderen voordat ik mezelf voor de vierde keer moet verontschuldigen. 'Wat zou je graag willen zien?' Ik geef haar de afstandsbediening en terwijl haar vingers de mijne aanraken, stroomt er een schok door mijn lichaam, die in mijn pik eindigt. Ja, nummer vier komt eraan. Fuck, ik zou meer controle moeten hebben over mijn —

'O, The Office! Bingo!' Ik kijk naar haar terwijl ze de aflevering opzet voordat ze een loempia uit de bak in mijn hand pakt en haar knieën in de hoodie stopt.

'Vind je The Office leuk?' Ik weet niet zeker wat ik voel. Misschien shock? Ik bedoel, het is een beetje dom om geschokt te zijn. De show is populair en het kan niet zo raar zijn dat twee mensen het leuk vinden.

'Ja.' Haar mondvol loempia doet mijn borst samenknijpen. God, ik moet neuken.

Wacht, was dat het? Misschien komt dit allemaal…wat ik ook voor Janie voel, omdat ik al een tijdje geen seks heb gehad, en zij is gewoon een meisje dat dicht bij me in de buurt is geweest.

Ik leun achterover en voel me veel meer ontspannen met deze nieuwe openbaring.

'Ik kijk graag naar The Office,' zegt ze stralend. 'Het is mijn comfortshow. Ik val de meeste avonden in slaap terwijl het op mijn laptop afspeelt.'

Fuck.

'E-echt?' zeg ik sceptisch terwijl mijn lichaam verstijft als ze over me heen leunt om een dumpling uit het bakje te plukken.

'O ja,' zegt ze terwijl ze elke dumpling bekijkt.

Godverdomme, ze ruikt lekker. Dit is verkeerd… Dit is verkeerd… Oma in een nachtjapon. Hang tieten, wc-papier dat aan een kont geplakt zit, laat deze stijve ALSJEBLIEFT verdwijnen.

'Ik ben niet meer zo'n grote fan sinds Michael Scott vertrok.' Ze steekt de waardige dumpling in haar mond. 'Ik bedoel, ik bekijk ze, maar ik binge ze niet zo veel meer.' Ze stopt met praten en staart me aan. 'Wat is er?'

Ik doe mijn mond open om te spreken, maar ik kan het niet. In plaats daarvan reik ik met mijn hand naar haar gezicht en laat mijn duim over haar onderlip glijden. Ze inhaleert scherp en haalt me uit mijn met lust gevulde roes.

'Je had een uhm…' Ik wrijf snel weer over haar lip om te doen alsof ik een kruimel weghaal. Ik zie dat haar hals en wangen rood worden en ze draait zich van me weg om naar de show te kijken.

Gladjes Fox. Fucking gladjes.

13

'Het gaat prima!' moppert Fox terwijl hij een soort indrukwekkende kruising van een hoest en een nies laat horen.

Ik rol met mijn ogen terwijl ik hem *nog een* deken zie pakken en hem om zichzelf heen zie wikkelen. Hij heeft me het grootste deel van de nacht wakker gehouden omdat ik hem hoorde hoesten, niezen, kotsen en jammeren. Serieus, voor een grote sterke houthakker is hij een beetje een watje als hij verkouden is.

'Fox, je bent ziek.' Ik knijp gefrustreerd in de brug van mijn neus. 'Ik heb de jongens al geappt en Atlas zegt dat, hoewel hij zich geen zorgen maakt over je ziekte omdat zijn moeder hem vroeger ziek liet worden met zijn broers en zussen, Derek gedreigd heeft je machines te verbergen als je probeert om naar het werk te gaan. En ik moest je laten weten dat, ja, dat geldt ook voor Vanessa.'

Hij kreunt terwijl zijn enorme, trillende lichaam op zijn bank valt, nog steeds in zijn cocon.

'Luister.' Ik denk dat hij gezaghebbend probeert te klinken, maar de quilt met bloemen en de gedempte stem als gevolg van het bankkussen maken het erg moeilijk om hem serieus te nemen. 'Ik blijf vandaag thuis omdat ik het gevoel heb dat ik een vrije dag verdien. Maar dat betekent niet dat ik te ziek ben en ik geef At de leiding, dus je hoeft niet te denken dat je erheen kunt gaan en de leiding kunt nemen. En zeg tegen Derek dat ik de exacte positie weet waarin Vanessa werd achtergelaten en als ze hoe dan ook wordt aangeraakt, dan zal ik daarheen komen en mijn tong door zijn keel rammen.'

God, hij is zo'n idioot.

Ik schud mijn hoofd terwijl ik naast zijn hoofd zit en besluit dat we daar later op terug zullen komen. 'Dus je zou Atlas de leiding boven mij geven?' Nu ik zo dichtbij zit, merk ik dat zijn lichaam trilt en ik begin me af te vragen of hij hoge koorts heeft.

'Ja,' zegt hij in het kussen.

'Waarom?' vraag ik maar half geïnteresseerd in zijn antwoord terwijl ik opsta om naar de keuken te gaan. Ik moet weten wat hij op het gebied van medicatie heeft.

'Ik vertrouw op zijn oordeel,' hoor ik hem zeggen en ik lach als ik naar zijn lege medicijnkastje kijk. Er is alleen een potje ibuprofen en het is over datum –vier jaar.

'Vertrouw je het oordeel van een man die zijn kontgat heeft laten tatoeëren, boven mij?' Ik sla mijn armen over elkaar terwijl ik geschokt naar hem staar.

Fox komt omhoog, en krimpt ineen terwijl hij dat doet. Hij pakt de achterkant van zijn bank vast en wijst met zijn vinger naar me.

'Het was zijn bil, en het was voor liefdadigheid.'

Ik geef hem een ongelovige blik voordat het besef bij me binnen komt.

'O mijn god…jij hebt dezelfde tatoeage!' Zijn grauwe gezicht wordt nog bleker en hij kromt zijn beschuldigende vinger terug naar zijn borst voordat hij zijn hoofd met zijn deken bedekt.

'Ik wil er niet over praten,' gromt hij en ik kan de enorme grijns op mijn gezicht niet verbergen.

'Laat het me zien.'

Ik hoor hem een poging doen om te snuiven, maar hij eindigt in een hoest. 'Ik laat jou NIET mijn kont zien.'

Ik rol met mijn ogen en snuif. 'Goed, ik denk dat ik je dan hier gewoon achterlaat om alleen te sterven. Ik vraag me af voor hoeveel ik je tattoo-pistolen op eBay kan verkopen.'

'Het zijn machines, dat weet je, jij snotneus!' gromt hij en hij geeft me een middelvinger als ik zijn huis verlaat.

Ik frons en rijd achteruit de oprit van Fox op. Onderweg naar Hels, had ik Fox een berichtje gestuurd om zijn temperatuur te controleren. Waarop ik geen antwoord kreeg. Ik dacht dat hij gewoon een lul was, of sliep. Maar ik heb toch zeker tien minuten in de shop gezeten en… Ik weet het niet, ik haatte de gedachte dat hij alleen ziek thuis was en ik wist ook dat hij niets had om zich beter te voelen. Dus ben ik vertrokken, tot groot genoegen van Derek— met zijn fucking smetvrees — en naar de apotheek gegaan. Nadat ik daar wegging, probeerde ik Fox te bellen, en ik kreeg niets, letterlijk, hij ging direct naar de voicemail.

Dus nu ben ik hier, in een stortbui, en probeer deze zakken de houten trappen op te dragen die naar zijn omheinde veranda en voordeur leiden. Ik open de deur en hoor onmiddellijk iemand staan braken. Ik huiver door de heftige geluiden en ga de keuken in.

'Wat doe jij hier?' zegt zijn zwakke, norse stem als hij enkele minuten later de keuken binnenloopt.

'Je nam je telefoon niet op en je hebt hier niets om je met je verkoudheid te helpen, dus ben ik naar de apotheek gegaan.'

Ik loop naar hem toe en druk mijn hand op zijn voorhoofd voordat ik hem terugtrek.

'Fox, je bent heet!' Ik kijk toe terwijl hij me een schalkse grijns probeert te geven, maar hij komt niet helemaal over. Ik pak de thermometer en begin het apparaat uit te pakken en in zijn mond te stoppen. 'Ga op de bank zitten.' Hij kreunt, maar doet wat hem wordt verteld terwijl ik wat drinken en medicijnen voor hem pak.

Als ik terug loop, haal ik de thermometer uit zijn mond en zucht.

'Negenendertig.' Ik leg de thermometer neer voordat ik zijn dekens weghaal.

Hij jammert en dan zie ik dat hij verschillende lagen kleren aan heeft.

'Jezus, Fox, probeer je jezelf te doden?' Ik begin zijn hoodie uit te doen, maar hij werkt niet mee.

'Hou op, Torch! Ik heb het koud!' snauwt hij, en ik heb medelijden met hem, zijn tanden klapperen zo hard dat ik bang ben dat ze zullen breken.

'Ik weet het, het komt door de koorts,' zeg ik zachtjes terwijl ik een hand op zijn gloeiendhete wang leg. 'Vertrouw me en laat me voor je zorgen, oké?'

Hij stopt met ruzie maken. Ik weet niet zeker of het is omdat hij me wil vertrouwen of omdat hij zo uitgeput is. Hoe dan ook, ik profiteer ervan en ga verder met het strippen van zijn meerdere lagen shirts en hoodies.

Zodra hij alleen nog een wit onderhemd aan heeft, pak ik zijn deken en wikkel het om hem heen. 'Oké, het is middag, dus ik zal je dit nu geven…' mompel ik tegen mezelf terwijl ik het medicijn tegen verkoudheid openmaak en hem twee pillen en een flesje water geef. Zodra hij het inneemt, maak ik een notitie in mijn telefoon, zodat ik weet wanneer ik hem nog een dosis moet geven.

'Oké, heb je honger? Zal ik wat soep voor je maken?'

Fox schudt zijn hoofd. 'Nee, ik ben gewoon misselijk.'

Ik knik en besluit het medicijn wat tijd te geven om te werken voordat ik voedsel aan hem opdring.

Ik sta op zodat de grote man de bank heeft om op te liggen, maar Fox grijpt mijn pols met zijn gloeiende hand. Ik probeer het bonzen van mijn hart te negeren terwijl ik van zijn getatoeëerde hand naar zijn wazige, roodomrande ogen kijk.

'Niet doen,' fluistert hij en ik frons mijn voorhoofd in verwarring. 'Blijf alsjeblieft.'

'Ik ging niet weg,' zeg ik terwijl ik met mijn hand de bovenkant van zijn hand streel, en naar hem glimlach. 'Ik wilde je gewoon de bank geven, ik kan op de veranda zitten of zoiets en naar de regen luisteren.'

'Blijf.' Zijn stem is deze keer duidelijker en zijn blik is op onze handen gericht. 'Alsjeblieft.'

Ik adem diep in voordat ik knik en me aan het einde van de bank opkrul. Ik gebaar dat Fox naar me toe moet komen, wat hij snel doet, en ik leid hem naar mijn schoot. Ik voel hem eerst aarzelen, maar na een korte hoestbui laat Fox zijn hoofd op mijn schoot rusten. Ik trek zijn deken over zijn brede schouders voordat ik met mijn vingers door zijn lange, zandkleurige blonde haar begin te strelen.

'Je ruikt lekker,' hoor ik hem mompelen. Ik kijk naar beneden en zie dat zijn ogen gesloten zijn.

'Bedankt, ik probeer me af en toe af te wassen.' Mijn grap zorgt ervoor dat hij me een zwak lachje geeft.

'Ik vind je leuk, Torch.'

Ik voel mijn hart overslaan bij zijn bekentenis. Ik kijk op hem neer, mijn mond staat open. Wat moet ik zeggen? Wat bedoelt hij ermee? Hoe moet ik het opvatten?

Ik moet hier veel te lang over nagedacht hebben, want na een tijdje hoor ik zijn zachte gesnurk. Ik kan niet anders dan glimlachen. Deze gigantische getatoeëerde, gemene klootzak ligt al snurkend opgekruld op mijn schoot onder een quilt met bloemen, en wil niet alleen zijn omdat hij zich niet goed voelt. Ik vraag me af hoeveel verkoudheden Fox heeft gehad waarbij hij zoiets als dit wilde, maar werd gedwongen om er alleen mee om te gaan.

In tegenstelling tot Ash en Atlas, heeft Fox het nooit over vrouwen. Ik bedoel, ik weet zeker dat hij uitgaat, bij iemand die eruitziet zoals hij moet dat haast wel…toch?

Maar in de tijd dat ik hier ben, is er geen enkel meisje langs geweest.

Ik vind je leuk, Torch.

Ik laat mijn tanden in mijn onderlip zakken in een poging mijn glimlach tegen te houden terwijl ik mijn vingers door zijn haar laat glijden.

Ik denk dat ik jou ook leuk vind, Fox.

'Weet je zeker dat het goed met je komt?' vraag ik aarzelend als ik bij de deur sta, klaar om te vertrekken. Fox rolt met zijn ogen voordat hij me een blik van complete ergernis geeft.

'Torch.' Zijn arme stem is zo hees. 'Ik ben heel goed in staat om voor mezelf te zorgen. Ga naar het werk en controleer of de jongens het niet hebben platgebrand.' Ik slaak een zucht en pak de sleutels van zijn truck.

'Goed dan, maar je kunt maar beter je medicijnen blijven innemen! En ik wil elke twee uur een foto van je temperatuur,' zeg ik terwijl ik mijn tas en telefoon pak.

Hij geeft me een half saluut. 'Ja, mam. Wil je ook updates over mijn urineproductie?'

Ik trek een wenkbrauw op. 'Kleur en frequentie.' Grijnzend om zijn afwijzende vinger, loop ik het huis uit met de paraplu en ga naar de truck om naar Hels te gaan.

Terwijl ik door de regen naar de stad rijd, probeer ik de trillingen van de notificaties op mijn telefoon te negeren. Ik had mijn telefoon niet aanstaan, behalve toen ik gisteren weg was gegaan om voor Fox medicijnen te halen. Het was fijn. Het is rustig niet wetende wat er gebeurt, en wat anderen over me zeggen. Maar ik weet dat het niet voort kan blijven duren, uiteindelijk zal ik alles onder ogen moeten komen.

'Maar niet vandaag,' fluister ik tegen mezelf terwijl ik de parkeerplaats van Hels Ink op draai. 'Vandaag ben ik Janie, niet Jai.'

'Derek,' kreun ik geërgerd. 'Het is maar een verkoudheid! Het gaat vandaag veel beter met hem en ik voel me goed.'

'Achteruit, Janie,' zegt hij waarschuwend terwijl hij een fles ontsmettingsmiddel omhoog houdt en zijn mondmasker over zijn neus vastzet. 'Ik mag je graag en zo, maar ik zal zonder met mijn ogen te knipperen deze hele bus op je leegspuiten.'

Ik schud mijn hoofd en loop naar Atlas, die momenteel op Tinder aan het swipen is.

'Vind je haar lekker?' vraagt hij terwijl hij zijn telefoon in mijn gezicht duwt. Ik kijk naar het meisje met groene ogen en zwart haar.

'Haar ogen zijn nep, dat haar is een pruik en die foto is vervormd.' Ik geef hem de telefoon terug. Hij fronst en kijkt naar de foto alsof die hem heeft verraden.

'Waar gaat deze wereld naar toe als je de datingsites niet meer kunt vertrouwen?'

Ik snuif en schud mijn hoofd terwijl ik het volgende profiel zie dat verschijnt. Ik zie de hand van Atlas trillen bij een foto van Ren. Ze ziet er echt mooi uit, maar het is helemaal niet het typische Tinder-profiel. Ze glimlacht, haar lange haar zit in een losse vlecht. Ze heeft lichte make-up op en draagt een wijdvallende herfstkleurige maxi-jurk met kleine bloemetjes en een halslijn die zich aan haar zeer gezegende borst vastklampt.

'O shit,' mijmer ik. 'Ga ervoor, Ren.'

Ik zie de spier in de scherpe kaak van Atlas vertrekken als hij zijn telefoon uitschakelt en dan recht gaat staan.

'Dus, heb je Fox vermoord?' vraagt hij en ik kan zien dat hij *hard* zijn best doet om verder te gaan na wat hij heeft gezien. Zijn hand blijft zich ballen en ontspannen terwijl hij heen en weer blijft lopen… maar geen spullen recht zet of zo. Wat is hij aan het doen?

'Uh.' Ik begin te lachen. 'Nee? Hij is waarschijnlijk aan het wegkwijnen op de bank…of in het toilet aan het overgeven.'

Atlas grijnst als hij tegen zijn werkplek aanleunt. 'Je brengt veel tijd door met de oude man, vind je niet?'

Ik trek een sceptische wenkbrauw op. 'Ik veronderstel van wel,' zeg ik langzaam. 'Maar ik had een zware dag en toen werd hij ziek. Het zou een rotte zet zijn geweest om hem met koorts achter te laten.'

Hij haalt kort zijn schouders op. 'Hé, ik zeg niets…alleen maar dat je een paar maanden geleden zou hebben gebeden dat dit zijn einde zou zijn. En nu ben je zijn voeten aan het masseren.'

'Het was zijn hoofd!' geef ik terug voordat ik besef wat ik net heb gezegd. Ik staar met grote ogen naar Atlas, zijn ogen kijken in de mijne, maar waar de mijne — ik weet het zeker — verschrikking laten zien, zien die van Atlas eruit als die van een kind op kerstochtend. 'Hou je kop,' waarschuw ik en kijk naar de andere twee, even geschokte mannen. 'Jullie allemaal! Hij was ziek en ik probeerde om… Atlas, hou op!' Ik geef hem een duw, hoewel het geen zin heeft, hij staat daar als een enorm standbeeld met die stomme grijns op zijn gezicht.

'Fox en Janie zitten in een boom…' zingt Atlas terwijl Ash en Derek grinniken.

'Jullie kunnen allemaal het dikste deel van mijn kont kussen. Ik ben weg,' mopper ik als ik mijn tas pak en naar buiten ga terwijl ze allemaal kusgeluiden maken.

Ik weet dat ze gewoon aan het plagen zijn en ik ben niet *heel* erg kwaad. Eerder beschaamd dat ik me dat liet ontglippen.

'Fox gaat me vermoorden,' mompel ik.

14

Fox

K open mijn ogen en kijk rond in de vaag verlichte kamer. Ik hoor The Office op een zacht volume op de tv spelen. Ik beweeg mijn stijve armen en voel me overdreven heet en ongemakkelijk. Er klinkt gekreun onder me en mijn kussen beweegt. Ik kijk naar beneden en zie in de schaduw dat mijn *kussen* eigenlijk een zachte, met sproeten bedekte en zeer blote buik is.

Fucking shit.

Ik ga rechtop zitten en Janies kleine hand valt uit mijn haar als ze door blijft slapen. Ik probeer me de gebeurtenissen van vandaag te herinneren die me ertoe zouden hebben gebracht om haar blote buik te knuffelen terwijl we sliepen. Ik herinner me dat ik me overdag goed voelde terwijl ze aan het werk was, maar hoe later het werd, hoe waardelozer ik me begon te voelen. Ik herinner me dat ze nadat ze terug was, afschuwelijke soep had gemaakt, serieus, hoe kun je vieze soep maken? We keken tv en… Ik kijk weer naar haar en kreun van frustratie terwijl mijn pik me weer verraadt.

Ik sta op van de bank net op het moment dat een luide donderslag het huis en de ramen laat rammelen. Ik kijk om en zie dat de roodharige nog steeds buiten westen is. Het is eerlijk gezegd zorgwekkend waar ze doorheen kan slapen.

Ik doe mijn sokken uit en laat mijn voeten de koele hardhouten vloer voelen terwijl ik naar de glazen schuifdeur ga. Ik doe hem open, stap naar buiten en geniet van de koele lucht en de luide regen. Als

Janie me hier zou zien, zou ze waarschijnlijk vermanend tegen me roepen aangezien ik *zo ziek* ben. Ik glimlach bij die gedachte en scheld mezelf dan uit omdat ik lach. Het laatste wat ik wil is hier te veel achter zoeken.

Ik ben ziek, ze is gewoon aardig.

Heel aardig.

Ik probeer me de laatste keer te herinneren dat ik iemand had die voor me zorgde, maar er komt niets in me op. Mijn moeder en zus waren geen mensen die voor je zorgden. In plaats daarvan waren zij degenen die zorg nodig hadden. Begrijp me niet verkeerd, mijn moeder en zus, Lacey, waren zo liefdevol als ze maar konden zijn. Maar gezien het feit dat we in een huis vastzaten met een gewelddadige man, en ze mijn bescherming nodig hadden, was liefde iets dat op een laag pitje werd gezet.

Ik staar naar de straatlantaarn en de regen die in het schijnsel stroomt. Ik haat het om aan ze te denken. Ik haat het dat ik ze niet het leven kon geven dat ze verdienden, en ik haat het dat mijn klootzak van een vader ze allebei heeft overleefd. Het is zwaar om aan het ongeluk te denken dat mijn moeder en zus het leven heeft gekost. Het vergeven van de bestuurder die hen had geraakt omdat hij overwerkt was en achter het stuur in slaap was gevallen, is nog moeilijker. Maar hetgeen dat aan me zal blijven knagen tot de dag dat ik sterf, is dat ik net hierheen was verhuisd om een stage bij Tony te beginnen nadat hij mijn werk in een shop in Washington had gezien. Ik woonde amper een paar maanden in mijn appartement toen we hadden besloten dat mam en Lacey bij mij zouden komen wonen. Ik had eindelijk mijn shit op orde en kon ze voorgoed bij mijn vader weghalen. Het zou een tijdje krap zijn geweest, we zouden het moeilijk hebben gehad, maar ze zouden veilig zijn geweest.

Ik huiver terwijl ik de scherpe pijn in mijn borst voel en het schuldgevoel zoals altijd over me heen spoelt.

'Fox?' Janies slaperige stemmetje trekt me uit mijn gedachten. Ik kan het niet helpen, maar moet een beetje lachen terwijl ze in haar slaperige ogen wrijft. 'Hoe voel je je?'

'Beter,' zeg ik zachtjes terwijl ze naar me toe loopt, met haar ogen nog steeds dicht geknepen. Ze legt haar hand op mijn hoofd, dan op mijn wang en fuck, ik heb het gevoel alsof ik in haar aanraking wil smelten.

'Huil je?'

Mijn ogen worden groter terwijl ik voel dat ze met haar duim het vocht van mijn gezicht veegt.

'Wat? Torch, kom op. Ik ben misschien ziek, maar ik huil niet.' Ik trek mijn gezicht uit haar greep en wijs met mijn duim over mijn schouder. 'Het regent.'

'Ja, uit je ogen,' zegt ze, mijn excuus niet accepterend.

Ik wrijf over mijn hoofd. 'Het is…niets. Ik dacht alleen aan mijn moeder en zus.' Ik zie haar gezicht zachter worden en kreun van binnen. 'Niet doen,' zeg ik waarschuwend en haar onschuldige ogen worden groot.

'Wat niet doen?' snuift ze.

'Ik…' Ik stoot een grom uit, me ongemakkelijk voelend met de richting waarin het gesprek gaat. 'Ik praat niet over hen, ik wil me niet openstellen en ik wil je medelijden of sympathie niet.' Ze slaat haar armen over elkaar en ze haalt haar schouders op.

'Ik wilde je geen medelijden of sympathie geven, geloof me. Ik heb je de afgelopen dagen genoeg gegeven.' Haar stem is kortaf voordat ze zich op haar hielen omdraait om terug naar binnen te gaan, maar ik stop haar.

'Wacht.' Ik huiver, en voel me slecht omdat ik snauwde. 'Het spijt me. Je hebt gelijk. Bedankt dat je zo aardig voor me bent. Het is al heel lang geleden dat iemand…' Mijn stem valt weg en ik kijk naar haar terwijl ze dichterbij komt.

'Dat iemand wat?' vraagt ze en ik knipper meerdere keren terwijl ik de woorden probeer te vinden. Fuck, haar geur is bedwelmend als ze zo dichtbij is. Het is uitnodigend en mysterieus, bloemig, maar licht en het maakt me gek dat ik de exacte geur niet kan bepalen.

'Dat iemand,' zucht ik en kijk op haar neer, en besluit om me voor deze ene keer een beetje open te stellen. Zelfs als het bij Hels snotaap is. 'Dat iemand voor me heeft gezorgd…of zich om me heeft bekommerd.' Ik geef het toe en voel een golf van schaamte over me heen spoelen.

Janie lacht niet en ze staart me niet met medelijden aan. Ze houdt haar hoofd schuin en gaat op haar tenen staan terwijl ze haar zachte, volle lippen tegen mijn wang duwt. Het moment is zo zacht en lief dat ik me emotioneel begin te voelen.

Fuck, deze verkoudheid en shit maakt me zwak.

Haar smalle armen slaan zich om mijn nek terwijl ze me tegen haar kleine gestalte houdt. Ik wacht tot ze iets zegt, maar dat doet ze niet. Ze houdt me gewoon vast terwijl de regen om ons heen in de koele nacht blijft stromen. Ik blijf enkele seconden onbeweeglijk staan voordat ik mijn armen om haar heen sla. Ik weet zeker dat ze het harde gebonk van mijn hartslag in mijn borst kan voelen. De manier waarop ze me vasthoudt, is anders dan alles wat ik ooit heb gevoeld. Mijn hele leven ben ik de sterke, de beschermer, degene geweest die alles repareerde. En als het om vrouwen ging, dan was er geen geknuffel of elkaar vasthouden. Ik zorgde ervoor dat ze zich goed voelden en vertrokken met een voldaan gevoel, maar ik zorgde ervoor dat ze vertrokken. Dit nu, met Janie…het is iets waarvan ik me niet realiseerde dat ik ernaar verlangde. En het jaagt me de fucking stuipen op het lijf.

Janie

DIT KAN NIET HET ECHTE LEVEN ZIJN.

Ik moet een vreselijk ongeluk hebben gehad waardoor ik een ernstig hoofdtrauma heb opgelopen en nu in coma lig, en dit is mijn droomachtige toestand. Dat is de enige plausibele verklaring voor waar ik, vanaf Fox zijn veranda, getuige van ben.

De bijl snijdt door het gigantische stuk hout als een heet mes door boter. En wanneer de zeer shirtloze, zweterige Fox gromt bij de impact van de bijl op de stronk eronder…knijpen mijn dijen zich honderd procent samen. Nogmaals, het kan niet het echte leven zijn.

Fox kijkt omhoog en ziet me, waardoor ik verwelkomd word door het uitzicht op zijn krachtige, met tatoeages bedekte lichaam dat in de zon glinstert door het zweet dat over hem heen loopt.

'Ik ga kijkkosten in rekening brengen als je blijft kijken,' roept hij met een grijns en ik steek mijn middelvinger naar hem op.

'Wat ben je aan het doen?' vraag ik terwijl ik de trap van de veranda afloop om dichter bij hem te komen. Slechte zet, hij is van dichtbij nog heter. Ik zie zijn uitpuilende spieren, hoor zijn moeizame ademhaling, zie dat lichte spoor van haar zijn spijkerbroek in gaan.

'Ik ben een taart aan het bakken,' zegt hij doodleuk. Daar gaat hij weer, mijn fucking fantasie verpestend door me eraan te herinneren dat het in feite *Fox* is waar ik als een uitgehongerde leeuwin naar staar.

'Luister, bijdehandje,' grom ik terwijl ik naar hem kijk. 'Ik probeer erachter te komen waarom je bejaarde kont hier hout staat te hakken wanneer het risico op een hartaanval dramatisch toeneemt voor mannen van jouw leeftijd.'

Ik kijk toe hoe Fox de bijl in de stronk laat vallen en dichter naar me toe loopt. Hij leunt naar voren, staart in mijn ogen en zijn mondhoeken trekken op tot ze een speelse grijns vormen.

'Torch,' zegt hij, zijn stem laag en hees. 'Je kunt maar beter stoppen met zo gemeen tegen me te zijn voordat ik nog verliefd op je word.' Hij geeft me een knipoog voordat hij achter me naar de oprit kijkt terwijl de *Tahoe* van Atlas en de *Rav4* van Ren aan komen rijden, godzijdank voor hun timing, want de blos die ik op mijn gezicht voel kruipen is bijna te veel.

Fox gaat iedereen begroeten aangezien we een klein feestje geven omdat Ren aangenomen is voor haar eerste baan als "Echte Advocaat" bij een advocatenkantoor in de binnenstad. Ik wapper met mijn handen voor mijn gezicht om mijn hete wangen af te koelen voordat ik naar de groep toe ren.

'Dus,' begint Stevie terwijl zij en Ren me helpen al het eten neer te zetten dat zojuist is bezorgd. 'Je woont hier gewoon, geheel platonisch…met Fox?'

Ik richt mijn blik op mijn vriendin en moet het gevoel van jaloezie onderdrukken dat naar boven komt.

'Ja, hoezo?' vraag ik, waarschijnlijk te scherp. Stevie schudt haar hoofd terwijl het besef bij haar binnenkomt.

'Nee, nee, nee! Ik val niet op hem.' Ze zwaait met haar handen. 'Ik heb gewoon…ik heb gezien hoe hij naar je kijkt.' Ze haalt haar schouders op terwijl ze wat flesjes bier tevoorschijn haalt om in de ijskoeler te proppen.

'Hoe kijkt hij naar me?' vraag ik en Ren snuift.

'Op dezelfde manier als dat jij naar hem kijkt,' mompelt ze terwijl ze me speels een elleboog geeft, maar wanneer Atlas naar ons toe loopt betrekt haar gezicht en zorgt ze er meteen voor dat ze iets om handen heeft.

'Mijn God, kijk eens naar deze mooie dames,' glundert hij als hij naar de koeler loopt. 'Ik ben gekomen om mijn…diensten aan te bieden.' Hij wiebelt suggestief met zijn wenkbrauwen terwijl hij zijn biceps aanspant.

'Tuurlijk,' zegt Ren snel terwijl ze uit de weg gaat. 'Breng het maar naar buiten,' prevelt ze voordat ze terugloopt naar de keuken. Eenmaal buiten gehoorafstand kijk ik streng naar Atlas die eruitziet alsof iemand hem heeft verteld dat Kerstmis is geannuleerd.

'Wat heb je gedaan?' Ik kreun en hij staart me aan, beledigd door mijn vraag.

'Red, ik zweer het…' zegt hij terwijl hij in verdediging zijn handen omhooghoudt. 'Ik heb haar sinds je verjaardag niet meer gezien, ik heb geen idee. Maar ze is al zo sinds we allemaal samen in de donutwinkel afgesproken hadden.'

Ik kijk hem sceptisch aan, maar knik. 'Vertel de jongens dat we het eten pakken en er zo aan komen,' zeg ik terwijl ik hem de volle koeler zie optillen alsof het niets is en hij weer naar buiten loopt.

Ren komt terug uit de keuken met plastic bestek en borden. 'Wat?' vraagt ze.

'Weet je, wat Atlas ook heeft gedaan,' begin ik en ik zie meteen dat ze verstijft, 'hij meende het waarschijnlijk niet.'

Ren schudt haar hoofd en begint naar de deur toe te lopen. 'Het is niets. Hij maakte net een opmerking waardoor ik het idee kreeg dat hij misschien mijn profiel op Tinder had gezien.'

Mijn gezicht betrekt en ik doe mijn mond open, maar Ash loopt naar binnen voordat ik iets kan zeggen.

'Luister,' zucht hij terwijl hij tegen het deurkozijn leunt. 'Je hebt vier zeer grote, zeer hongerige mannen hier buiten. Als je ons niet snel te eten geeft, dan zullen we uiteindelijk met elkaar op de vuist gaan.'

Ik zucht en schud mijn hoofd terwijl we allemaal naar de tafel gaan.

'Dus hoe gaat het met het Brody gebeuren?' vraagt Stevie terwijl we na het eten allemaal rond de vuurplaats zitten. De zon ging onder en we zaten allemaal in onze eigen tuinstoelen, bier te drinken en te kletsen. Het is iets wat ik in mijn leven nooit echt had gedaan en tot op dit moment, genoot ik ervan.

Ik verschuif ongemakkelijk, slaak een zucht en kijk naar iedereen die me aanstaart. 'Ja, ik geloof dat ik jullie op de hoogte moet brengen.'

'O.' Stevie haalt haar schouders op. 'Dat hoef je helemaal niet te doen! Ik wist niet dat dit persoonlijk was, het wordt voortdurend online aangehaald.'

'Ja, ik weet het.' Ik klem mijn handen stevig in elkaar als ze harder beginnen te beven. 'Blijkbaar heb ik hem bedrogen.' Mijn ogen flitsen kort naar Fox, maar het was lang genoeg om me te vertellen dat hij ook naar mij keek. 'En heb ik een alcoholprobleem en moet ik naar een afkickkliniek. Er wordt ook gezegd dat ik geld van mijn sponsors heb gestolen en me niet aan contracten heb gehouden, wat bullshit is en ik laat Frank er binnen twee weken naar kijken aangezien de shop dan gesloten is.

Fox schraapt zijn keel om mijn aandacht te trekken. 'Ga je niet met ons mee naar Vegas?'

Ik schud mijn hoofd. 'Nee, ik moet dit afhandelen en ik dacht erover om rond die tijd naar een meet-and-greet te gaan, zodat ik dit misschien recht kan zetten.' Ik kijk toe terwijl hij met zijn ogen rolt en naar Ash kijkt.

'Bro, deze conventie gaat geweldig worden!' Ash grijnst terwijl hij achteroverleunt. 'Geen babysitters en we zijn in Vegas. Ik ga zoveel poes —'

'Oké,' zeg ik terwijl iedereen kreunt. 'Je belangrijkste doel is om de shop te vertegenwoordigen, niet om je pik ergens in te stoppen.'

'Ik bedoel,' Atlas haalt nonchalant zijn schouders op, 'kunnen we niet allebei doen? Wat me eraan herinnert, Fox, ik heb je telefoon nodig, zodat ik je Tinder kan opzetten zoals we besproken hebben.'

Mijn hart zakt in mijn schoenen en mijn ogen schieten meteen naar Fox die er beschaamd uitziet.

'Nou.' Ik dwing mezelf om te glimlachen om zo het feit te verbergen dat ik plotseling wil huilen. 'Ik hoop dat jullie allemaal plezier hebben en niet met een soa terugkomen. Neem me niet kwalijk, ik moet plassen,' zeg ik, waarna ik een blik stuur naar Ren en Stevie, die me naar het huis volgen. Ik moet nu weg van de jongens, weg van Fox. Ik wil er niet aan denken dat hij naar de conventie gaat en andere meisjes neukt. Het doet te veel pijn en ik ben er nog niet klaar voor om uit te zoeken waarom dat zo is.

16

Zodra de meisjes in het huis zijn, neem ik een ongeopend blikje fris uit de koelbox, gooi het naar Atlas en raak hem tegen zijn knie.

'Wat de fuck, Fox!' schreeuwt hij terwijl hij zijn knie vastpakt. 'Waar was dat verdomme voor?'

'Tinder? Echt?' grom ik, en het kriebelt om hem nog eens te raken.

'Ja, Tinder! Je zei weken geleden dat je hulp nodig had om het voor Vegas op te zetten omdat jij te oud was om het uit te vogelen. Ik denk dat je mijn femur hebt gebroken,' jammert hij en Derek snuift van achter zijn flesje water.

'Je knieschijf is de *patella*, idioot.'

Atlas staart de man aan voordat hij opstaat en een poging doet om met hem af te rekenen. 'Ja? Nou, als jij dan zo slim bent, hoe heet het dan als je je lul in tweeën breekt?'

Ik sluit mijn ogen en bereid me voor op het antwoord.

Derek grinnikt. 'Dat heet je moeder bovenop laten rijden.'

'Zo is het genoeg, Virginia boy!' Atlas haalt uit naar de grinnikende man die niet uit zijn stoel is gekomen. Ik stap ertussen en duw Atlas naar de oprit.

'Kom op, Atlas, loop het van je af,' zeg ik terwijl ik met hem meeloop. Als we eenmaal buiten gehoorsafstand zijn, wend ik me tot mijn beste vriend en kijk voor het eerst in de laatste paar dagen echt naar hem. Hij ziet er moe uit, gespannen, zijn ogen zien er bloeddoorlopen uit en zijn schouders zijn naar binnen gekeerd. Allemaal dingen die voor hem niet normaal zijn.

'Wat is er aan de hand?' vraag ik hem terwijl ik tegen mijn truck leun.

Atlas snuift en rolt met zijn ogen. 'Je hebt mijn knieschijf gebroken en toen maakte de fucking diva Derek daar een grap over mijn moeder. Dat is tegen onze code. We waren het erover eens om geen grappen over moeders te maken.'

'Ten eerste, ik zal met hem over de moedergrap praten, hoewel je je moeder haat, dus ik zie het —'

Atlas kapt me af. 'Het gaat om het principe. Bro code, man.'

Ik steek mijn handen omhoog. 'Oké. Hoe dan ook, het knieschijf ding bracht je nauwelijks van je stuk, je bent er alleen over aan het bitchen. Wat is er wel aan de hand, je ziet er klote uit.' Ik kijk toe hoe At gefrustreerd kreunt terwijl hij met zijn hand over zijn kaak wrijft.

'Lauren is boos op me, en ik weet niet waarom,' mompelt hij zachtjes.

'Oké, en?' Ik wacht tot hij verder gaat, maar hij kijkt me alleen maar aan.

'En wat?' vraagt hij uiteindelijk.

Ik knijp in de brug van mijn neus. 'EN wat als ze dat is?'

Hij gnuift alsof ik hem net beledigd heb. 'Ik word er gek van!' schreeuwt hij terwijl hij met zijn armen om zich heen zwaait. 'Ik ben schattig, grappig en charmant,' telt hij op zijn vingers. 'Er is geen *enkele* reden voor haar om boos op me te zijn, toch is ze dat, en het maakt me gek! Ik kan niet eten, ik kan niet slapen, ik kan niet neuken.'

Ik grijns naar mijn vriend en schud mijn hoofd bij zijn frustratie. Atlas moet geliefd zijn. Als je niet van hem houdt, dan zal het aan hem knagen totdat hij de situatie oplost.

'Heb je haar gevraagd wat je hebt gedaan?' vraag ik, in een poging de ernst te veinzen die hij in deze situatie verwacht. Hij vindt Ren leuk. Natuurlijk zal hij nooit iets met die gevoelens doen omdat Ren in een andere wereld leeft dan wij, vooral nu met haar baan bij dit nieuwe bedrijf. We zien er allemaal uit als criminelen; wij zijn de mannen waar de moeders hun dochters voor waarschuwen. Ik heb gezien hoe At weigert naast Ren te zitten als we samen zijn. Of dat hij haar niet wil tatoeëren. Hij zal schaamteloos met haar flirten, maar alleen in het openbaar, zodat hij het excuus kan gebruiken dat hij tegen iedereen zo is. Wat enigszins waar is, hoewel hij naar niemand kijkt zoals hij naar haar kijkt.

'Kun je gewoon…' Atlas' stem valt langzaam stil als de groep naar ons toe komt, zonder Janie. Ik frons en kijk naar Stevie en Ren. Mijn onuitgesproken vraag moet duidelijk zijn, want Stevie begint te praten.

'Ze heeft een doodsbedreiging in haar DM gekregen, haar trillingen zijn echt erg, ik denk niet dat ze lang kon blijven staan.' Blijkbaar heeft Janie, terwijl ik vorige week ziek was, onze groep over haar aandoening verteld. Ik was trots op haar omdat ze zich voor hen had opengesteld, en blij dat de jongens beter wisten dan haar shit te geven, maar een egoïstisch deel van me was een beetje geïrriteerd, omdat ik graag dingen over haar weet die niemand anders weet.

'Een doodsbedreiging?' grom ik terwijl Stevies woorden in mijn hoofd klikken. Ik zeg iedereen gehad en neem mijn trap met twee en drie treden tegelijk tot ik bij de deur kom en naar binnen loop. Ik kijk rond in de lege woonkamer, hoor een snif van de achterkant van het huis komen, loop naar mijn kamer en open de deur. Ik bevries als ik Janie met haar armen om haar benen geslagen in het midden van mijn bed zie zitten. Dit is vreemd, omdat Janie een slaapkamer heeft, met een bed.

'Torch?' Mijn stem laat haar verstijven, ze draait haar hoofd en veegt het haar uit haar gezicht om me aan te kijken. Mijn hart zakt in mijn schoenen bij haar met tranen bevlekte gezicht. 'Baby doll…' fluister ik en blijkbaar is dat de druppel. Ze rolt zich op in een bal en begint te snikken. In een oogwenk zit ik op het bed, neem haar in mijn armen en druk haar hoofd tegen mijn borstkas.

'Ze weten het…' zegt ze tussen de snikken door.

'Weten wat, schatje?' vraag ik zachtjes terwijl ik met mijn hand over de zijkant van haar gezicht streel.

'O-over de shop…ze gaan me d-daar pijn doen.' Mijn bloed

kookt en ik duw haar iets van me af om naar haar snikkende lichaam te kijken.

'Wie?' vraag ik, terwijl ik probeer de paniek uit mijn stem te houden. Ik moet weten wie haar kwaad wil doen. Ik vernietig ze voordat ze de kans krijgen. Ze schudt haar slappe hoofd voordat ze zich weer tegen mijn borstkas aankrult.

'Ik weet het niet,' fluistert ze. 'De DM komt van een spamaccount.'

'Ik ga camera's rondom het gebouw hangen,' zeg ik standvastig terwijl ik haar steviger vasthoud. 'En het is afgelopen met alleen naar je auto lopen. Ik weet dat je hebt gezegd dat je niet naar Vegas gaat, prima. Maar ik ga kijken of je bij Ren kunt verblijven terwijl ik er niet ben om je veilig te houden.' Een bittere lach ontsnapt aan haar mond voordat ze naar me opkijkt.

'Ja,' zegt ze snuffend terwijl ze met haar betraande ogen rolt. 'Ik zou je Tinder-thon met de jongens niet willen verpesten.'

'Janie —' kreun ik en ze zwaait met haar hand om me weg te wuiven. Ze probeert uit mijn greep los te komen, maar ik grijp haar heup vast om haar in bedwang te houden. Als ze naar me opkijkt, zijn haar blauwe ogen gevuld met zoveel emoties dat het overweldigend is. Angst, verdriet, eenzaamheid en misschien lust?

Nee…dat is —

Mijn gedachten blijven onafgemaakt als ze op schrijlings op mijn schoot gaat zitten en haar lippen op de mijne drukt. Ik denk niet na, ik reageer gewoon. Ik grijp haar perfecte kont in de ene hand terwijl de andere naar de achterkant van haar nek gaat, zodat ik haar beter kan sturen. Het wordt me echter al heel snel duidelijk, dat Janie de controle niet zonder een gevecht opgeeft.

Ik kreun tegen haar lippen aan als ze tegen mijn snel harder wordende pik schuurt. Ze pakt mijn kaak ruw vast en opent mijn mond voordat ze haar tong naar binnen laat glijden. Fuck, ze voelt goed. Ze lokt mijn tong haar mond in en als ik binnenkom, krult ze haar lippen om mijn tong voordat ze eraan zuigt.

'Holy fuck…' grom ik en voel dat mijn ballen strakker worden bij die daad. Haar hand baant zich een weg tussen ons in en ik laat een sis horen wanneer ze de bobbel door mijn broek vastgrijpt. Ze blijft doorgaan met wat deze pornografische hekserij met mijn mond dan ook is en voor ik het weet, is mijn broek los geknoopt en is ze met de rits bezig.

Ik word door paniek overvallen. Maak ik misbruik van haar? Ze is jong, bang, emotioneel. Fuck.

'J-Janie,' kreun ik tussen een hijg door, terwijl haar kleine hand tussen mijn spijkerbroek en boxer glijdt. Ik weet door de grijns op haar gezicht dat haar vingers de natte plek van het voorvocht hebben gevonden.

Ze pakt me weer vast en ik rol mijn hoofd naar achteren. Ik kan dit niet doen.

'Janie…' zeg ik nog een keer en ik hoor haar grommen van frustratie.

'Begin nu niet na te denken, Fox.' Ze ademt in mijn nek voordat ze mijn huid likt en erin bijt.

Ik ga klaarkomen.

'S-stop!' schreeuw ik nog net niet uit. In een oogwenk gaat Janie van me af, haar handen voor uitgestrekt.

'Het spijt me, ik dacht dat je dit wilde… Het spijt me echt.' Ik zie de schaamte en afwijzing op haar gezicht. Onmiddellijk voel ik me klote. Ik wrijf met mijn handen door mijn baard en slaak een zucht.

'Nee, baby doll…dat is het niet, het is gewoon…' Ik krab op mijn hoofd en probeer de juiste woorden te vinden. 'Janie, ik voel me niet op mijn gemak om dit met je te doen als je in deze staat bent.'

Haar wenkbrauw gaat omhoog. 'Welke staat is dat?'

De vijandigheid ontgaat me niet. Fucking hel. 'Er is veel gebeurd in de afgelopen week, verdomme, in de afgelopen maanden en…' Ik kijk toe hoe het besef bij haar binnenkomt en ze kijkt bijna beschaamd.

'Je hebt gelijk. Het spijt me, ik had dat niet moeten doen. Ik denk misschien dat, door alles wat er is gebeurd, ik me gewoon eenzaam voel. En jij bent ongeveer de enige die ik vertrouw… Dat is stom. God, ik schaam me nu zo erg.' Ze wil van het bed af gaan, maar ik houd haar tegen.

'Janie…schaam je niet. Jij was niet de enige die het voelde, oké?' Ik stop het haarlokje achter haar oor en glimlach als het zoals altijd terugspringt. 'Geloof me, je hebt me bijna laten klaarkomen, wat voor mij vernederend zou zijn geweest om dat in minder dan twee minuten te doen.'

Ze rolt met haar ogen, maar knikt. 'Goed dan, ik moet naar bed. Welterusten, Fox.'

'Slaap lekker, Torch.'

Ik kijk rond in mijn badkamer en frons als ik geen handdoeken zie. Ik bedenk me dat Janie ze allemaal naar haar badkamer moet hebben gebracht om me te irriteren, dus ik grinnik bij mezelf en ga naar de hal. Janie is ongeveer een uur geleden naar bed gegaan en het is onmogelijk dat ik slaap zonder me te hebben afgetrokken. Dus om twee vliegen in één klap te slaan, wil ik douchen en me aftrekken.

Ik ga naar haar badkamer en jawel, alle handdoeken liggen netjes opgevouwen in de kast.

Snotneus.

Ik sta op het punt er meerdere te pakken als een zacht geluid me tegenhoudt. Ik ben stil terwijl ik luister of ik het geluid opnieuw kan horen.

'Mmm…dat is het,' kreunt Janies zachte stem. Dan realiseer ik me wat het zwakke geluid is dat ik hoor. Het is een vibrator.

Mijn pik is *keihard*. Het was al een vervelende semi harde, maar nu is het een stevige staaf die dwars door mijn boxershort steekt.

Omdat ik een viezerik ben, ga ik dichter bij de muur staan en luister terwijl Janie scherp inhaleert als ze overduidelijk een speciale plek tussen haar benen raakt.

'O…' hijgt ze. 'God, ik ben zo verdomd nat,' fluistert ze nagenoeg in verwondering.

Fuck, hoe zou het voelen? Waar smaakt ze naar? Ik onderdruk een kreun terwijl ik aan mijn pijnlijk harde erectie ruk. God, ze verandert me in een bezetene. Ze is het enige waar elk van mijn koppen aan denkt, en nu werken ze samen. Mijn hoofd stelt zich voor hoe ze op haar bed ligt, volledig naakt, met haar benen wijd gespreid terwijl haar vibrator over haar gezwollen clitoris danst.

Ik ruk sneller om haar snellere ademhaling te evenaren. Speelt ze met haar zachte tieten? God, ik wil die tepels likken en eraan zuigen terwijl ik zo ver in haar stoot als haar lichaam toestaat. Ik voel mijn ballen samentrekken en mijn pik pulseert terwijl ik op het punt sta over de rand te gaan. Ik zet mijn arm op de gootsteen en maak me klaar om me voor te stellen dat ze klaarkomt als haar stem me over het randje stuurt.

'Ik kom klaar,' stoot ze uit als een gedempt kreetje. 'O God! O Fox!'

Mijn mond valt open als mijn hersenen kortsluiting krijgen en ik over mijn hele hand klaarkom, terwijl ze mijn naam blijft kreunen en ze weer van haar high naar beneden komt.

Dit is zeker een probleem.

17

Janie

IK WRIJF OVER MIJN KLOPPENDE SLAPEN TERWIJL IK NAAR DE VOORKANT van Hels Ink kijk. Er staat in het rood *"Jai de slet"* op het raam geschilderd.

'Ze hadden op zijn minst iets met de kalligrafie kunnen doen,' moppert Atlas terwijl hij en Fox aan weerszijden van me staan.

'Of schilder het in print, ik bedoel shit.' Fox zucht.

'Ik zal ze punten geven voor de juiste spelling,' grapt Atlas en ik voel dat hij naar me kijkt. 'Aangezien ik weet hoe belangrijk spelling is.' Ik draai me om, zet mijn vuisten op mijn heupen en kijk boos naar de twee mannen.

'Ik ben *zo* blij dat jullie dit zo amusant vinden,' snauw ik.

Ik weet niet hoeveel ik nog aankan. Ik ben officieel gecanceld op social media. Ik ben al mijn sponsors kwijt en mensen hebben de shop met mij in verbinding gebracht en zijn al binnen gekomen om me lastig te vallen, me doodsbedreigingen te sturen of de zaak te vernielen.

Fox haalt zijn schouders op terwijl hij zijn handen in zijn zakken steekt. 'Torch, het geeft niet. Het kost ons tien minuten om het van het raam te schrapen. Derek is naar de beveiligingscamera aan het kijken zodat we erachter komen wie het heeft gedaan.' Hij wil mijn arm aanraken, maar ik stap weg.

'Je snapt het gewoon niet,' snauw ik weer terwijl ik me langs hen heen duw, de shop binnenloop en de deur achter me dicht gooi.

'Hé, Janie.' De diepe, vreemd genoeg rustgevende stem van Derek verrast me.

'O, hé, wat is er, Derek?' Hij wenkt me naar zijn werkplek. Ik kijk naar het scherm van de laptop waar hij bezig is.

'Is dit je ex?' Ik kijk over zijn schouder en mijn hart zakt in mijn schoenen. Ik voel mijn hele lichaam leeglopen terwijl ik naar de beelden van de beveiligingscamera kijk waarop te zien is dat Brody het raam van de winkel met verf bespuit.

'Ja.' Mijn stem klinkt klein en droog als ik terug rechtop ga staan. 'Dat is Brody.'

'H-hé niet flippen, het komt wel goed.' Ik kijk naar de absolute paniek op het gezicht van de man terwijl hij naar me staart alsof ik een bom ben. Het is echt schattig. Derek komt over als een koud persoon, een absoluut chagrijn. Maar het is best schattig als hij zich zo ongemakkelijk voelt. Het is echter jammer dat hij ervoor kiest om mensen op een afstand te houden omdat hij niet weet hoe hij met mensen in dit soort gevallen moet omgaan. Tenminste, dat is de conclusie die ik heb getrokken in de maanden dat ik dagelijks met hem in contact ben geweest.

Ik geef hem een geruststellende glimlach en klop op zijn stevige schouder. 'Maak je geen zorgen,' zeg ik met een lach. 'Ik zal niet huilen waar je bij bent.' Ik lach harder terwijl hij zichtbaar ontspant. 'Derek Rowe! Je hebt echt therapie nodig als mijn gehuil je zo gespannen heeft gemaakt.'

Hij geeft me een kleine lach, maar iets in zijn ogen ziet er bijna gepijnigd uit. 'Ja, heb ik gedaan. Heeft niet geholpen. Vind het het beste om uit de buurt te blijven van vrouwen met hun tranen en shit.'

Ik schud mijn hoofd en besluit hem weer naar de camera's te laten kijken terwijl ik naar de balie ga.

Wat moet ik doen? Ik heb mijn hele leven mezelf in een merk veranderd, en nu ben ik, vanwege Brody, een bezoedeld product. Onverkoopbaar. Niemand zal nu nog met me willen samenwerken. Zeggen dat ik bang ben is een understatement. Maar de angst wordt niet geheel veroorzaakt door gecanceld worden. In feite is veel van mijn stress te wijten aan het feit dat ik niet zo gestrest ben als ik denk dat ik zou moeten zijn nu ik mijn leven ben kwijtgeraakt.

Ik ben in de hel geweest sinds pap overleed. Maar ik kwam op het diepste punt van die voernoemde hel op mijn verjaardag en sindsdien zit ik vast in een nest van angst. Oké, behalve als ik bij Fox ben. Als ik daar ben, zorgt hij ervoor dat ik mijn telefoon uitzet en bij de deur op tafel laat liggen. En die avonden doe ik alles wat ik wil. Soms kijken we samen naar The Office. Andere keren werkt hij aan een tatoeage, of ik ga wandelen of beoefen yoga. Om nog maar te zwijgen over de strijd voor de douche, ik die hem liet zien hoe hij Gin moet spelen, en hij die mij heeft geleerd hoe ik iets moest koken waar geen kruidenpakket bij was inbegrepen.

En dan was er de ontdekking van Fox' echte lichaamsbouw. Het was een langlopende grap dat vanwege het flanel en zijn lichaamsbouw, hij op de houthakker van op de Brawny keukenrolverpakking leek. Weliswaar een zwaar getatoeëerde, veel hetere versie, maar toch.

Herinneringen aan het feestje van laatst komen in me op. De man zien staan, zonder shirt, zwaaiend met een fucking bijl alsof het niets weegt. Spieren die uitpuilden, zweet dat van hem afdroop en de geluiden die hij maakte...shit.

Ik denk terug aan die ene avond en dat ik hem aanviel. Ik was zo beschaamd, maar niet beschaamd genoeg om geen ontlading nodig te hebben. Net als de viezerik die ik ben, ben ik naar mijn kamer gegaan, heb ik mijn vibrator tevoorschijn gehaald en stopte pas toen ik begon te vrezen dat hij me zijn naam door het kussen zou horen schreeuwen.

Ik ga met mijn handen door mijn haar en werp een blik op het raam waar ik toekijk hoe Fox zijn shirt uittrekt, zodat het niet vies wordt als hij de ladder beklimt met een emmer en spons. Ik probeer niet te staren, echt waar. Maar zien hoe zijn gebruinde, getatoeëerde lichaam beweegt en draait...

'Hé, knapperd!' hoor ik een vrouwenstem buiten zeggen en sta onmiddellijk op om naar het raam te lopen. Naar buiten glurend, zie ik een lange, slanke brunette met een paar andere meisjes naast haar. De brunette is prachtig in haar zwarte kanten rok die halverwege de dij stopt en haar witte gehaakte top waarvan ik vermoed dat het een bikinitop moet voorstellen.

Ik kijk toe hoe Fox het raam verder schoonmaakt voordat hij van de ladder af komt. Hij glimlacht naar de vrouwen en ik voel mijn bloed meteen koken.

'Goedemiddag, dames,' zegt hij nog steeds met die glimlach. Waarom glimlacht hij naar hen? Fox lacht niet naar vreemden, of naar vrijwel niemand. 'Kijk uit waar je loopt op de stoep. Je wil die mooie schoenen niet vuil maken.'

De brunette giechelt. Giechelt? Hij zei *niets* grappigs. Ik kijk toe terwijl ze haar lange, slanke armen achter haar rug brengt om haar borst naar voren te drukken en…zo is het genoeg.

Ik loop de shop uit en stap precies tussen de brunette en Fox in. De vrouw krimpt zowaar ineen als ik haar aankijk.

'Willen jullie dames een tatoeage?' De hoeveelheid vijandigheid in mijn stem ontgaat ze gelukkig niet. Helaas echter, lijkt het erop dat de brunette niet wilt ophouden.

'Nee.' Schijnbaar geïrriteerd, slaat ze haar armen over elkaar. Idem dito meid, idem dito. 'Hoewel ik misschien wel op zoek ben naar een avondje met een getatoeëerde man.' Ze knipoogt naar Fox, die onmiddellijk ongemakkelijk schuifelt.

Ik kijk haar weer boos aan, 'Nou, er is een *biker bar* twee straten verderop, ze gaan om vier uur open.' Ik kijk toe terwijl ze me van top tot teen bekijkt voordat ze een snuivende lach laat horen. Ik ken die scan. Ze heeft besloten dat ik geen bedreiging voor haar ben.

'Waarom naar een biker bar gaan als ik deze hier heb gevonden. Ik ben Lily.' De manier waarop ze de "L" in haar naam benadrukt, zit me dwars. Ik sta op het punt iets te zeggen, maar Fox is me voor.

'Lily.' O, ik vind het niet prettig om haar naam uit zijn mond te horen komen. Niet. Eens. Een. Heel. Klein. Beetje. 'Hoewel ik erg gevleid ben —'

'Hij is niet geïnteresseerd,' grom ik terwijl ik hem bij zijn arm vastgrijp en hem naar het gebouw sleep. Hij moet het wel met me eens zijn, want ik zou hem op geen enkele manier kunnen meeslepen, maar toch volgt hij me.

Als we de deur bereiken, snuift Lily. 'Ga dan verdomme van Tinder af als je iemand hebt, varken dat je bent.'

Ik verstijf halverwege de deur terwijl ik Fox binnensmonds een *"fuck"* hoor mompelen. Nou, voel ik me even een fucking idioot. Ik draai me om en kijk op naar de man die boven me uittorent, dan geef ik hem een langzaam knikje, draai me om en loop de shop in voordat ik de deur in zijn gezicht dichtsla.

Het grootste deel van de middag brengen Fox en ik door met elkaar wanhopig proberen te vermijden. Gelukkig is het niet zo moeilijk, want hij heeft de afgelopen drie uur aan een afspraak gewerkt. Ik herinner me het feestje en dat Atlas het erover had om Tinder op zijn telefoon te willen zetten, maar om welke reden dan ook, had ik gedacht dat Fox het af had gewezen.

Dus hij zat op de app, was actief en *Lily* had hem gezien en dat hij dichtbij was. En ik was naar buiten gegaan en had op een psychotische vriendin geleken. God, ik ben een idioot.

Bij mezelf zuchtend, besluit ik dat ik mijn aandacht op iets anders moet richten…op *iemand* anders.

Mijn ogen vernauwen zich als ik mijn telefoon tevoorschijn haal. Ik scrol door de honderden onbeantwoorde berichten totdat ik Brody's naam vind en ik tik snel een bericht, deze keer weiger ik om met hem in die bullshit chattaal te praten.

Ik: Ik weet wat je hebt gedaan. Draag de volgende keer een hoed om je paarse haar te bedekken.

Het verbaast me om te zien dat hij ervoor kiest om de chattaal ook te laten vallen.

Brody: Geen idee waar je het over hebt Jai. Ik maak me echt zorgen om je. Ik weet dat we problemen hebben, maar ik geef nog steeds om je en wil dat je de hulp krijgt die je nodig hebt.

Ik: Wauw. Ben je van plan om deze berichten te uploaden om je meer op het slachtoffer te laten lijken? Je hebt gewonnen, oké? Je hebt me gecanceld, geniet van de roem die je kreeg door me de grond in te trappen.

Brody: Het ging nooit over de roem Jai. Het ging over ons. Ik denk alleen dat ik meer om deze relatie gaf. Dat is niet jouw schuld.

Ik: Weet je wat grappig is? Ik zou en zal jou nooit zo met modder besmeuren zoals jij bij mij hebt gedaan. We weten allebei dat het internet me misschien haat, maar dat dat alleen komt omdat ik niet heb teruggevochten. Mijn aanhang is groter dan die van jou OOIT zal zijn, Brody. Verdomme, ik heb meer volgers verloren dan jij ooit hebt gehad en ik heb nog steeds een veelvoud van het aantal dat jij hebt. Het enige dat ervoor nodig zou zijn, is een foto en dan zou je ten onder gaan. Houd dat in gedachten de volgende keer dat je stomme kop besluit om verf op mijn vaders gebouw te spuiten.

Ik kijk toe hoe de stippen verschijnen en dan verdwijnen, om nooit meer terug te komen. Zuchtend leg ik mijn telefoon neer zodat ik kan beginnen met het inventariseren van de merchandise. Ik moet mezelf afleiden. Alles wordt te ingewikkeld.

'Je weet dat we volgende week gesloten zijn, toch?' vraagt Fox terwijl ik de dweil wegleg.

Het is sluitingstijd en we zijn de enige twee die nog in de shop zijn, niet dat het ertoe doet. Hij en ik zijn de laatste tijd veel alleen geweest. Toch, nadat we de hele middag niet hebben gesproken, voelt het gewoon raar.

'Ja,' zeg ik terwijl ik mijn armen boven mijn hoofd strek. 'Ik herinner me de conventie. Ik moet naar een meet-and-greet, maar anders dan dat, zal ik waarschijnlijk mijn tijd besteden aan het bestellen van inventaris voor hier en het op orde brengen van mijn spullen in mijn appartement.'

'Ga je terug naar jouw huis?' De scherpe toon in zijn diepe stem doet niets om zijn duidelijke irritatie te verbergen. Ik staar naar zijn nu stijve houding en haal mijn schouders op.

'Ja, ik bedoel je bent zelf niet thuis, en ik weet zeker dat je er klaar voor bent om je huis weer voor jezelf te hebben.' Ik probeer een lach te faken, maar het komt er raar uit. Ik wil niet meer terug. Het is eenzaam, leeg en er staan waarschijnlijk nog steeds mensen te wachten om me lastig te vallen.

'Blijf zo lang als je nodig hebt. Je stoort me niet…daar niet in ieder geval,' prevelt hij, terwijl hij overdreven veel aandacht besteedt aan het uitlijnen van de labels op zijn inktflessen.

Mijn hart slaat een slag over, en ik sta op het punt om hem te vertellen dat hij maar beter niet zo aardig tegen me kan zijn, of dat ik anders nooit meer vertrek. Totdat ik een bekende melding hoor en mijn hele lichaam leegloopt.

'Ah, weer een hit op Tinder.' Ik probeer het als een grap te laten klinken, maar het komt er meer uit als een bittere opmerking.

Fox wrijft over zijn voorhoofd terwijl hij zijn blik afwendt en… bloost hij nu? Hij pakt zijn telefoon van zijn werkplek en zet hem in de stille modus.

'Nee! Nou…ja, dat was het wel. Maar ik heb het niet gedownload…dat heeft At gisteren gedaan.' Moest dat het goed praten?

Wacht…waarom is het niet goed? Hij is vrijgezel. Het omdraaien van mijn maag vertelt me precies waarom het voor mij niet goed is. Op de een of andere manier heeft de man die ik tot in mijn kern haatte een manier gevonden om mijn haat in iets anders om te zetten. Iets warms en leuks, maar ook verwarrend en ongemakkelijk.

'Nou,' zeg ik en dwing mezelf om te glimlachen, ook al wil ik vanbinnen verdomme sterven. Waarom stoort het me zoveel als dat het doet?

Misschien omdat hij me een paar weken geleden op een manier had gekust die ik nog nooit had meegemaakt, en toen hadden we het in zijn bed weer gedaan. Misschien zijn het de discussies over diners, de ruzies over wie als eerste in de grootste douche mag, ook al kan ik natuurlijk de kleinere gebruiken. Misschien komt het omdat ik 's ochtends wakker word en er tegenop ziet om de dag te beginnen, maar dat hij er altijd voor zorgt dat er een kopje koffie en soms een donut is om mijn ochtend mee te beginnen, zelfs als hij er niet is. Misschien is het die bedwelmende geur van hem waardoor ik zijn kleren heb gestolen zodat ik me erin kan onderdompelen. Of misschien is het de manier waarop zijn bruine ogen naar me staren op een manier die me een warm en veilig gevoel geeft. Misschien zijn het al die dingen, of misschien is het geen van hen.

'Nou, wat?' zegt Fox terwijl hij zijn dikke, met aders bedekte armen voor zijn perfect gebeeldhouwde borst slaat.

Verdomme Janie! Stop met aan zijn lichaam te denken!

'Nou, ik haal mijn spullen daar vanavond weg, dus je hoeft je geen zorgen te maken over waar je je gezelschap mee naartoe moet nemen.'

Fox verschuift ongemakkelijk terwijl hij mijn kant op kijkt. 'Torch.' Zijn stem is gespannen en smekend, alsof hij niet over Tinder wil praten.

Ik steek mijn handen omhoog. 'Gast, het is cool. Ik hoop dat je plezier hebt en goede keuzes maakt.'

Fox kreunt luid terwijl hij zichzelf op zijn gezicht slaat. 'Ten eerste, noem me nooit meer "gast". Ik ben niet je gast,' zegt hij waarschuwend. 'Ten tweede ben ik zeventien jaar ouder dan jij, Torch. Dit is voor ons een raar gesprek om te hebben.' Waarom dat bij mij een snaar raakt, weet ik niet. Maar ik weet zeker dat ik dingen te zeggen heb over het leeftijdsverschil.

'O, is dat zo? Want het leek je niet te storen toen je een zuigzoen op mijn tiet achterliet.'

De mond van Fox valt lichtjes open als hij me met grote ogen aanstaart.

Ik loop naar hem toe en trek de kraag van zijn shirt naar beneden om de vervagende zuigzoen aan het begin van zijn nek te onthullen. 'Het leek je toen ook niet te storen.'

'Janie, die keer hier was een vergissing, en het spijt me. En ik had nooit misbruik van je moeten maken toen, of bij mij thuis.'

Het is mijn beurt om mijn mond open te laten vallen. 'Een…

vergissing?' Ik knipper en voel me plotseling onzeker. Ik kijk heel even naar de witte vloer en probeer mijn chaotische gedachten op een rijtje te krijgen. Wauw Janie, je bent nu al een paar keer door de man afgewezen, wanneer ga je de hint snappen dat hij je niet wil?

Ik huiver vanbinnen bij het besef terwijl ik nerveus mijn trillende handen tegen elkaar wrijf. Ik kan niet tegen afwijzing of schaamte. Ik wil gewoon vluchten en me verstoppen. Maar ik woon bij hem. Ik werk met hem. God, dit is zo'n puinhoop…

Uiteindelijk kijk ik hem aan en knik. 'Luister, ik zat te denken dat…' Ik slik de enorme brok in mijn keel weg. 'Ik denk dat ik na mijn meet-and-greet een stap terug zal doen van dit hele shopeigenaar gedoe. Hopelijk kan ik daar iemand vinden die met me wil samenwerken zodat ik weer verder kan gaan.'

'Wat?' De wenkbrauwen van Fox kruipen dichter naar elkaar toe tot een diepe frons terwijl hij zijn lippen tuit. 'Janie, waarom zou je dat doen? Na alles wat er de afgelopen weken online met je is gebeurd.'

Ik haal mijn schouders op en staar naar de showroom. 'Dat drama is veel gemakkelijker om mee om te gaan dan deze plek.' *Dan jij*. Ik kauw nerveus op mijn onderlip terwijl ik naar zijn donkere, boze uitdrukking kijk. Meestal leef ik ervoor dat zijn woede en ergernis op mij gericht zijn. Maar nu niet.

'En wat bedoel je daarmee?' De houding van Fox wordt harder terwijl hij, bijna defensief, voor me staat.

Ik haal diep adem en bereid me voor om de leugen te vertellen die ik maanden geleden had gepland voor als Fox zich ooit af zou vragen waarom ik hier weg wilde. Eerlijk gezegd had ik nooit gedacht dat ik het zou moeten gebruiken. 'Fox, we weten allebei dat ik deze plek haat.' Ik hoop echt dat het voor hem geloofwaardig klinkt. 'Ik ben hier sowieso van weinig tot geen nut. Ik krijg veel liever het geld, zodat ik verder kan gaan.' Ik haat het hoe slecht die leugens smaken, maar er zit een kern van waarheid in mijn uitspraak. Ik ben hier van weinig nut. Dus ongeacht hoeveel Hels Ink weer als iets speciaals begint te voelen, ik zou het nooit alleen boven water kunnen houden. En Fox en ik zouden het nooit samen kunnen runnen.

Fox schudt zijn hoofd, alsof hij teleurgesteld is. 'Het verbaast me,' lacht hij droog. 'Dat jij, die zo gehecht is aan die doos met as, bereid bent om de plek op te geven die je vader uit het niets heeft gecreëerd.' Mijn hart begint in mijn borst te bonzen terwijl hij me met zijn harde woorden en ijzige blik om mijn oren slaat. 'Weet je wat ik van mijn vader heb gekregen? Brandwonden van sigaretten en gebroken botten. Een stemmetje in mijn hoofd dat me er constant aan herinnert wat voor een stuk stront ik ben. Dat alles en iedereen die ik bij me in de buurt laat komen, slechter af zal, zijn simpelweg door mij te kennen.' Zijn stem breekt en hij dwingt zichzelf om zijn keel te schrapen voordat hij me weer met een boze blik aankijkt. 'Tony deed niets anders dan praten over hoe fucking geweldig je was. Elke verdomde dag. Hij was zo fucking trots op je, en mijn god, als je binnenkwam of hem belde, dan was het alsof hij de fucking loterij had gewonnen. Hij werkte zichzelf dood om je een goed geoliede geldmachine te geven die voor je zou zorgen. Ik heb me kapot gewerkt, fuck, dat hebben we hier allemaal gedaan! Gewoon om af en toe een knikje te krijgen van die man. Je vader heeft dit gewoon aan je gegeven…en je bent bereid om het weg te gooien?'

Mijn ogen zijn stijf dichtgeknepen terwijl hij tegen me blijft schreeuwen. Ik kan niet stoppen met trillen, en als ik mijn zou ogen openen, dan zullen de tranen vallen. Ik haat deze man die nu voor me staat.

'Hou op.' Ik ben nauwelijks in staat om het gefluister eruit te krijgen. Fox luistert niet terwijl hij verder gaat met vertellen wat ik allemaal verkeerd heb gedaan.

'Toen hij net was overleden, en je zei dat je het aan mij zou geven, toen dacht ik dat je gewoon dom was, en dat Tony een van *die* vaders was die voor altijd voor hun stomme nutteloze kinderen zou blijven zorgen. Maar verdomme Janie, dat is niet het geval! De afgelopen maanden heb ik geleerd hoe fucking slim je bent. Dus, als je gewoon zegt dat je hiervan weg wilt lopen, van hem, dan kan ik alleen maar denken dat je gewoon een verdomd egoïstisch kind moet zijn.'

De luide klap van huid die huid raakt, weerklinkt in de winkel voordat ik zelfs maar registreer dat ik Fox in zijn gezicht heb geslagen. Mijn onderlip trilt en mijn zicht vervaagt als ik naar hem kijk.

'Deze plek is geen geschenk,' zeg ik met een beverige ademhaling. 'Het is een vloek. Je hebt gelijk, het is een machine. Een machine die je nooit kunt stoppen met voeren. Het was de minnares van mijn vader, zijn favoriete kind, zijn fucking God. Alles draaide om deze fucking shop terwijl ik als een fucking gevangene in de verdomde achterkamer werd opgesloten!'

Ik zie aan zijn bewegingen dat Fox zich klaarmaakt om in de tegenaanval te gaan, maar ik blijf praten. Ik heb genoeg van die "verwende Janie" onzin die iedereen bij me lijkt te zien.

'En weet je wat het ergste aan dit alles is? Ik wilde dit.' Ik kijk omhoog naar het plafond en knijp mijn ogen dicht voordat ik naar hem terugkijk. 'Ik wilde bij de volgende generatie Pierce tattoo-artiesten zijn. Ik heb zo…zo fucking hard gewerkt. Maar deze…' Ik hou mijn trillende handen omhoog. 'Je kunt geen tatoeëerder zijn als je geen fucking rechte lijn kunt tatoeëren, Fox!' schreeuw ik terwijl ik mijn vuist op de tatoeagetafel van Ash sla. De tranen beginnen nu vrijelijk te stromen terwijl ik mijn handen door mijn haar laat gaan en ik aan het hartzeer denk dat ik heb doorstaan doordat ik niet in staat was om te tatoeëren. De teleurstelling in paps ogen toen hij mijn trillende handen zag en hij wist dat ik net als mijn moeder zou eindigen, waardoor het onmogelijk voor me werd om te schetsen. Het doet me nog steeds pijn om eraan te denken.

'Toen ik eindelijk had geaccepteerd dat ik geen kunstenaar zou worden, had ik aan pap gevraagd of ik de zakelijke kant mocht doen. Reclame, ontwerpen, media. Ik zou naar de universiteit gaan om over financiën te leren, ik kreeg grip op social media en ik dacht dat ik hier hetzelfde kon doen. Hij vertelde me dat hij me hier niet wilde hebben.' Mijn stem trilt als ik het zeg.

Hij wilde me hier niet hebben.
Fox wil me hier niet hebben.

'Het was geen goede plek voor me om gewoon maar rond te hangen,' ga ik verder terwijl ik mijn natte wangen aan mijn mouw afveeg.

'Hij zei dat ik me er geen zorgen over hoefde te maken. Dat hij ervoor zou zorgen dat er voor me gezorgd werd. Mijn trillingen begonnen en…ik weet het niet, ik denk dat hij bang was dat ze net zo erg zouden worden als die van mijn moeder en hij wilde niet dat ik me zorgen hoefde te maken over obstakels.' Ongeacht hoe ik me voelde. Ik slaak een lange zucht en voel me plotseling uitgeput, maar zodra mijn blik in de boze blik van Fox kijkt, voel ik de adrenaline weer.

'Ik wilde deze plek meer dan je ooit zult weten, Fox. Ik wilde niets liever dan deze fucking machine voeden. Waag het niet om me egoïstisch te noemen. Misschien heb je hier gewerkt en je zweet gedoneerd. Maar ik heb mijn hele verdomde jeugd, mijn relatie met mijn vader en zijn fucking leven opgegeven.' De stilte tussen ons is pijnlijk lang.

Uiteindelijk slaakt Fox een luide zucht voordat hij zijn elastiekje uit zijn knot haalt, zodat hij zijn handen door zijn haar kan laten gaan.

'Hoe zijn we hier beland?' vraagt hij, terwijl hij om zich heen kijkt voordat hij grinnikt. 'Ik bedoel, we gingen van iemand die me leuk vond op Tinder naar –'

'Swipen,' corrigeer ik hem.

Hij trekt een wenkbrauw op. 'Ik ga het niet "swipen" noemen, dat is dom en er zit geen enkele emotie in.'

Ik kan niet anders dan hard lachen. 'Je maakt een grapje, toch? Tinder is om die reden gemaakt. Het is een app om afspraakjes te maken.'

'Ik weet wat het is, Janie,' snauwt hij met rode wangen. 'Ik heb mijn deel van one-night stands gehad, waar het voor is, maar het was bedoeld voor in Nevada, niet voor hier.'

'Wat is het verschil tussen hier en daar? Een afspraakje is een afspraakje,' spot ik en ik zet mijn handen in mijn heupen.

'Jezus fucking Christus,' gromt hij terwijl hij zijn handen over zijn baard laat glijden. 'Jij bent verdomme hier!'

Mijn ogen worden groot als ik mijn mond open om iets te zeggen, maar er komt niets uit.

'Niet doen,' zegt hij nadat hij deze keer met zijn hand over zijn voorhoofd wrijft. 'Zoek er niet meer achter. Ik ga niet verder dan dat, alleen...ik kan geen one-night stand hebben en dan naar jou kijken. En ik schop je niet het huis uit om iemand anders te neuken.'

Hij gaat niet verder?

Iemand anders?

'Je geeft zoveel signalen af dat ik niet weet wat ik moet zeggen of doen,' zeg ik zachtjes terwijl ik nerveus met mijn vingers wriemel.

Fox rolt met zijn ogen en laat een droge lach horen. 'Welkom in mijn hel. Zoals ik al zei, maak je een zorgen, we gaan niet verder, dus laten we erover ophouden.'

'Wacht!' Ik grijp zijn onderarm vast als hij aanstalten maakt om weg te lopen. Ik voel de spieren en pezen bewegen terwijl ik mijn greep verstevig. 'Waarom niet?' lukt het me om zwakjes te zeggen.

'Waarom wat niet?' Hij klinkt alsof dit gesprek hem uitput, maar dat is dan pech hebben. Hij is hiermee begonnen.

'Waarom gaat dit niet verder? Is het omdat je je niet tot me aangetrokken voelt?'

'Nee,' zegt hij kortaf, nog steeds niet naar me kijkend.

'Komt het door mijn persoonlijkheid?' probeer ik opnieuw.

'Nee, Janie...' jammert hij, terwijl hij zijn hoofd gefrustreerd naar het plafond heft.

'Komt het door mijn...trillingen?' Dat verrast hem.

Fox draait zich abrupt om, zijn ogen zijn woedend als hij naar me kijkt. 'Dat is nooit een gedachte in mijn hoofd geweest, en je kunt het maar beter niet in die van jou hebben.' Zijn stem is laag en komt er bijna uit als een waarschuwing.

'Wat is er dan zo mis met mij?' Ik weet niet waarom het ertoe doet wat het aan mij is dat me in zijn ogen geen optie maakt. We hebben nooit enige interesse in elkaar getoond – nou ja, meestal nooit. Maar sinds die eerste kus, shit misschien zelfs daarvoor al...kan ik niet stoppen met aan hem te denken.

'Omdat je verboden terrein bent. Ik heb dat al een keer overschreden; ik zal het niet nog een keer doen.'

'Verboden terrein?' Het besef komt bij me binnen. Ik heb dat eerder gehoord. Mijn vader zei het altijd tegen elke nieuwe werknemer in de shop. Ik vernauw mijn ogen terwijl ik hem een boze blik toewerp. 'Ik ben een volwassen vrouw, Fox.'

'Janie, je was vijftien toen ik je ontmoette. Je was nog maar een kind. Het is gewoon…het is raar en verkeerd, en je vader zou me komen kwellen als ik iets probeerde en…AH! Hou er gewoon over op! Dit gesprek is voorbij. Ik vertrek morgenavond met de jongens naar Nevada. Ik heb je een kopie van mijn —'

'Ik heb ze niet nodig,' snauw ik terwijl ik achter de toonbank reik en mijn tas pak, schaamte en afwijzing vullen me volledig. Zo is het genoeg, dat is de laatste druppel. Mijn emmer is vol. Ik laat me niet meer door deze man afwijzen.

Fox snuift terwijl hij voor me staat om te voorkomen dat ik wegga. 'Gedraag je niet als een —'

'Zeg kind, en ik zweer het je, Fox!' schreeuw ik terwijl ik vlak voor hem ga staan en mijn nek zo ver mogelijk uitrek om naar zijn stomme gezicht te kijken.

'Wat, Janie? Ga je me weer met die kleine handen slaan?' tart hij me met een "kom maar op" grijns op zijn gezicht.

'Ik haat je, verdomme,' spuug ik naar hem terwijl ik tegen zijn borst duw. Net als de fucking boomstam die hij is, geeft hij geen krimp. Hij grinnikt, wat me nog pissiger maakt, en ik duw hem weer. Deze keer pakt hij mijn polsen om me tegen te houden.

'Ik haat jou meer, geloof me,' gromt hij en duwt mijn polsen weg.

We staren elkaar woedend aan, onze ademhaling gaat sneller. Ik knipper en zijn lippen zijn op de mijne, mijn tong dwingt zich een weg in zijn hete mond, hij grijpt mijn trui tussen zijn grote handen, en alsof het papier is, scheurt hij het uit elkaar. Ik pak zijn onderlip tussen mijn tanden en bijt erin. Hij gromt luid en ik proef het koper op mijn tong. Ik trek zijn shirt over zijn hoofd en neem even de tijd om zijn getatoeëerde hals en romp te bewonderen voordat ik terugga naar zijn mond. Ik voel dat hij me onder mijn kont grijpt en me op de tafel van Atlas tilt voordat zijn handen naar mijn spijkerbroek gaan.

Ik snak naar adem als hij hem over mijn benen trekt en over zijn schouder weggooit. Er is geen tederheid, geen geduld. Het is alsof we allebei iets te bewijzen hebben aan de ander.

Ik ga rechtop zitten om zijn broek uit te trekken, maar word tegengehouden door zijn hand op mijn keel. Hij duwt me zachtjes terug naar achteren en ik gehoorzaam als ik zijn jeans op de grond hoor vallen.

'Fox, deze tafel kan ons allebei hebben, toch?' hijg ik terwijl zijn ene hand op mijn keel blijft liggen en de andere achter me reikt en mijn beha losmaakt met een gemak dat zelfs mij niet lukt. Ik voel hem zachtjes in mijn keel knijpen en het is alsof iemand mijn opwinding op maximaal volume heeft gezet.

'Niet één fucking woord meer, tenzij het stop is, begrepen?' zegt hij met opeengeklemde tanden naast mijn oor.

Ik knik snel terwijl ik naar hem kijk. Zijn ogen zijn wild en donker, zijn pupillen zijn enorm. Hij is met lust, woede en verdriet gevuld — ik weet dit omdat het bij mij hetzelfde is.

Zijn hand beweegt over mijn buik en naar beneden naar mijn slipje, waarvan ik zeker weet dat het doorweekt is. Hij trekt het in één vloeiende beweging uit waardoor ik volledig bloot op de tafel lig.

Zijn hand verlaat mijn keel en ik slik een protesterend gejammer in. Ik kijk toe terwijl hij de stoel van Atlas pakt en erop gaat zitten voordat hij hem naar het einde ervan rolt, waar mijn voeten zijn.

Ik weet dat hij had gezegd geen woord meer te zeggen, maar ik moet zes vragen stellen, maximaal zeven. Alsof hij mijn gedachten leest en me geen toestemming geeft om vragen te stellen, grijpt Fox mijn heupen vast en trekt me ruw naar het einde van Atlas' tafel. Mijn benen gaan over zijn brede schouders, en voordat ik tijd heb om na te denken, glijdt deze fucking man zijn tong tussen de lippen van mijn natte verlangende poesje.

Ben ik een maagd? Nee. Ben ik ervaren? Nope, zelfs geen klein beetje. Met mijn stoornis sta ik niet toe dat anderen zo dicht bij me komen. Ik heb met twee jongens seks gehad en ik heb een paar keer een aftrekbeurt gegeven. Ik ben niet echt ervaren, en niemand heeft me ooit oraal bevredigd, en o mijn god.

Ik schreeuw het uit en krom mijn rug terwijl hij zijn tong om mijn gezwollen clitoris rolt. Zijn stevige, en dan bedoel ik *stevige* grip op mijn heupen maakt het onmogelijk voor me om te ontsnappen. Ik kreun luid terwijl mijn handen hun weg naar zijn losse haar vinden. Ik grijp zijn haar stevig vast en hoor een dierlijk gegrom dat een golf van genot door me heen stuurt. Ik voel zijn vingertop op en neer langs mijn ingang bewegen. Zijn geplaag maakt me gek, maar ik durf niets te zeggen uit angst om te verbreken wat dit ook is. Hij steekt één vinger in me, één fucking vinger en ik voel me vol. Ik jammer en beweeg me om hem heen. Ik voel zijn mond weggaan van mijn klit, en deze keer ben ik degene die gromt als ik hem terugduw. Ik ben te dichtbij. Hij kan nu niet stoppen. Ik vermoord hem als hij stopt.

Gelukkig begrijpt hij de hint en blijft hij likken en zuigen en plagen, terwijl hij een tweede vinger erin laat glijden en zijn vingers tegen een plek krommen die geen mens ooit heeft aangeraakt. Ik heb jaren geleden een g-spot vibrator gehad die dat gebied raakte, en het is niets in vergelijking met de begaafde hand van deze man.

Mijn gehijg en gejammer nemen toe als ik de druk voel toenemen. Ik kan mijn trillende benen of handen niet bedwingen, maar het doet hem niets. Als mijn onderste helft van de tafel kromt, spreidt Fox zijn hand over mijn gespannen buik uit om me tegen te houden.

Ik voel dat de druk zijn breekpunt bereikt en ik schreeuw het uit terwijl ik tegen zijn gezicht klaarkom. Ik pak zijn haar stevig vast terwijl ik op de golven van genot rijd. Fox blijft waar hij is en likt mijn verlangen op terwijl de hand op mijn buik zich zachtjes beweegt, waarbij hij me bijna aait. Zijn duim gaat zo zacht heen en weer over mijn navel dat het ironisch genoeg bijna te intiem is.

Zodra ik naar beneden kom van mijn orgasme, likt Fox me schoon voordat hij met lieve kussen tegen mijn centrum en langs mijn dijen eindigt.

Het is het beste orgasme dat ik ooit heb meegemaakt, maar ik wil meer. Ik heb meer *nodig.* Blijkbaar kan Fox op dit moment gedachten lezen want hij gaat staan en leunt over mijn hijgende lichaam heen voordat hij mijn lippen verslindt. Ik kreun als de smaak van mijn orgasme mijn mond bereikt. Ik snak naar adem terwijl hij verder over me heen leunt. Het is dan dat ik besef dat zijn pik uit zijn boxershort is. Ik kijk naar beneden en…o, dit moet een grap zijn. Ik had hem eerder gevoeld, maar ik had me in mijn wildste dromen nooit kunnen voorstellen dat hij zo groot zou zijn.

Fox is enorm, dik en lang, hard als een staaf met een kleine opwaartse curve. Ik staar naar de dikke aderen die bij zijn basis beginnen en naar zijn strakke glanzende eikel leiden.

Ik kijk hem met open mond aan en hij grijnst verlegen. 'Ja, ik weet niet zeker of we wel door moeten gaan. Ik weet niet zeker of het past.'

De meeste jongens zeggen dit, en dan sla je je ogen op ten hemel. Dit is voor Fox een echte zorg. Maar het is geen zorg waar ik op dit moment aan kan denken. Ik zit hier al te diep in.

'Condoom.' Het is het eerste woord dat ik heb gezegd, en hij lijkt er niet boos om te zijn. Ik kijk toe hoe hij door de werkplek van Atlas gaat; natuurlijk, Atlas heeft condooms in zijn werkplek liggen.

Ik kijk toe hoe Fox de folieverpakking met zijn tanden eraf scheurt voordat hij het condoom over zijn indrukwekkende lengte rolt.

'Nou,' zegt hij terwijl hij tussen mijn benen stapt. 'Ik ga langzaam beginnen. Je moet het me vertellen of je meer, minder of niets meer wilt. Ik meen het, Janie.'

Ik kijk in zijn donkere blik en knik. 'Oké,' zeg ik zwak. Ik zit op een post-orgastische high. Ik ben vervuld van angst, lust en fuck, ik wil hem gewoon voelen.

Fox plaatst zichzelf tegen mijn ingang, en de druk die ik voel van alleen zijn eikel die naar binnen duwt, laat me het uitschreeuwen.

Fox is trouw aan zijn woord; hij gaat langzaam en laat mij beslissen wanneer ik meer neem, terwijl hij mijn lippen kust en dingen zegt die ik wou dat hij niet zei omdat dit snel het gebied van de "boze neukpartij" verlaat.

'Oké, baby doll, een beetje meer. Je doet het geweldig. Zo ken ik mijn meisje.' Dat zou me niet zo moeten raken als het doet.

Fox zit eindelijk zo ver mogelijk in me, en hij houdt zich stil…

helemaal stil. Ik frons met mijn wenkbrauwen en beweeg me een beetje, waardoor hij naar adem snakt en mijn heupen vastpakt.

'S-stop!' stoot hij eruit. 'Janie…fuck, dat moet je niet doen.' Zijn stem trilt als hij spreekt.

'Wat niet?' vraag ik, oprecht verward. Heb ik mijn hele leven op de verkeerde manier seks gehad?

'J-Janie, je bent…fuck…je bent echt heel strak,' hijgt hij en ik zie de bijna gepijnigde uitdrukking op zijn gezicht. 'Ik heb gewoon — verdomme…ik heb een seconde nodig, of ik ontplof in minder dan twee stoten.'

Oké, ik snap dat als hij binnen vijf seconden klaarkomt dat klote zou zijn, dat snap ik echt. Maar het soort macht dat ik voel, wetende dat ik dat met hem kan doen…misschien voor één keer.

Ik beweeg weer met mijn heupen en hij slaakt een kreet. 'Janie, godverdomme! Ik maak geen grapje!'

Ik staar hem onschuldig aan terwijl ik mijn wanden om zijn pik knijp. Ik zie zijn ogen terugrollen in zijn hoofd en dan stoot hij in me. Ik laat een kreun ontsnappen terwijl mijn vingers zijn schouders vastgrijpen. Zijn stoten beginnen sneller en in een ritme te bewegen. Elk van hen laat me schreeuwen om meer. Ik gooi mijn hoofd achterover terwijl hij dieper in me stoot. Ik laat mijn benen naar de zijkanten vallen om hem dieper te laten gaan.

'Fuck!' hijgt hij, terwijl hij weer stoot. 'Godverdomme, je voelt te goed.' Ik slaak een kleine kreet van genot als hij een plek raakt die een sensatie naar mijn navel stuurt. 'Als je dat geluid weer maakt, dan is het voor mij voorbij, baby doll.'

'Zo…' hijg ik terwijl ik mijn nagels over zijn sterke, gespannen rug schraap. 'Zo dichtbij!' Ik voel zijn hand tussen ons tegen elkaar klappende vlees glijden en op mijn clitoris landen. Ik schreeuw als de hete druk zich weer begint op te bouwen.

'Zeg mijn naam,' gromt hij in mijn oor als zijn stoten meer uitzinnig worden. Zijn pik voelt op de een of andere manier nog harder aan.

'Wat?' hijg ik, op het punt om over de rand te gaan.

'Zeg mijn naam als je klaarkomt. Kijk me aan en zeg mijn naam.'

Zijn hand vindt mijn keel weer en hij oefent slechts een beetje druk uit. Dat, samen met zijn hand op mijn klit en zijn pik…er is geen mogelijkheid dat ik het nog een seconde volhoud.

'F-FOX!' schreeuw ik er bijna als een snik uit terwijl een tintelend orgasme door elk deel van mijn lichaam schiet. Ik staar in zijn wilde ogen terwijl ik de blik van shock, genot en verlangen over zijn gelaat zie gaan als hij naar me terug staart. Ik schreeuw harder als een andere golf me raakt.

Fox leunt over me heen en begint mijn oorlel en nek te kussen en te likken terwijl zijn stoten onregelmatiger en wanhopiger worden.

'Dat is mijn meisje,' hijgt hij tegen mijn oor. 'Je doet het zo goed, melk mijn orgasme baby doll. Eigen het je toe.' Ik sla mijn bijna geleiachtige benen om hem heen terwijl ik tegen hem aan stoot. Ik staar in zijn ogen en streel met mijn hand door zijn baard.

'Kom voor me, Fox,' kreun ik zachtjes, zonder ons oogcontact te verbreken. Zijn ogen gaan wijd open terwijl hij zichzelf diep in me stoot en een orgasme krijgt.

'Fuck!' sist hij en stoot weer. 'Janie…fuck…liefje…FUCK!' Hij kreunt luid tussen elk van zijn laatste stoten. Voordat hij bovenop me instort. Zijn warme, met zweet bedekte lichaam kleeft aan me op een manier die me veel troost geeft.

Na een minuut of zo, maar zeker niet lang genoeg, trekt Fox zichzelf uit me vandaan. Ik voel me meteen koud en leeg. Ik haat het.

'Wat nu?' vraag ik terwijl we ons snel beginnen aan te kleden.

Fox kijkt me aan en ik zie de spijt op zijn gezicht ontstaan. De paniek, de angst. O god, nee… dit gebeurt niet, niet weer.

'Janie —'

'Ik bedoelde, vind je het goed dat het een eenmalig iets is en dat we gewoon verder gaan?' vraag ik en wil sterven als ik de opluchting zijn ogen zie vullen.

'J-ja, ik bedoel…vind jij dat goed?' vraagt hij en ik glimlach naar hem, langzaam knikkend.

Natuurlijk vind ik dat goed. Want het maakt niet uit wat ik echt wil, het gaat er alleen om wat ik verondersteld word te willen.

18

Fox

Ik staar naar de dertiger voor me terwijl hij door mijn portfolio gaat. 'Ik zou heel graag door je getatoeëerd willen worden!' Hij ademt uit voordat hij de map neerlegt. 'Ik denk alleen niet dat je prijs redelijk is.'

Ik houd een opborrelende lach tegen. Aan het amateuristische werk te zien dat bijna elke centimeter van zijn lichaam bedekt, denk ik dat hij voor een tatoeage nooit meer dan vijftig dollar en een pakje sigaretten heeft betaald.

'Nou.' Ik dwing mezelf een glimlach op te plakken, waarvan ik garandeer dat die niet mijn ogen bereikt. 'Ik zal je advies ter harte nemen,' lieg ik terwijl hij wegloopt, en mijn frons keert onmiddellijk terug terwijl ik naar de klapstoel achter onze tafel loop en ga zitten. Mijn fucking lichaam doet pijn, ik ben geïrriteerd, moe en ik mis mijn fucking bed.

We zijn al drie dagen in Nevada en terwijl de jongens uit gingen, dronken werden, gokten en elke vrouw neukten die ze konden vinden, bleef ik in mijn hotelkamer – The Office trivia met Janie spelen terwijl ik een poging deed om haar met me te laten praten. Het was niet zo goed gegaan. Ik weet dat ze loog toen ze zei dat ze er oké mee was om het bij één keer te laten, maar ik wilde haar niet onder druk zetten. Ik flipte toen de mist van lust was opgetrokken en ik besefte wat ik had gedaan.

Het gaat er niet eens om dat ik Tony's dochter heb geneukt, niet dat ik dat excuus niet zal blijven gebruiken als het ooit gevraagd wordt. Het punt is... ik heb Janie *geneukt*, en wat ik dacht dat een gemakkelijke wippen en weer wegwezen-beproeving zou zijn, is het dat allesbehalve. Haar zachte huid, haar kreten, toen ze mijn naam schreeuwde, en ik haar ogen glazig en haar tepels hard zag worden toen ze om mijn pik kwam. Of toen ze me recht in de ogen keek en zei dat ik voor haar moest klaarkomen...fuck ik word weer hard.

Precies mijn probleem. Janie is de eerste vrouw met wie ik ben geweest waar ik na de seks nog steeds aan denk. Het is vervelend en ik vind het helemaal niet prettig. Ik vond het niet prettig dat toen ik haar bij Ren afzette, ik haar gedag wilde kussen. Ik haat het feit dat op het moment dat de jongens en ik in Vegas waren geland, zij hun telefoons klaar hadden gemaakt om afspraakjes te maken terwijl ik Tinder had verwijderd. En ik walg van het feit dat ik naar mijn telefoon blijf kijken, wachtend op haar trivia-vraag — omdat dat het enige is wat ik uit haar kan krijgen. Ik zou Janie Pierce niet moeten willen, ik zou haar niet moeten missen. Dit moet stoppen, ik mag haar niet missen.

Maar zelfs als ik zeg dat ik het niet moet doen, mis ik haar verdomme. Ik mis haar geur, haar sarcasme, haar bijdehante opmerkingen. Ik mis het dat ze duizend keer per dag haar onhandelbare krullen uit haar gezicht zwiept. Ik mis de manier waarop haar ogen fonkelen van kattenkwaad als zij en ik over en weer kibbelen, en ik fucking weet dat ze me met een bijdehante opmerking om mijn oren gaat slaan.

'Dus, hoe zit het met de verloren puppy-vibe, gast?' Atlas onderbreekt mijn martelende gedachten terwijl hij op de klapstoel naast me achter onze tafel gaat zitten en me een energiedrankje geeft. Ik was gestopt met deze te drinken toen Janie bij me kwam logeren. Ik weet eigenlijk niet waarom, ik vermoed omdat zij gewoon begonnen was om de boodschappen te doen en aangezien ze geen cafeïne kon hebben, dronk ik het ook niet meer.

Ik haal mijn schouders op terwijl ik het ongeopende blikje op de tafel zet. 'Ik voel me gewoon een beetje te oud voor al deze chaos, denk ik.' De bewering is voor de helft waar.

Niemand van ons wist waar we moesten zijn of wat we mee

moesten nemen, het draaide erop uit dat Janie en Ren ons uiteindelijk de koopwaar moesten toezenden die we niet hadden meegenomen. En terwijl iedereen al die hightech social media shit had, waarmee ze pronkten, zaten wij vieren als een stel idioten met onze fucking gedrukte portfolio's. Het voorspelde niet veel goeds voor ons op de eerste van drie dagen.

Atlas leunt achterover in zijn stoel en strekt zijn benen 'Ik denk niet dat het met ouderdom te maken heeft, Fox.' Hij gebaart naar de oldtimers om ons heen. 'Ik denk dat het te maken heeft met niet bereid zijn om te luisteren.'

Ik trek een wenkbrauw op, leun achterover in mijn stoel en sla mijn armen over elkaar. 'Wat wil dat zeggen?'

'Wat het wil zeggen,' komt Derek tussen als hij een zwarte map in mijn schoot laat vallen. 'Als we Janie niet zo snel hadden weggewuifd met haar hulp over social media, we misschien wel voorbereid waren geweest.'

Ik kijk sceptisch naar de map en wroet rond in mijn tas op zoek naar mijn bril voordat ik de map open en met mijn ogen rol. 'Dit is de shit die ze ons meer dan een maand geleden heeft laten zien.' Als ik de map wil dichtslaan, bedekt Dereks handtatoeage van een wolf de pagina terwijl hij me ervan weerhoudt de map te sluiten.

'Heb je haar voorstel echt gelezen?' vraagt hij. Ik kijk van hem naar Ash en Atlas. Zijn ze tegen me aan het samenspannen?

Ik doe mijn bril af en kijk naar Derek. 'Ik dacht dat we het er allemaal over eens waren dat het veranderen van de manier waarop we de shop runnen een slecht idee is.'

'Gast.' Atlas schudt met zijn hoofd alsof hij gefrustreerd raakt van me. Ik heb net gezien dat er tegen hem werd geschreeuwd omdat hij een meisje Christine had genoemd dat Katherine heette, maar *ik* ben natuurlijk degene die frustrerend is. 'Er zijn hier zeventigjarige artiesten die meer hebben samengesteld dan wij.' Hij gebaart opnieuw met zijn handen naar de oldtimers om ons heen. 'We lijken nu wel amateurs! Toen ik onze drankjes ging halen, kwam iemand naar me toe en vroeg om mijn QR-code zodat hij mijn portfolio kon zien. Ik

weet niet wat dat is! Maar weet je wie dat wel weet? Fucking Janie.'
Atlas maakt zijn punt door de map te pakken en de pagina's om te
slaan om een vak te tonen dat je met je telefoon scant, en wat je maar
wilt, zal verschijnen.

Oké, daar ben ik mee eens, dat had handig kunnen zijn.

'Plus,' zegt Derek terwijl hij door de map bladert. Wat de fuck?
Hebben ze dit allemaal bestudeerd terwijl ik in het vliegtuig een dutje
deed? Ik dacht dat ze stripclubs opzochten. 'Als je deze pagina bekijkt, dan zie je dat Janie eigenlijk verschillende voorbeeldtrajecten voor
ons heeft gemaakt voor deze conventie. Verschillende ideeën voor
merchandise, verschillende weggeefacties, ze had alles georganiseerd
om ons een tatoeage te laten verloten. Niets van dat alles is in actie
gekomen omdat we haar nooit serieus hebben genomen. We zijn allemaal gestopt met naar haar te luisteren op het moment dat ze social media noemde.'

Ik haat het hoe waar Dereks woorden zijn. Ik herinner me hoe
opgewonden ze die dag was om met ons te praten. En hoe gekwetst
ze was toen we…toen ik haar had afgewezen. Terwijl ik door de laatste papieren blader, stop ik op een stuk papier uit een notitieboekje
met Janies handschrift erop.

Ideeën om met Fox te bespreken:
Nieuwe lijn shirts met verschillende vrouwelijke godinnen.
Conventie Exclusieve shirts die de jongens zelf ontwerpen.
Leg idee uit voor een geüpdatet logo - laat Fox het schetsen, zodat het er beter
uitziet dan mijn kraswerk.

Dan mijn kraswerk?

Had ze iets getekend dat ze te beschamend vond om te laten zien?
Ik staar naar haar handschrift en huiver. Het was niet glad, je kon zien
waar de trillingen in sommige gebieden erger waren.

Je kunt geen tatoeëerder zijn als je geen fucking rechte lijn kunt tatoeëren,
Fox!'

Ik huiver bij de herinnering aan Janie die dat naar me schreeuwde, sluit de map en zucht. 'Ja, ik denk dat ik dat een beetje heb verknald.'

Na een minuut van stilte besluiten Ash en Derek om naar andere verkopers te gaan kijken, aangezien onze tafel helemaal uitgestorven is. Ik kijk naar Atlas, die naar me blijft staren.

'Gast, ik ga je verdomme slaan,' waarschuw ik hem als ik hem erop betrap om voor de honderdste keer naar me te kijken.

Atlas kijkt me onderzoekend aan en knijpt achterdochtig zijn ogen samen. 'Er is iets aan de hand. Je blijft je telefoon checken. Je bent chagrijnig en Janie antwoordt niet meer. Hebben jullie twee ruzie gehad?'

God, hij is fucking irritant. 'Nee, Sherlock, we hebben geen ruzie. Men zou elkaar moeten spreken om ruzie te maken.' Ik mompel het laatste deel, maar Atlas en zijn grote oren horen me.

Atlas kreunt dramatisch terwijl hij achterover in zijn stoel zakt. 'Fox!' jammert hij. 'Kom op, man! Ik vind Janie echt leuk!'

Ik kijk hem boos aan. 'Je wat?' grom ik. Ik weet niet waarom wat hij zei me in de alfa-bezitterige holbewoner-modus brengt, maar dat doet het wel en ik ben plotseling vervuld van de drang om zijn fucking gezicht in elkaar te slaan omdat hij het lef heeft om mijn meisje *echt leuk te vinden.*

Mijn meisje? *Fucking hell…*

Atlas steekt zijn handen omhoog in schijnverdediging. 'Als een zus, gast.' Ik kijk toe hoe een grijns zich over zijn gezicht verspreidt en ik weet dat ik erin ben getrapt. 'Je voelt iets voor Red, is het niet, Fox.' Zijn ogen fonkelen…ja, fucking fonkelen van blijdschap.

Ik ga met mijn hand door mijn haar terwijl ik hard door mijn neus uitadem. Ik heb whisky nodig.

'Atlas…' waarschuw ik door opeengeklemde tanden terwijl ik de hitte in mijn wangen voel kruipen.

Zijn grijns wordt alleen maar groter terwijl hij met zijn vinger naar me wijst. 'O nee, nee, nee…ik ben niet bang voor je, oude man. Vertel op. Heb je haar verteld dat je haar leuk vond en heeft ze je afgewezen? Houdt ze niet van het *"daddy"* ding?'

Ik kan de lach niet inhouden die aan me ontsnapt als ik

achteroverleun en me een beetje *te* zelfvoldaan voel. 'O, ze houdt van dat *"papa-ding"*…o fuck.' Godverdomme, waarom kan ik mijn mond niet houden?

Ats mond valt open en zijn ogen worden zo groot als schotels. 'Dat meen je niet,' lacht hij half, 'heb je Tony's dochter geneukt?'

Ik leun voorover en sla hem op zijn kop met een van de portfoliomappen voordat ik hem zeg dat hij zijn kop moet houden.

Na een minuut haalt hij zijn schouders op en wrijft hij over zijn hoofd. 'Ik bedoel, ik denk dat het stond te gebeuren. Jullie wonen samen.'

'Het is niet bij mij thuis gebeurd,' mompel ik terwijl ik een berichtje naar Janie tik.

> **Ik: Ik hoop dat het goed met je gaat. Misschien moeten jij en ik het gaan hebben over hoe je Hels kan moderniseren.**

'Waar is het gebeurd?' vraagt Atlas met oprechte nieuwsgierigheid en ik grijns alleen naar hem. 'Bij Hels?' Hij stelt de vraag, ook al merk ik dat hij zich steeds meer zorgen maakt over wat mijn antwoord zal zijn.

Ik haal nonchalant mijn schouders op.

Hij kreunt. 'O, kom op, man…wacht…waar in de shop?'

Als ik opkijk van de telefoon zie ik de blik van angst, walging en verraad op zijn gezicht. Ik grijns en leun achterover in mijn stoel. 'Het lijkt erop dat je al weet waar.'

'Je bent me een nieuw fucking werkplek verschuldigd!' Hij kokhalst, en ik kan het niet helpen, maar lach als hij iets zegt over oude ballen die op zijn tafel hebben gelegen.

Een oudere, mannelijke stem onderbreekt de dramasessie van Atlas. 'Hé, daar zijn jullie jongens!' Ik kijk op en zie een bekende man van eind zestig. Hij is kaal met een baard die op zijn kleine buik rust, hij draagt een leren vest om zijn volle sleeves te laten zien waarvan ik zeker weet dat die van vóór mijn tijd dateren.

'Arlo, hé maat,' zeg ik met een glimlach terwijl Atlas en ik opstaan om de oude rot te omhelzen. Arlo was een van Tony's beste vrienden en hij heeft Tony aanvankelijk geholpen om Hels op te starten.

'Waar is Janie? Ik heb gehoord dat ze nu helpt bij het runnen van de shop. Ik heb haar niet meer gezien sinds ze ongeveer zo groot was.' Hij houdt zijn hand op gelijke hoogte met zijn buik.

Ik grinnik terwijl ik mijn handen in mijn broekzak stop. 'Ja, nou, ze is niet veel gegroeid. Maar ze is in Californië gebleven.'

Arlo laat een piepende lach horen en klopt op mijn arm. 'Ik wil mijn excuses aan haar aanbieden dat ik de begrafenis van haar vader heb gemist. Ik had de dag ervoor een verdomde hartaanval en de klootzakken op de IC wilden me niet laten gaan.'

Atlas en ik lachen terwijl hij zijn hoofd schudt en ik kan me niet voorstellen hoe zijn kinderen met deze oude man omgaan. Zo koppig als een ezel. Ik twijfel er niet aan dat hij vreselijk tekeer is gegaan om uit het ziekenhuis te komen om naar de begrafenis te kunnen gaan.

Arlo zucht en kijkt me aan. 'Dus, doet ze de zakelijke kant of heeft ze eindelijk een machine opgepakt? Ik zou heel graag wat van haar nieuwe kunstwerken willen zien.' Atlas en ik wisselen verwarde blikken uit voordat ik weer naar Arlo kijk.

'Kunstwerken?' herhaal ik.

Hij knikt voordat zijn glimlach begint te verdwijnen. 'Vertel me niet dat ze het heeft opgegeven? O, ze was geweldig!'

Ze had me verteld dat ze de volgende *"Pierce tattoo artiest"* wilde worden, maar dat haar aandoening haar tegen had gehouden. Natuurlijk ben ik niet van plan om daar iets over te zeggen, omdat ik nog steeds niet zeker weet wie uit Tony's verleden hiervan op de hoogte is.

Arlo zucht en schudt zijn met tatoeages bedekte kale hoofd. 'Dat meisje kwam met die tekening daar toen ze nog maar tien jaar oud was.'

Ik kijk naar het logo op mijn shirt waar hij naar wijst. Het logo van onze shop van godin Hel was een schets van Janie? We hadden allemaal gewoon aangenomen dat toen Tony zei dat het een *"Pierce original"* was, hij naar zichzelf verwees.

Ik zie Arlo zijn schouders ophalen van teleurstelling. 'Ze had zo'n passie voor tekenen. Ik vind het jammer dat ze het niet heeft volgehouden.'

Het gesprek van Arlo en Atlas wordt achtergrondgeluid als ik mijn telefoon voel trillen. Ik zie dat het een bericht van Janie is en ik laat mijn telefoon bijna vallen als ik hem probeer te openen.

Terwijl ik het bericht open, zie ik dat ze me een foto heeft gestuurd van een witte mok met de tekst "Werelds Beste Baas" erop.

> Torch: Ik ga het voor je kopen, maar je moet me $ 9,25 sturen

> Ik: Waarom zou ik je $ 9,25 sturen als JIJ het voor mij koopt.

> Torch: … DAAROM, dwaas die je bent! Michael Scott heeft ook zijn eigen beste baas mok gekocht.

'Waarom grijnst hij als een idioot?' Arlo's stem breekt mijn kleine bubbel en ik kijk naar de twee mannen die verbijsterd naar me staren. Een alwetende grijns kruipt over het gezicht van Atlas en ik voel een koude rilling over me heen spoelen.

'O,' grinnikt Atlas. 'Fox heeft ons broederschap de rug toegekeerd en is smoorverliefd geworden.'

Het is echt jammer om te weten dat ik mijn beste vriend zal moeten vermoorden. Maar Atlas laat me geen keus. Ik bedreig hem in stilte met onvoorstelbare pijn terwijl hij met Arlo blijft praten.

'Ja, hij heeft thuis een vurig klein ding.' Hij geeft me een knipoog en het is op dat moment dat ik weet dat het eerste wat ik ga doen, is zijn oogballen eruit rukken en ze in zijn grote mond duwen.

Arlo slaat me op mijn arm. 'Het wordt tijd dat je na begint te denken over je settelen, jongen! Je begint oud te worden.'

Atlas barst in lachen uit en schudt zijn hoofd. 'Maak je daar maar geen zorgen over Arlo, zijn meisje heeft blijkbaar een "daddy" kink.'

Terwijl ik probeer uit te zoeken hoe ik de moord op Atlas op een ongeluk kan laten lijken, stopt Arlo's vraag bijna mijn hart.

'Heb je een naam of foto van dit mooie meisje?'

Ik kijk met grote ogen naar Atlas die geen genade toont. Er komt een idee bij me binnen en ik ontspan me onmiddellijk, waardoor Atlas een wenkbrauw optrekt.

Oké, klootzak…kom maar op.

'O, zeker Arlo!' lach ik terwijl ik snel op mijn telefoon ga en door foto's in mijn album begin te scrollen voordat ik hem de foto laat zien die ik zocht. Atlas wordt bleek en zijn ogen vernauwen zich.

Schaakmat.

De foto is vorig jaar genomen op het beëdigingsfeest van Ren, waar ze Atlas en mij voor had uitgenodigd. Atlas had besloten dat we zouden gaan en zouden zuipen, dus was ik gegaan. Op de foto staat Ren met haar armen om mijn middel en een glimlach van oor tot oor achter haar lange blonde haar dat ze die dag in krullen had gestyled.

Arlo laat een laag fluittoontje horen. 'Verdomme Fox, dat is een stuk.'

Terwijl ik naar Atlas blijf kijken die me aanstaart, grijns ik vrolijk. 'Ja man, Ren is geweldig. Ze is een advocate, supergrappig, en ik bedoel…kijk gewoon naar haar.' Ik verbreek het oogcontact met Atlas niet, wiens kaak blijft samentrekken.

Ik kijk hem aan alsof ik *"klaar?"* wil zeggen.

Hij geeft me een klein knikje voordat hij Arlo naar onze tafel trekt om hem zijn portfolio te laten zien. Ik slaak een zucht, ik moet echt even weg van mensen. Het is een lange, frustrerende reis geweest en we hebben nog niet eens de weekenddrukte gehad.

Ik besluit dat ik mijn gesprek met Janie privé wil voortzetten en ga de conferentieruimte uit om haar te appen. Met mijn ogen op mijn scherm gericht loop ik de hoek om naar een rustigere ruimte en bots tegen iemand aan.

Instinctief gaan mijn handen naar voren om te voorkomen dat de persoon valt, dat is wanneer ik het vertrouwde, overdreven gebleekte blonde haar en een bijna verbrande bruine huid zie.

'Liza,' zeg ik terwijl ik haar stabiliseer. 'Gaat het? Het spijt me.'

Liza glimlacht naar me terwijl ze haar nepborst goed legt die uit haar te strakke haltertopje barst.

Ze strijkt met haar handen over haar zwarte leren rok. 'Ik geloof het wel. Ow!' Ze struikelt en valt tegen me aan. Fuck, heb ik haar echt pijn gedaan? Ik haat de vrouw, dat is zeker, maar ik zou haar, of welke vrouw dan ook, nooit pijn willen doen.

'Kan ik je helpen?' vraag ik terwijl ik haar omhooghoud. 'Kan ik wat ijs voor je halen of een stoel?'

'Eigenlijk,' haar stem is zacht en ze hijgt lichtjes, 'Ging ik net terug naar mijn kamer. Ik ben uitgeput en wilde een dutje doen…als je het niet erg vindt om me naar mijn kamer te brengen?'

Ik kijk om naar de conventie en zucht voordat ik knik. Ik slaak een *"oef"* van verrassing als ze bijna in mijn armen springt. Dit is een fucking slecht idee, en ik kan het al voelen. Maar ik draag haar door de lobby en naar de lift.

De rit in de lift naar Liza's verdieping is rustig en ongemakkelijk, tenminste van mijn kant, omdat Liza in mijn armen blijft liggen, met haar armen hangend om mijn nek. Als ik naar beneden kijk, zou ik haar hele borstkas zien, dus staar ik verdomme recht naar voren. Er loopt een rilling langs mijn ruggengraat terwijl ik voel dat haar nagels aan de basis van mijn nek schrapen.

De deuren naar de lift gaan open en ik ren bijna in de richting die Liza me opdraagt. Ik stop voor haar kamer en laat haar zachtjes zakken. Ze laat haar armen om mijn nek gewikkeld zitten en haar borsten worden met zo'n kracht tegen me aangedrukt dat ik me afvraag of ze kunnen knallen. Kunnen neptieten dat doen? Ik bedoel, sommige zitten vol met zoutoplossing.

Mijn gedachten worden op een vreselijke manier onderbroken als ik Liza's lippen op de mijne voel. Ik duw haar zo snel mogelijk weg, net op het moment dat ik voel dat haar tong in mijn mond begint te komen.

'Liza, wat ben je aan het doen?' vraag ik in volledige shock en een beetje — of veel — walging.

'Ik probeerde je te bedanken omdat je me hebt geholpen. Ik bedoel, dat is wat je wilt, toch?'

Ik ga verder achteruit terwijl haar hand mijn pik door mijn spijkerbroek grijpt.

'Jezus!' Ik struikel bijna terwijl ik bij haar weg probeer te komen. 'Nee! Ik moet gaan.' Ik draai me om terwijl ik probeer te ontsnappen, maar Liza grijpt de onderkant van mijn shirt vast en houdt me vast.

'Wat is er met je aan de hand?' sist ze, alsof *ik* degene ben die hier fout zit.

Ik knipper een keer, twee keer voordat ik mijn hoofd schud. 'Wat is er met mij aan de hand?' vraag ik terwijl ik mijn shirt uit haar greep bevrijd. 'Liza, je hebt geprobeerd je tong in mijn keel te steken en je hand in mijn broek.'

Ze rolt met haar ogen terwijl ze bij haar deur tegen de muur leunt. 'En? Ben je opeens te goed voor ons tattoo-artiestmeisjes?' Ik beweeg me ongemakkelijk terwijl ik over mijn nek wrijf. Liza geeft me een alwetende grijns. 'O, ik snap het, twintig jaar kan een meisje ouder maken, denk ik.'

'Niet doen,' snauw ik en staar haar boos aan. 'Het heeft niets met leeftijd te maken. Het was eenmalig en een mensenleven geleden.'

Liza lacht droog en schudt haar hoofd. 'Ja, nou, als ik had geweten waar je naartoe ging, dan zou ik mijn vingers om meer hebben gegrepen dan alleen je pik.' Ze knipoogt terwijl ze de deur van haar hotelkamer opent. 'Kom op, Foxy, voor de goede oude tijd,' spint ze en ik krijg kippenvel.

Ik schud mijn hoofd en ga achteruit. 'Fuck. Nee. Het was toen een vergissing en dat zou het nu zeker zijn.' Haar gezicht wordt donkerder als ze dichter bij me komt en ik zie dat ze niet meer mank loopt… wat verrassend.

'Je neukt Pierce, is het niet.' Ik verbleek en ze weet dat ze me heeft. 'Ik wist dat er iets mis was toen je haar die dag verdedigde. Je hebt Janie jarenlang gehaat en toen snauwde je me ineens af omdat ik mijn twijfels had over haar en de shop. Je neukt Tony's kleine meid. Man…blijkbaar vind je ze alleen op een bepaalde leeftijd leuk.'

'Fuck you, Liza,' spuw ik naar haar terwijl ik me omdraai om weg te lopen.

'Het is wel een goede zet!' roept ze en God sta me bij, ik stop en draai me om om de rest van haar bewering te horen. 'Je weet wel, ervoor zorgen dat je alle macht over de shop krijgt. Houd haar gedurende het jaar *tevreden* en dan zal ze het met alle liefde allemaal aan je overdragen. Verdorie, misschien zal de domme teef verliefd worden op de ongeliefde Fox Simmons en het gewoon aan je geven.' Haar koude lach vult de gang terwijl ik me omdraai om naar de liften te gaan.

Ik moet naar mijn kamer, een hete douche nemen, me scrubben, iets slaan en dan…veel drinken.

Nadat ik mijn hele minibar heb geconsumeerd en zes lagen huid van mijn lichaam heb geschrobd, lig ik in mijn hotelbed terwijl The Office speelt, hoewel ik er niet naar kijk. Ik kijk naar de onbeantwoorde berichten die Janie heeft gestuurd.

> Torch: … DAAROM, dwaas die je bent! Michael Scott heeft ook zijn eigen beste baas mok gekocht.
>
> Torch: Hallo?
>
> Torch: PRIMA, ik zal de mok voor je kopen zonder het geld terug te krijgen. Maar ik drink er eerst uit.

Het volgende bericht is een selfie van haar die de mok tegen haar lippen houdt. Ze ziet eruit alsof ze verdrietig is, ook al lacht ze. Haar ogen zijn rood omrand en haar gezicht is vlekkerig.

> Torch: Weet je, ik heb TAL van andere mensen met wie ik zou kunnen praten…maar hier ben ik dan en ik PROBEER met jou te praten.
>
> Torch: Ik was vergeten dat het daar een uur later is, misschien slaap je.
>
> Torch: Oh fuck misschien heb je wat *kat emoji* *vuur emoji* gevonden.

Dat bericht was twintig minuten geleden verzonden. Ik blijf naar het scherm staren terwijl ik nadenk over wat Liza heeft gezegd.

De ongeliefde Fox Simmons.

De meesten wisten het niet, maar Liza had het aangelegd met de tattoo-artiesten in de oude shop, waar ik werkte voordat ik hierheen verhuisde. Ze was op haar tweeëntwintigste het "shopmeisje" en ze vond het leuk om daar rond te hangen om…nou ja, iedere artiest te neuken of te pijpen die haar wilde hebben. Ik was drieëntwintig en was de ochtend voordat ik naar de shop ging door mijn vader in elkaar geslagen. Toen ik daar aankwam, was Liza de enige daar. Ze had me meegenomen naar haar auto en ze had me gepijpt.

Het is nooit meer opnieuw gebeurd, nooit verder gegaan dan dat en toen Tony met haar aan zijn arm verscheen, realiseerde ik me in eerste instantie niet eens dat zij het was.

Ongeliefd. Ik had dat aan Liza verteld. Ik voelde me slecht en had haar verteld wat mijn vader tegen me had gezegd terwijl hij me met zijn sigarettenpeuk verbrandde. Liza had niet tegen me gezegd dat hij ongelijk had, ze had niet geprobeerd om me opbeurende woorden toe te spreken. Ze had gezegd dat ik mijn broek naar beneden moest doen. En dat had ik gedaan.

Liza heeft het echter mis; ik zou Hels nooit van haar afpakken. De shop is van ons samen, tenzij ze wil worden uitgekocht.

Maar het liefdesgedoe.

Ik dacht na over hoe Janie had gevraagd of ik haar aantrekkelijk vond. De hints over daten, en hoe ze over het feit had gelogen dat ze er geen probleem mee had dat we alleen die ene keer seks hadden. Ik weet dat Janie geen *liefde* voor me voelt. Dat is onmogelijk. Maar ik begin me zorgen te maken dat ze me misschien leuk vindt op een manier die ik niet kan beantwoorden.

De gedachte laat mijn borst pijn doen. Ik weet dat mijn gevoelens voor Janie ver voorbij vriendschap zijn gegaan. Maar ernaar handelen kan ons alleen maar kwetsen. Wat als ik het verkloot? Wat onvermijdelijk is. Wat als ze me zat wordt en verder gaat? Of wat als er iets gebeurt en ze niet langer in mijn leven is en ik alleen achter blijf nadat ik me voor iemand heb opengesteld?

Ik denk aan mijn moeder en hoe ze met alle liefde van de wereld naar mijn vader keek, zelfs na haar afranselingen. Ze stond hem toe om haar, mijn zus en daarna mij te slaan, allemaal vanwege liefde.

Ik was zo blij toen ze weggingen en bij mij zouden komen wonen. Eindelijk, weg van hem… Ik had ze moeten gaan halen in plaats van ze hierheen te laten rijden.

Ik herinner me de klappen die ik op de begrafenis had gekregen.

Ik was bijna dertig en in de beste vorm die ik ooit was geweest. Maar toen mijn vader zei dat ik op mijn knieën moest gaan, luisterde ik. Ik stond die man toe naar mijn hoofd te gooien dat ik zijn vrouw en dochter had gedood. Ik stond hem toe om me te vertellen dat hij bij God hoopte dat ik een vrouw en dochter zou krijgen die van me afgepakt zouden worden zoals bij hem was gebeurd. Ik heb hem allebei mijn ogen dicht laten slaan, en mijn neus en kaak laten breken. Ik stond hem toe om een aangestoken sigaar in mijn borst te steken. Terwijl hij tegen me schreeuwde dat ik een ongeliefd stuk stront was die zijn gezin had vermoord.

Een melding op mijn telefoon haalt me uit de donkere herinneringen. Ik veeg mijn gezicht af en realiseer me dat het nat is voordat ik naar het scherm kijk.

Torch: Wat is het ergste deel van de conventie?

Ik zucht en leun achterover tegen het hoofdeinde. Ik staar naar The Office dat op de tv speelt en grijns voordat ik een berichtje verstuur.

Ik: Het ergste deel van de conventie moeten de Dementors zijn...

Torch: Dementors?

Ik: Fuck ja! Ze vlogen overal rond! En ze probeerden de ziel uit je lichaam zuigen.

Ik: Shit doet pijn!

De drie stippen verschijnen, verdwijnen dan en plotseling komt er een FaceTime-oproep door. Ik zou het niet moeten beantwoorden...

Ik druk op accepteren en ik zie Janies gezicht op mijn scherm verschijnen en het vervult me met een gevoel alsof ik thuis ben.

'Ik heb bijna in mijn broek geplast,' zegt ze droog.

Ik trek een wenkbrauw op. 'En toen? Dacht je meteen "Jeetje, Fox gaat dit willen horen"?'

Ik zie hoe ze haar blauwe ogen ten hemel slaat. 'Ik bedoelde dat je me zo hard aan het lachen maakte met dat bericht, droplul.'

Ik grijns vrolijk naar haar. 'Heb ik je ooit verteld dat je koosnaampjes voor mij me knikkende knieën geven?'

Ze legt een hand op haar voorhoofd. 'Waarom praat ik ook alweer tegen je?'

Ik haal mijn schouders op. 'Mijn gok is dat je mijn schattige uiterlijk en charme hebt gemist.' Ik trek mijn wenkbrauw op als ik zie hoe erg haar telefoon trilt. 'Hé,' zeg ik zachtjes. 'Wat dacht je ervan om de telefoon op tafel te zetten of zoiets.'

Ik zie haar bleke wangen rood worden en ze krimpt ineen. 'Ja, sorry, mijn trillingen zijn vandaag behoorlijk erg.' Ze zet haar telefoon neer en duwt hem ergens tegenaan voordat ze ervoor gaat zitten. Ik kan haar nu alleen vanaf de taille omhoog zien en dan zie ik iets op haar arm.

'Wat is dat?' vraag ik, terwijl ik naar mijn arm gebaar. Janie kijkt naar dezelfde plek op haar arm en ik zie haar gezicht betrekken voordat ze naar me terugkijkt.

'Oké,' zegt ze kalm en mijn haren gaan meteen overeind staan. Er is iets gebeurd en ze staat op het punt om te gaan liegen.

'Niet,' grom ik terwijl ik naar haar staar, 'tegen me liegen. Wat. Is. Er. Gebeurd.'

'Ze is aangevallen!' hoor ik Ren zeggen terwijl ze op de bank achter Janie ploft.

'Wat?' brul ik terwijl ik opsta en probeer uit te zoeken wat ik moet doen en wie er moet sterven.

'Wacht!' zegt Janie nadat ze Ren op haar dij heeft geslagen. 'Ik ben niet aangevallen! Ik wilde alleen...'

'Zeg. Op. Nu.' Als ik deze fucking telefoon niet nodig had om met haar te praten, dan zou hij nu door de muur gaan.

Janie haalt diep adem en werpt Ren nog een felle blik toe voordat ze naar me terugkijkt. 'Ik moest naar mijn appartement om met de verhuurder te praten. Iemand herkende me en duwde me. Ik strompelde van de stoeprand en heb me geschaafd. Het gaat prima.'

'Ik kom naar huis,' zeg ik simpelweg en hang de telefoon op. De kans is nul komma nul dat ik de komende drie dagen met idioten ga zitten praten terwijl Janie daar is, zonder bescherming en gewond raakt. Mijn telefoon gaat en ik druk op de luidsprekerknop terwijl ik doorga met inpakken.

'Wat?' vraag ik.

'Fox!' schreeuwt Janie door de telefoon. 'Je komt niet hierheen! Je bent niet mijn oppas! Het gaat prima! Ik ga naar de meet-and-greet morg—'

'Dat kan je verdomme vergeten!' schreeuw ik tegen de telefoon waarna ik getrakteerd word op een luide kreun van haar. 'Je schattige kleine kont komt NIET in de buurt van die mensen.'

'Fox, hoewel het alfaman beschermende ding zeer vertederend is, ben ik niet je vriendin, dus het gaat bij mij niet werken! Je kunt me niet vertellen wat ik moet doen.'

Ik grinnik zachtjes, 'Baby doll, ik ben met gemak zeventig kilo zwaarder en bijna een halve meter langer dan jou. Ik zal op je gaan zitten als dat nodig is, maar je gaat nergens heen.'

Er is een moment van stilte voordat ik een luide zucht hoor. Ik glimlach en voel me de overwinnaar.

'Fox?' Fuck… het is de stem van Pissige Pierce. 'Als je terugkomt en me probeert te stoppen, dan zullen we niet alleen de veganistische inktlijn nemen, maar dan zal ik de lak van Vanessa afkrabben.'

'Oké, snotneus, dat gaat verdomme te ver,' grom ik van ergernis. 'Goed, maar ik wil updates, begrepen?'

19

Janie

'**N**aam…o mijn god.' De nasaal klinkende blonde vrouw die achter de registratiebalie zit, laat haar pen vallen terwijl ze in complete shock naar me staart. Ik probeer haar mijn beruchte glimlach te geven, maar ik weet zeker dat het meer op een grimas lijkt.

'Jai,' zeg ik zachtjes terwijl ik verwachtingsvol naar het rek met sleutelkoorden met naamlabels kijk. Om te zeggen dat ik doodsbang ben om hier te zijn zou het grootste understatement ooit zijn. Toen ik nog geliefd was kwam ik vanwege mijn trillingen zelden naar meet-and-greets. Dus hier nu zijn, terwijl een groot percentage van het internet me haat, is waarschijnlijk een dom idee. Maar ik moet mijn leven terugkrijgen.

De vrouw geeft me een lege blik terwijl ze me mijn sleutelkoord geeft. Ik zie dat mijn naamplaatje niet op het rek staat bij de anderen, maar in een doos op de vloer is gegooid. Blijkbaar dachten ze hier ook dat ik niet zou komen.

Ik glimlach naar de vrouw voordat ik wegloop van de balie om de conventieruimte binnen te gaan. Ik kom aan bij de luide ingang en verstijf onmiddellijk; ik kan dit niet. Ik ren door verschillende hallen totdat ik in een verlaten ruimte van het complex ben en ik een bord voor het toilet zie. Ik ga naar binnen, loop naar de wasbak en grijp hem stevig vast als golf na golf van angst en onrust op me inbeuken.

Ik wil dit niet. Ik wil daar niet naar binnen om dit te doen. Ik kijk naar mezelf in de spiegel en frons naar de persoon die naar me staart.

Jai.

Steil haar, perfecte wenkbrauwen, geen sproet te zien. Wangen die gehighlight en gecontourd zijn, smokey eyes en dankzij Ren een gevaarlijk scherp lijntje.

Ik droeg een smaragdgroene skater minirok, bruin suède knielaarzen en een strak crèmekleurig shirt met lange mouwen.

Ik zie Jai's onderlip trillen.

'Hou op,' snauw ik naar de spiegel. Ik kijk naar de wasbak en haal nog een keer adem. Ik moet dit doen. Ik moet een uitweg uit Hels vinden. Een uitweg uit het leven van Fox.

Ik zak verder weg als ik aan Fox denk. De gedachte aan het verlaten van de jongens, Hels Ink en nog belangrijker, Fox, heeft me in een depressie gebracht. Ik kan er niet goed mee omgaan dat ze zijn vertrokken. Ik breng het grootste deel van mijn tijd door met huilen of zoeken naar grappige dingen om met Fox over te praten die niet uitdraaien op gevoelens, of *die* avond.

Die avond.

God, ik heb daarna drie dagen pijn gehad. En ik heb sindsdien om andere redenen pijn gehad. De manier waarop hij naar me keek… hoe hij me zijn meisje had genoemd…

Zijn – was het maar waar.

'Godverdomme. Hou op!' schreeuw ik tegen mijn spiegelbeeld voordat ik me van de wasbak wegduw en de deur opentrek en terugga naar de meet-and-greet. Ik ben sterk genoeg om dit te doen. Ik ben sterk genoeg om om te gaan met alles wat de mensen daar te zeggen hebben. Ik ben echter niet sterk genoeg om Fox elke dag te zien, wetende dat ik hem niet kan hebben zoals ik wil.

Ik glimlach naar de gebruinde, blonde man voor me terwijl hij het bedrijf voorstelt waarvoor hij werkt — *Bliss Trips*. Het is een reis-influencer bedrijf dat gevestigd is in Chicago. Mijn sociale media-ervaring is nooit gebaseerd geweest op reizen, maar misschien is het niet het slechtste idee om deze stad te verlaten.

'Dit klinkt geweldig.' Ik glimlach naar hem en merk dat hij wegkijkt en over zijn achterhoofd wrijft alsof hij nerveus is.

'J-ja,' glimlacht hij en kijkt me met zijn bruine ogen aan. 'Ik denk dat je wel goed bij het bedrijf zou passen. Ik bedoel, ik zal het met mijn baas moeten bespreken, maar ik heb je e-mail en ik kom bij je terug zodra ik iets weet.'

Ik hoor gegrinnik achter me en verontschuldig me snel bij de man. Ik ben ongeveer een uur in de ruimte geweest en Bliss Trips is het enige bedrijf dat met me wil praten. Ik ben uitgemaakt voor een hoer, een leugenaar en een slang. Ik werd uitgejouwd uit een panel waar ik in moest zitten en nu heb ik een groep mensen achter me die foto's maken en lachen.

Ik kijk op mijn telefoon en zie alle meldingen op de social media-apps en een gevoel van overweldigende angst spoelt over me heen. Ik ga naar mijn berichten en ga naar de groepschat die ik met Stevie en Ren heb.

> Ik: Meiden, ik moet hier weg. Ik kan dit niet.
>
> Stevie: Onderweg schat, zoek een rustige plek en we zullen appen als we er zijn.
>
> Ren: Als iemand je van streek maakt, dan zal ik ze in elkaar slaan.
>
> Ik: Je bent een advocate, dat klinkt niet slim.
>
> Ren: Dat geldt ook voor iemand die met een van mijn mensen aan het rotzooien is.

Ik glimlach terwijl ik op weg ga naar waar ik eerder was binnengekomen, als ik ineens met iets nats op de achterkant van mijn hoofd word geslagen. Ik kijk naar de vloeistof die van me af druipt en op de grond valt, door de geur denk ik dat het ijskoffie is en het doordrenkt mijn kleren. Ik draai me om en word door een ander drankje geraakt. Ik sputter en beweeg me achteruit, glijd uit over de natte vloer en land op mijn kont. Ik hoor mensen lachen en het geluid van camera's die afgaan. Ik trek mezelf overeind en glijd uit als ik de kamer uit ren terwijl iedereen "Jai de slet" schreeuwt.

Ik blijf rennen tot ik buiten het congrescentrum ben. Voordat ik me in een steegje verstop. Ik druk mezelf tegen het bakstenen gebouw terwijl ik de tranen op voel komen. Ik weet niet wat me drijft, maar voordat ik mezelf kan stoppen, FaceTime ik Fox.

Twee keer overgaan en hij neemt op, met alle jongens achter zich. Ik zie hoe hun lachende gezichten tegelijkertijd veranderen in fronsende blikken.

'Wat is er gebeurd?' gromt Fox, terwijl hij opstaat. Ik slaak een snik terwijl ik mijn hoofd schud, niet in staat om te praten. 'Fox,' hoor ik Atlas op de achtergrond in een poging om Fox zijn stem te laten kalmeren.

'Baby doll,' zegt hij deze keer zachter. 'Praat met me. Wat is er gebeurd?'

Ik snotter en kijk naar de bezorgdheid die op zijn mooie gezicht staat gegrift. 'Fox…' Ik laat een krakende snik ontsnappen. 'Ik heb een knuffel nodig.' Ik zie zijn gezicht betrekken alsof ik net zijn hart heb gebroken.

'Oké,' zegt hij en ik zie hem dingen pakken van achter de tafel waar hij aan zit. 'At, hier is mijn sleutel van mijn kamer. Neem mijn shit mee terug.' Ik frons mijn wenkbrauwen in verwarring terwijl hij begint te lopen.

'W-wat doe je?' vraag ik terwijl ik probeer te stoppen met huilen.

'Ik ga naar het vliegveld, ik neem de eerste vlucht hier vandaan en ik kom je een knuffel geven, oké?' Hij zegt het alsof hij hiernaast is. Niet in een andere staat, uren weg, op een conventie voor onze shop.

'Fox…' Ik probeer hem tegen te houden. Hij kan zoiets *niet* voor me doen als het niets kan betekenen.

'Baby doll, ik zie je als ik land. Ik moet gaan en een ticket kopen. Ga naar huis en blijf daar. Ik ben er zo. Je zult niet alleen zijn, oké?'

Mijn lip trilt en ik sta op het punt iets te zeggen, maar hij beëindigt het gesprek.

'O mijn god!' Rens boze stem verrast me terwijl ze de hoek om komt en naar me staart. 'Ik vermoord ze,' gromt ze, met trillende neusvleugels.

Ik pak haar pols en kijk haar aan, en voel me helemaal uitgeput. 'Kunnen we gewoon gaan?'

Ik glimlach terwijl Stevie me een mok hete thee geeft voordat ze op de bank van Fox gaat zitten. Oorspronkelijk wilde ik dat ze me naar Ren zouden brengen, maar wetende dat Fox zou aandringen om me te zien als hij arriveert, besloot ik gewoon terug te gaan naar zijn huis.

Ik heb gedoucht en me in een wijde blauwe hoodie en blauwe geruite pyjamabroek omgekleed. Ik moest mijn telefoon uitzetten omdat het aantal meldingen dat ik had gekregen me misselijk maakte.

'Kan ik nog iets voor je halen?' vraagt Stevie en ik kan de lach die ontsnapt niet tegenhouden.

'Stevie, we zijn niet in het restaurant,' giechel ik terwijl ze zich op haar hoofd slaat.

'Sorry,' zegt ze schaapachtig. 'Macht der gewoonte, denk ik. Een dezer dagen zal ik het doorbreken. Maar serieus, heb je iets nodig?'

'Een nieuw leven en een nieuwe identiteit,' mompel ik terwijl ik een slokje van mijn thee neem, waardoor de warme vloeistof me vult met een gevoel van kalmte, zelfs als het maar tijdelijk is.

Stevie geeft me een trieste glimlach en klopt op mijn been. 'Nou, je hebt geluk. Je kunt Jai deleten en gewoon Janie zijn. Je kunt jezelf van social media verwijderen en binnen een jaar ben je vergeten. Sommigen moeten veel harder hun best doen om eruit te komen.'

'Ik wil Jai niet verwijderen,' zeg ik waarschijnlijk iets harder dan ik van plan was. Ik haal diep adem voordat ik verder ga. 'Ik haat Jai, ik denk dat ik dat altijd heb gedaan. Maar ze is er altijd voor me geweest. Ze hield me veilig en verborgen en nu, wanneer het internet haar vernielt, moet ik haar gewoon maar laten gaan? Niet vechten om het op te lossen?'

Stevie haalt haar schouders op voordat ze een slok uit haar eigen mok neemt. 'Janie, dat deel van jou... je zei het zelf, ze is een leugen. Ze is een masker waar je je achter verstopte. Als je dat online personage probeert te repareren…nou, kijk eens wat slechts een paar uur met je heeft gedaan.'

Ik staar naar de vloer. Ze heeft geen ongelijk, maar dat betekent niet dat ik haar waarheid wil horen. Als ik Jai opgeef, dan heb ik niets anders dan Hels, en ik kan Hels niet krijgen.

Voordat ik kan reageren, gaat de voordeur open en komt Fox binnen. Ik zet mijn mok neer voordat ik over de bank en poef ren en in zijn armen spring, het kan me niet schelen hoe het eruitziet. Ik hoor zijn tas op de grond vallen voordat zijn sterke armen zich om me heen slaan.

'Hé, Torch,' zegt hij zacht terwijl ik hem diep hoor inademen.

Ik knijp zo hard mogelijk met mijn armen om zijn nek terwijl ik zijn hart tegen zijn borst voel hameren. Ik glimlach bij mezelf, voor het eerst in bijna een week voel ik me eindelijk weer veilig en thuis.

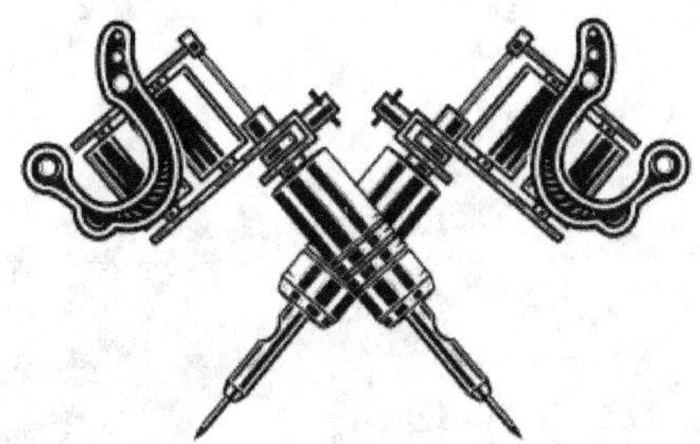

20

'I K BEN HIER NIET ZO ZEKER VAN,' JAMMERT JANIE TERWIJL ZE NAAR het grote zwembad kijkt. Mijn airco is gisteravond uitgevallen. En hoewel ik iemand ben die ondanks mijn grote formaat ongemakkelijke temperaturen redelijk goed aankan, kan Janie dat niet. Tegen de tijd dat het huis eenentwintig graden werd, begon ze te zeuren, en tegen de middag, toen het achtentwintig graden was in huis, was ze haar fucking verstand aan het verliezen.

Dus, omdat Ash en Atlas nog steeds in Vegas zijn, vertelde ik haar dat ik haar naar het zwembad in hun gebouw zou brengen, dat bijna nooit wordt gebruikt. Ik dacht dat afkoelen in een zwembad haar gelukkig zou maken, maar ze leek de hele tijd nerveus. En nu zij en ik hier zijn, kijkt ze naar de ligstoelen van het zwembad alsof ze op het punt staat haar kont in één ervan te planten.

'Torch,' zucht ik geïrriteerd. 'Trek de jurk uit en ga het water in,' mompel ik terwijl ik mijn shirt uittrek. Ik kijk naar haar verstijfde lichaam terwijl ze naar me staart. Ik span mijn borst en laat de spieren stuiteren, zodat ze weet dat ik haar zag staren voordat ik haar een brede grijns geef.

'Klootzak,' mompelt ze terwijl ze haar gele wrap maxi-jurk begint uit te trekken.

Ik spring in het zwembad en als ik boven water kom, struikel ik bijna over mijn eigen voeten. Ik scan snel het gebied rond het zwembad en ja hoor, de mannen zijn aan het kijken.

Janie staat aan de rand van het zwembad en doet haar lange krullen omhoog terwijl haar lichaam, gehuld in die kleine turquoise bikini, heen en weer wiegt. Ik staar naar haar fucking perfecte tieten die achter de kleine driehoeken verborgen zitten en mijn pik wordt meteen hard.

Die dag dat we seks hadden, was het allemaal zo gehaast, ik had niet de kans gekregen om haar figuur volledig te waarderen en fuck… iedereen kreeg die kans nu wel.

'Torch,' grom ik terwijl ik naar de rand van het zwembad loop. 'Kom erin.'

Janie fronst naar me voordat ze hurkt en op de rand van het zwembad gaat zitten, haar kleine voeten in het water hangend. 'Tevreden?' vraagt ze terwijl ze me met haar voet nat spat.

Ik veeg het water van mijn gezicht terwijl ik mijn haar naar achteren duw. Ik zwem dichterbij tot ik voor haar knieën ben. 'Ik heb je hierheen gebracht om af te koelen,' zeg ik zachtjes terwijl ik water over haar dijen druppel, waardoor ze huivert. 'Als je gewoon in de zon gaat blijven zitten, dan hadden we thuis kunnen blijven.'

'Fox,' kreunt ze en ze kijkt rond alsof ze nerveus is. Ik volg instinctief haar blik, maar zie niets anders dan een paar mannen die haar blikken geven waardoor ik haar hier op de rand van dit zwembad wil claimen.

'Wat is er, baby doll?' Ik kijk naar de kleine trilling van haar lippen bij mijn koosnaam voor haar.

Ze kijkt me aan en zucht. 'Als je me uitlacht, dan ga ik huilen,' zegt ze waarschuwend en prikt me in mijn borst.

Ik steek drie vingers omhoog. 'Erewoord.'

'Je weet wat dat is, Simmons?' gnuift ze voordat ze weer zucht. 'Ik kan niet zwemmen.'

Ik trek een wenkbrauw op en moet mezelf bedwingen om niet te lachen. 'Hoe dan? Je woont op twintig minuten van een strand, de meeste appartementen en huizen hebben een zwembad.'

Ze haalt haar schouders op en kijkt naar haar voeten onder het water. 'Toen ik ongeveer zeven was, had mijn vader me voor zwemlessen ingeschreven. De instructeur was niet de meest oplettende en ik liep om de rand van het zwembad toen ik uitgleed en erin viel. Ik was zo bang en ademde onder water in en begon te verdrinken.' Ze slaakt een beverige zucht terwijl ze de traumatische herinnering herbeleeft. 'Gelukkig stond mijn vader aan de andere kant te kijken en heeft hij me eruit gehaald. We waren al uit het water voordat de instructeur het merkte. Daarna wilde ik het niet meer proberen, ik was bang. En toen werd ik ouder, papa had het drukker, en ik was te verlegen toen mijn trillingen begonnen, om zo dicht bij iemand te zijn. Dus ik ga er altijd gewoon met mijn tenen in.'

Ik frons bij haar woorden terwijl ik ga staan, zodat we op ooghoogte zijn. 'Wil je erin?' vraag ik terwijl ik mijn natte zwembroek tegen haar knieën duw.

Ze schudt haar hoofd. 'N-nee, ik weet dat ik waarschijnlijk zou kunnen staan en in orde zou zijn, maar als ik uitglijd of...'

'Vertrouw je me?' vraag ik en haar ogen schieten naar de mijne. Ik kijk toe terwijl ze even naar mijn lippen glijden voordat ze weer naar boven komen.

'...ja,' fluistert ze en wanneer ze dat kleine woordje uitspreekt, voel ik een overweldigende warmte door me heen stromen.

Ik glimlach naar haar terwijl ik mezelf tussen haar benen druk. 'Sla je armen om mijn nek, oké?'

Ze aarzelt, maar slechts voor een seconde. Mijn hart doet pijn van hoe erg ze trilt als ze me vastgrijpt. Als ze eenmaal om mijn nek en taille gewikkeld zit, til ik haar van de rand en laat onze lichamen in het water zakken. Ze slaakt een kleine zucht en grijpt me steviger vast.

'Alsjeblieft...' Ze laat een zacht gejammer horen. 'Fox, laat me alsjeblieft niet los.'

'Nooit, baby doll.' Ik druk mijn lippen tegen haar slaap terwijl ik langzaam door het ondiepe gedeelte van het zwembad glijd, dat nog steeds iets dieper is dan een meter. Na enkele minuten voel ik haar verschuiven, haar lichaam wordt iets losser. Ik druk mijn rug tegen de muur van het zwembad terwijl ik naar haar kijk.

'Hé,' glimlach ik. Het is het eerste woord dat tussen ons wordt gesproken in minstens tien minuten.

Ze praat niet, ze staart me alleen maar in de ogen. Ik wou dat ik wist wat ze erin zag.

'Wat is er, baby doll?' vraag ik terwijl ik een losgeraakte lok achter haar oor stop.

'Kun je…' Ze worstelt om de woorden te vinden en ik denk dat ze op het punt staat om van gedachten te veranderen, maar dan kijkt ze me terug aan en ademt in. 'Kun je me kussen?'

'W-wat?' Ik pak haar heupen strakker vast om ervoor te zorgen dat ik niet uitglijd en haar van me af laat vallen. 'Janie, waarom zou ik dat doen?' Ik huiver onmiddellijk. Dat kwam er helemaal verkeerd uit. 'Fuck, wacht,' zeg ik terwijl ik voel dat haar lichaam stijf wordt en ze zich begint terug te trekken. 'Nee, trek je niet terug, Janie, wacht, het spijt me. Het kwam er verkeerd uit.'

Janie schudt haar hoofd en geeft me die nepglimlach die ik haat. 'Het geeft niet, het was niet belangrijk. Ik wilde gewoon dat de andere jongens hier stopten met naar me te kijken. Ik dacht dat als je me zou kussen, ze misschien de hint zouden begrijpen en oprotten.'

Dat was een goede leugen, dat geef ik toe. Ze weet absoluut wat ze moet zeggen om me op een zijspoor te zetten en mijn bezitterige, jaloerse holbewoner kant naar boven te laten komen. En, als het niet voor het feit was dat het lijkt alsof ik haar net met mijn woorden in het gezicht heb geslagen, dan zou ik geloven dat dat haar echte reden was.

'Ik denk dat ik klaar ben om eruit te gaan,' zegt ze, bijna verslagen klinkend.

Ik knik en loop met haar naar de rand van het zwembad, waar ik haar met gemak neerzet voordat ik mezelf optrek en naar de stoelen ga om me aan te kleden.

De rit naar huis is erg stil. Zo erg stil dat ik geïrriteerd blijf friemelen. Ik kan niets bedenken om tegen haar te zeggen.

Ik wilde haar kussen. Haar op die manier vasthouden was zo vreemd intiem. Ik voelde haar hart tegen het mijne kloppen. Ik voelde weer dat gevoel dat moest stoppen voordat het te laat was, en ik uiteindelijk haar leven zou vernietigen.

'Fox, stop!' Ik trap op de rem bij Janies schreeuw. Ik kijk achterom, maar zie niets.

'Wat de fuck, Janie?' schreeuw ik, maar ze negeert me en springt uit mijn truck. 'Godverdomme,' grom ik, terwijl ik de versnelling van de truck in neutraal gooi en uitstap om te zien wat ze aan het doen is.

Aan de voorkant van de truck zie ik Janie er half onder op de grond liggen.

'Wat de fuck!' Ik ga op mijn knieën zitten als ze er onderuit komt. Als ik naar haar kleine handen kijk, zie ik de houtskool grijze bal van vacht. Het heeft de grootte van Janies hand en miauwt als een gek.

'Fuck.' Ik kreun als ik het al op haar gezicht geschreven zie staan.

'We kunnen hem niet achterlaten!' roept ze uit en ik krab aan mijn nek.

'Goed dan, maar we brengen hem morgen naar een asiel. Ik doe niet aan huisdieren.' Ik zie hoe ze me kwaad aankijkt voordat ze gaat staan en in de truck stapt. Ik volg haar voorbeeld en we gaan weer op weg.

Er is een moment van stilte voordat Janie haar mond opent om te spreken. 'Kun je me naar de dierenwinkel brengen?'

'Waarom zou ik dat doen als hij morgen naar het asiel gaat?' vraag ik terwijl ik verder rijd naar mijn huis.

Janie snuift en gaat achterover zitten. 'Ten eerste, ben je niet de baas over mij, als ik besluit om Winston te houden, dan is dat mijn beslissing.'

Ik stuur mijn truck naar de berm en zet hem stil terwijl ik me omdraai en haar een blik toewerp. 'Winston?' vraag ik.

Ze steekt opstandig haar kin naar voren terwijl ze knikt. 'Ja, hij ziet eruit als een dappere kleine heer. Winston past bij hem.'

'Je weet niet of het een mannetje is.'

Ik zie haar met haar ogen rollen. 'Het is de energie die hij afgeeft, Fox.'

Heeft het chloor in het zwembad met haar hersenen gekloot? Wat gebeurt er?

'Hoe dan ook,' zeg ik langzaam. '*Winston* en zijn energie gaan morgen naar het asiel.'

'Nee,' zegt Janie op dezelfde langzame toon als die van mij. 'Ik denk het niet. Ik denk dat ik hem ga houden.'

'Torch, je kunt niet zomaar…beslissen om een kat te houden. Jij bent degene die geen gordijnen uitkiest omdat het te veel toewijding kost.' Ik kijk hoe haar gezicht een beetje betrekt terwijl haar trillende handen de pluizenbol dicht bij haar borst houden. De kat slorpt de genegenheid op, en duwt zichzelf in haar warmte. De scène is fucking schattig.

'Het kan me niet schelen,' zegt Janie vastberaden. 'Ik hou Winston. Hij heeft me nodig…hij wil me.' Haar toon klinkt aan het einde bijna gebroken. Ze schudt haar hoofd en staart me met vastberaden ogen aan. 'Ik begrijp dat ik bij jou logeer en dat je niet van dieren houdt. Dus maak je geen zorgen, ik vind wel een nieuwe plek voor hem en mij om te wonen. Ik zou sowieso op zoek moeten gaan naar een appartement, mijn huisbaas heeft me, niet zo vriendelijk, gevraagd om te verhuizen vanwege de klachten met al die mensen buiten zijn complex.'

Nieuwe plek om te wonen?

'Nee,' zeg ik terwijl ik de truck weer start en terug op de rijstrook invoeg, op weg naar de dierenwinkel. 'Jullie twee blijven bij mij.'

Ik staar naar de kleine pluizenbol terwijl hij in de nek van Janie ligt te slapen. Hij spint zo hard dat ik niet kan geloven dat ze er doorheen slaapt. Ik nam haar mee naar de dierenwinkel waar een dierenarts werkt. We gingen erheen en lieten Winston, het mannelijke kitten, nagekeken worden en toen ging Janie aan de slag om de hele kar te vullen met kittenvoedsel, speelgoed, mandjes, bakjes, een krabpaal en een of ander monster genaamd een "kattenboom". Toen ik het totaalbedrag zag deed ik het bijna in mijn broek, maar…ze was zo gelukkig.

Ik had Janie nog nooit zo vrolijk zien glimlachen. Ze ging met me in discussie over de betaling, zei tegen me dat Winston *haar* zoon was en dat ze het kon betalen. Maar voordat ik mezelf kon stoppen, had ik mijn creditcard al gebruikt en droeg ik de bijna zes meter lange, zware, blauwe en grijze kattenboom naar mijn truck terwijl Janie praktisch de hele weg naar buiten op en neer stuiterde.

De twee brachten de hele middag samen door, speelden en leerden elkaar beter kennen. Winston is dol op Janies wilde haar, waar het kereltje bij elke kans die hij krijgt in rond wroet.

Janies eerdere woorden gaan voor de miljoenste keer door mijn hoofd – *'Je houdt niet van dieren'.*

Eerlijk gezegd ben ik dol op dieren, ik kies er gewoon voor om mezelf niet toe te staan om dicht bij iemand te komen, inclusief bij dieren. Het is op die manier voor iedereen veiliger. Ik kan het niet verknallen en hen pijn doen, en ze kunnen niet uit mijn leven verdwijnen en mij pijn doen. Het is een win-winsituatie. Hoewel, als ik naar de twee kijk die op mijn bank liggen te slapen, heb ik niet langer het gevoel dat niet dichtbij komen echt zo'n "overwinning" is.

'Je weet toch dat het oké is om Janie leuk te vinden,' zegt Atlas terwijl hij de lijn op het grote, slapende hoofd van de man voortzet.

'Hoe kan hij slapen?' vraag ik verbaasd, ervoor kiezend om zijn commentaar volledig te negeren. Janie en ik hadden ruzie gehad, omdat ik wilde dat ze vandaag naar de shop kwam om me met de nieuwe displays te helpen en zij gezegd had dat Winston zou denken dat ze hem in de steek liet, dus tenzij ze hem mee kon nemen, zou ze thuisblijven. Ik probeerde haar er *beleefd* aan te herinneren dat het hebben van een kat in een tattooshop tegen de gezondheidsvoorschriften zou zijn. Zij herinnerde mij er toen aan dat haar op de tafel neuken ook tegen de gezondheidsvoorschriften was en dat als ik Winston zo smerig vond, ik haar ook smerig moest vinden en ze de "vuiligheid" niet bij Hels zou willen verspreiden.

Katten maken vrouwen gek. Dat is de conclusie die ik na dit weekend heb getrokken.

Atlas kijkt me met een verwaande grijns aan. 'Ik heb die tedere aanraking, man.'

Ash schampert. 'De kerel is een nomadische biker met een metalen plaat in zijn hoofd.'

Atlas stopt zijn lijn en kijkt naar Ash. 'Weet je, vanaf het moment dat je zus je belde toen we in Vegas waren, heb je de vreugde uit mijn leven gezogen. Het wordt niet gewaardeerd.'

Ash rolt met zijn donkere ogen voordat hij weer gaat schetsen.

'Hoe dan ook.' At kijkt me aan terwijl hij zijn machine met inkt vult. 'Je mag haar willen.'

Als er geen erg grote, intimiderend uitziende man op zijn tafel had liggen *slapen*, dan zou ik iets naar hem hebben gegooid. In plaats daarvan speel ik het op veilig en steek ik mijn middelvinger naar hem op.

Hij haalt alleen zijn schouders op voordat hij verder gaat. 'Ik zeg het alleen maar. Ze is geen klein meisje meer, man. Ze is een volwassen vrouw. Verdomme, je hebt ze jonger gehad.'

'Hé,' zeg ik defensief, maar zijn opgetrokken wenkbrauw en ongelovige blik weerhouden me ervan om tegen hem te liegen. 'Onze leeftijd is sowieso niet het probleem,' mompel ik terwijl ik achteroverleun tegen mijn stoel en mijn handen over mijn gezicht wrijf.

'Komt het door Tony?' vraagt Ash en ik zucht, kijkend naar de voorkant van de shop en heel hard wensend dat er iemand naar binnen zou komen om dit tot een einde te brengen. Ik ga Atlas verrot schoppen omdat hij Ash en Derek over mijn avond met Janie heeft verteld. Maar ik geloof dat ik het hem niet kwalijk kan nemen. Toen ik wegliep van de conventie tijdens haar telefoontje, was er voor hen niet veel meer te verbergen. Na enkele stille seconden is het duidelijk dat ik niet onder dit gesprek uit kom.

'Ik weet het niet, oké,' zeg ik slechts gedeeltelijk naar waarheid. Ik ben er absoluut niet klaar voor om met deze klootzakken zo diep in mijn verleden te duiken. 'In het begin, ja, was dat inderdaad mijn argument. Janie was verboden terrein. We hebben dat allemaal in ons gedrild gekregen toen we hier begonnen. Maar…ik weet het niet. Ergens onderweg waren zijn woorden niet meer zo'n blokkade, ook al gebruik ik dat nog steeds graag als mijn reden.'

Atlas knikt, maar zijn gezicht blijft neutraal. 'Dus, is dat het excuus dat je Janie geeft? Dat haar vader expliciet heeft gezegd dat niemand die voor hem werkt met haar kon daten, wat een complete leugen is, maar goed.'

Ik schiet met mijn hoofd omhoog en kijk naar hem. 'Je weet verdomme heel goed dat dat geen leugen is. We hebben allemaal hetzelfde gesprek gehad en we hebben hier verschillende mensen gehad die een pak slaag hebben gekregen omdat ze hadden geprobeerd die regel te overtreden.'

Atlas schudt zijn hoofd terwijl hij de plek op het hoofd van de man afveegt. De biker gromt in zijn slaap en we verstijven alle vier en staren naar hem totdat hij weer in een diepe slaap valt. Atlas haalt adem voordat hij verder gaat met de tatoeage en ons gesprek. 'De oude man had gezegd dat hij niet wilde dat iemand van ons zou denken dat ze zouden worden betaald om gewoon naar zijn dochter te kijken. Niet dat niemand haar kon daten.'

Derek loopt naar onze kast en pakt een nieuwe marker terwijl hij iets mompelt.

'Zeg nog eens?' Ik trek een wenkbrauw naar de man op en hij staart me met een chagrijnige blik aan.

'Ik zei,' zegt hij luider, hoewel hij de biker in de gaten houdt. 'Jij was de enige die niet het praatje van Tony heeft gekregen om zijn dochter niet te neuken.'

Atlas en Ash staren me allebei geschokt aan en ik werp geïrriteerd een boze blik naar Derek. 'Misschien komt dat omdat het werd geïmpliceerd,' mopper ik. 'Of misschien wist hij gewoon dat van iedereen ik degene zou zijn waar hij zich geen zorgen over hoefde te maken.'

'En toch…' Dereks stem is vol zelfgenoegzaamheid waardoor ik hem wil slaan. 'Ben jij de enige die haar heeft geneukt.'

Atlas kreunt, 'In ons heiligdom… Op mijn eigen tafel.'

Schuldgevoel vult me bij die gedachte. Tony had iedereen die hier werkte publiekelijk de regels over Janie verteld, en hoewel ik bij veel, zo niet al die gesprekken aanwezig was geweest, was dat gesprek nooit één keer aan mij gericht geweest. Ik had gedacht dat het misschien door mijn leeftijd kwam, maar Derek en ik zijn even oud en toen Janie achttien werd, reken er maar op dat Derek ook een praatje had gekregen, ook al denk ik niet dat de man in zijn hele tijd hier meer dan tien woorden tegen de meid heeft gezegd.

Tony heeft mij nooit het praatje gegeven en misschien was het wel omdat hij erop vertrouwde dat ik hem niet op die manier zou verraden.

'Stop met er zo schuldig uit te zien.' De stem van Atlas doorbreekt mijn gedachten.

Ik staar hem aan en zucht. 'Tony was de enige persoon die iets om me gaf! De enige fucking persoon die me niet als nutteloze verspilling van de ruimte liet voelen! Ik kwam hierheen om in de leer te gaan en binnen enkele dagen was ik mijn moeder en zus verloren. Een jaar later moest ik een vader financieel onderhouden, die me zijn hele leven als bokszak en als asbak had gebruikt, die me er elke dag aan herinnerde dat ik waardeloos was! Tot in zijn fucking ziekenhuisbed waar hij me *met zijn laatste ademtocht* eraan herinnerde dat niemand ooit van me had gehouden en dat ik alleen maar pijn veroorzaak.'

Mijn ogen gaan wijd open, en ik kijk op om te zien dat de mannen allemaal met geschokte uitdrukkingen naar me staren.

'Fox…' In de stem van Atlas klinkt iets van medelijden, en dat maakt me kwaad. Ik sta op het punt om hem dat te vertellen als de biker rechtop gaat zitten en ons allemaal laat schrikken.

Hij kijkt me recht aan en ik heb het gevoel dat ik misschien wel tegen deze man zal moeten vechten.

Hij opent zijn mond en zijn enorme lichaam loopt leeg. 'Dat is een reflectie op je vader, jongen. Niet op jou.'

O…ké? Ik geef Atlas een blik die zegt, 'Wat de fuck' en hij staart me alleen maar aan en haalt zijn schouders op.

De biker gaat verder. 'Ik ken je niet, en het meisje ook niet. Maar als ze je zo in tweestrijd brengt, jongen, dan zit je er al te diep in. Je zult er niet ongedeerd uitkomen.'

Zijn woorden raken me onverwachts. Ik geef hem een beleefde glimlach, voornamelijk uit angst. Ik zal al dan niet in staat zijn om hem aan te kunnen, maar zelfs als ik het gevecht win, dan zal ik wensen dat ik was gestorven na het pak slaag dat hij me zal geven.

Ik verontschuldig me en ga naar de kantine om weg te komen van de overweldigende emoties die in de tattoo ruimte naar boven komen.

Voordat ik kan op adem kan komen, komt er een getingel van mijn telefoon en ik voel ergernis door me heen stromen. Ik maak me klaar om mijn telefoon door de kamer te gooien, maar de naam op het scherm trekt mijn aandacht.

Torch

Ik open het bericht en ik voel mezelf zichtbaar ontspannen en mijn mondhoeken een glimlach vormen. Ze heeft me een selfie gestuurd. Het is van haar en Winston, ze houdt hem vast, en ze drukken hun gezichten tegen elkaar. Haar glimlach is zo groot, haar kuiltjes zijn te zien en haar neus en ogen hebben rimpeltjes. Geen filters, geen make-up. Gewoon zij en die kat, zo gelukkig als maar kan. En ze heeft het naar mij gestuurd.

'Jongen, je zit er al te diep in. Je zult er niet ongedeerd uitkomen.'
Fuck.

21

'Hier.' Ik kijk naar Fox, die een tas naar me uitsteekt terwijl ik met Winston op de grond zit te spelen. Ik trek een sceptische wenkbrauw op terwijl ik opsta en de tas aanneem voordat ik op de bank plof.

'Wat is het?' vraag ik. Winston laat een miauw horen die veel groter is dan zijn kleine lichaam als hij op de bank probeert te klimmen. Fox loopt ernaar toe en helpt mijn zoon omhoog en ik kan niet anders dan glimlachen. Fox houdt van Winston, zelfs als hij doet alsof hij iets vervelends is.

'Maak nou maar open,' gromt hij terwijl hij Winston naast me zet.

Ik maak de boodschappentas los en haal het item eruit. Ik kijk er even in verwarring naar totdat ik besef waar ik naar kijk. Het is een tablet met een pen. Ik kijk vanaf de tablet weer naar Fox die een verlegen glimlach op zijn gezicht heeft.

'Ik uhm…' Hij wrijft over de achterkant van zijn nek. 'Ik weet dat je het erover had dat je het miste om te tekenen en ik dacht dat je misschien zou willen proberen om digitaal te tekenen, omdat het iets makkelijker is met de lijnen — waarom huil je?'

Ik negeer zijn paniekerige vraag terwijl ik de tablet stevig tegen mijn borst houd. Hij heeft me een cadeau gegeven…een lief, attent cadeau. Ik leg de tablet opzij en zet Winston op de grond voordat ik naar de poef ga waar hij zit en op zijn schoot ga zitten.

'J-Janie…' zegt hij terwijl mijn handen zijn kaak vasthouden.

Ik staar in zijn ogen en dan naar zijn lippen. 'Fox… niet één fucking woord meer,' grom ik, zijn woorden herhalend van onze laatste fysieke ontmoeting.

Ik druk mijn lippen op de zijne en een gejammer ontsnapt aan me. God, hij voelt zo goed. Zijn mond opent zich aarzelend en ik forceer mijn tong gretig in zijn mond, waardoor ik die grom krijg die rechtstreeks naar mijn kern gaat. Ik trek me terug voor lucht en kijk naar zijn wazige ogen, boordevol met verlangen, en ik durf te wedden dat mijn ogen er hetzelfde uitzien.

'Ik heb dit nodig,' hijg ik en rijd tegen hem aan. Hij kreunt en zijn handen grijpen mijn dijen vast.

'Janie…' Het klinkt als een wanhopige smeekbede.

Ik zie de gepijnigde blik op zijn gezicht. 'Fox?' fluister ik en voel weer de afwijzing, net als bij het zwembad. Ik voel zijn sterke hand op mijn wang en ik leun er tegenaan, van de warmte genietend.

'Baby doll,' zegt hij zachtjes en alle lucht verlaat mijn lichaam.

'Oké.' Ik forceer een glimlach en ga van hem af terwijl ik probeer te voorkomen dat ik tegen zijn enorme erectie aankom.

'Baby doll, luister.' Fox staat op, maar ik pak Winston op en begin naar mijn kamer te lopen.

'Het geeft niet Fox, ik wil dit liever niet horen.' Het gevoel van schaamte wordt overweldigend. Als hij me niet wil, waarom blijft hij dan aardige dingen voor me doen?

'Janie!' Zijn veeleisende blaf van mijn naam stopt mijn voortgang naar de deur. Als ik me omdraai om hem aan te kijken, zie ik de strijd die op zijn gezicht woedt en verzacht mijn starre houding.

'Oké,' zeg ik, waardoor ik hem de kans geef iets te zeggen als hij dat wil.

Fox knikt en wrijft onrustig met zijn handen tegen elkaar. 'Ik geef om je Janie, maar je moet je toch realiseren wat voor een slecht idee het is om fysiek met elkaar te zijn.'

Ik leg de slapende Winston in de hangmat van zijn kattenboom voordat ik terugga naar Fox. 'We zijn al fysiek geweest,' zeg ik, met mijn armen over elkaar.

'Ja, en kijk waar we nu staan,' snuift Fox. 'Je bent een thuis-blijvende kattenmoeder die in mijn huis woont en je probeert me opnieuw te neuken, terwijl ik ondertussen vol met angst en schuld-gevoelens zit.'

Ik kijk hem boos aan. 'Laat Winston hier buiten,' snauw ik. 'En jij hebt tegen me gezegd dat ik hier moest wonen. Ik heb je al een paar keer verteld dat ik wil verhuizen. Jij vroeg me om te blijven. Wil je me hier weg? Dan zal ik gaan.'

'Nee, ik wil je niet weg!' Hij haalt gefrustreerd zijn handen door zijn haar. 'Ik kan…ik kan gewoon niet je vriendje zijn, Janie. Dat ga ik niet zijn en ik wil dat je dat begrijpt, want als je me zo kust, als je naar me kijkt zoals je laatst deed in het zwembad, dan geeft dat me het gevoel dat ik in een vriendjeszone zit.'

Huh. Nou, dat doet veel meer pijn dan afgewezen te worden voor seks. Ik kijk naar zijn smekende gezicht en ik voel de drang om hem te slaan. Hard. Maar hoe kan ik dat doen? Fox heeft meerdere keren gezegd dat hij geen relatie met me wil. Als ik toch gevoelens heb gekregen, dan is dat mijn eigen schuld. Hij ziet eruit alsof hij op het punt staat om nog iets te zeggen als mijn telefoon gaat.

Ik zie de blik van ergernis op zijn gezicht als ik hem oppak, maar wat kan mij het schelen? Niet mijn vriendje, niet mijn probleem.

'Hé, Ren,' zeg ik als ik de telefoon tegen mijn oor hou. Fox beweegt niet, hij blijft me met zijn intense bruine ogen dreigend aankijken.

'Janie…' Rens verdrietige toon trekt mijn aandacht.

'Wat is er aan de hand?' vraag ik en Fox knippert met zijn ogen en komt dichterbij. Ik duw hem weg, ik wil zijn bedwelmende aan-wezigheid niet bij me in de buurt hebben.

'Kun je alsjeblieft langskomen?' zegt ze huilend in de telefoon en ik ga meteen naar de deur en trek mijn teenslippers aan.

'Ik kom er nu aan,' zeg ik voordat ik ophang.

'Ik breng je wel,' zegt Fox en ik steek mijn hand op om hem te-gen te houden.

'Fox, ik kan zelf tot bij Ren komen.'

Hij kijkt oprecht verward terwijl hij zijn armen over elkaar slaat. 'Ren is ook mijn vriendin.'

'Ze heeft niet naar jou gebeld,' zeg ik beslist terwijl ik naar de deur loop. 'Trouwens,' zucht ik terwijl ik de deur opendoe en naar hem omkijk, 'Een beetje afstand is misschien wel goed voor ons. Zorg ervoor dat je Winston over een uur voedt als ik niet terug ben.' Ik sluit de deur zonder op een reactie te wachten en ga naar mijn auto, popelend om zoveel mogelijk afstand tussen hem en mij te creëren.

'De klootzak!' schreeuw ik als Ren de deur opent en ik haar gezwollen, gespleten lip zie.

'Alsjeblieft,' huilt ze en ze krult zich tegen me aan. 'Ik weet dat je klein bent, maar omhul me gewoon met je extreme klootzak energie.'

Ik geef haar een geforceerd lachje terwijl ik over haar rug aai en met haar naar haar bank loop waar haar blauwogige husky, Bruno, gretig met zijn pluizige staart kwispelt in afwachting van zijn verplichte aanhalingen.

'Dus, wat is er gebeurd?' vraag ik terwijl ik achter Bruno's oor krabbel.

Ren kijkt weg, bijna alsof ze zich schaamt. 'Ik was op een Tinder date gegaan, het ging heel erg goed totdat…zijn vrouw kwam opdagen.'

'O, nee…' Ik huiver en ze knikt alsof ze mijn vermoeden wil bevestigen over waar het verhaal naartoe zal gaan.

'Ja,' zucht ze. 'Ze noemde me een dikke slet en gaf me toen een klap.' Ze dwingt zichzelf om te lachen. 'Door haar verlovingsring is mijn lip kapot.'

'O, lieverd,' zeg ik, terwijl ik op haar dij klop. 'Weet je…'

'Hou maar op,' kreunt ze. 'Ik weet het, ik ben een vangst, ik zal op een dag mijn perfecte man vinden, bla bla bla.'

'Nou, het lijkt erop dat ik hier helemaal niet nodig ben,' zeg ik lachend en ze kreunt terwijl ze haar hoofd op mijn schoot legt.

'Janie, kunnen wij niet gewoon een relatie hebben?' jammert ze en ik lach.

'Jij en ik weten allebei dat we veel te veel van bepaalde mensen van het andere geslacht genieten om dat te doen,' kreun ik terwijl mijn maag zich omdraait bij de gedachte aan Fox.

Ren gnuift, waardoor Bruno opspringt. 'Praat voor jezelf! Jij bent degene die verliefd is op Fox.'

'Hé daar!' Ik duw haar speels weg. 'Zeg dat woord niet. Het is een crush en vlak voordat je belde, heeft hij me op brute wijze duidelijk gemaakt dat hij geen interesse heeft in iets dat met mij te maken heeft.'

Ren trekt een wenkbrauw op. 'Serieus? *Op brute wijze?*'

Ik knik nadrukkelijk. 'Yep. Hier is een direct citaat.' Ik schraap mijn keel om een vreselijke imitatie van Fox te doen. 'Ik kan je vriendje niet zijn, Janie. Dat ga ik niet zijn en ik wil dat je dat begrijpt.'

Rens lip krult omhoog en ze staart me even aan voordat ze haar hoofd schudt. 'Wat een eikel. Ook goed, hij is dood voor ons.'

Ik jammer als ik me terug laat vallen op de bank. 'Waarom doet hij aardige dingen als hij me niet wil? Hij heeft me net een fucking te-kentablet gegeven omdat hij dacht dat ik misschien weer wilde gaan tekenen, maar weet dat het met mijn trillingen onmogelijk is.'

Ren houdt haar handen tegen haar borst. 'O mijn god! Wat lief!'

'Toch?' gil ik. 'Toen kuste ik hem omdat hij net het liefste had gedaan dat iemand ooit voor me heeft gedaan uit een lange lijst met lieve dingen die hij heeft gedaan en hij vertelt me gewoon dat hij me niet wil! Ik dacht dat *wij* het verwarrende geslacht waren.'

Ren haalt haar schouders op. 'De enige mensen die zeggen dat wij het verwarrende geslacht zijn, zijn mannen, en natuurlijk kunnen we er niet op vertrouwen dat zij samenhangende gedachten hebben.'

Bruno, blijkbaar geïrriteerd door het gebrek aan aandacht dat hij krijgt, snuift en jankt dan naar me. Ren rolt met haar ogen. 'Nogmaals, mannen.'

Ik giechel terwijl ik Bruno's buik krab. 'Laat Bruno met rust, hij is geen man, hij is een prins,' zeg ik in babytaal terwijl hij mijn wang likt.

'Ja, ja, mijn gefaalde kleine hulphond.'

Ik lach terwijl ik me herinner dat Ren me over Bruno had verteld toen ik hier tijdens de conventie verbleef. Ren heeft diabetes type 1 en drie jaar geleden had haar vader haar Bruno laten aanschaffen om haar te helpen bij het detecteren wanneer haar suikers niet stabiel waren. Nadat ze Bruno hadden gekocht en hem alle lessen hadden laten volgen, konden ze hem blijkbaar geen certificaat geven omdat arme Bruno een angststoornis heeft. Dus, volgens Ren, kreeg Bruno elke keer dat haar suikers te hoog of te laag werden een paniekaanval...of wat voor de hond gelijk staat aan een paniekaanval. Het was zo erg dat ze niet op hem kon vertrouwen om haar te vertellen of ze te hoog of te laag zat. Ze wist alleen dat er iets mis was.

En dat brengt ons dus hier, drie jaar later. Bruno heeft nog steeds paniekaanvallen, maar is gewend geraakt aan Rens diabetes en hij kan haar waarschuwen om haar suikers te controleren als hij voelt dat het verkeerd gaat. Ik weet niet veel over haar diabetes, de enige reden dat ik erachter kwam was omdat, toen ik in haar appartement verbleef, haar bloedsuikerspiegel te veel en te snel daalde en mij moest worden verteld hoe ik haar kon helpen. Ze zei dat niemand in haar leven, behalve haar familie, het weet. Ze houdt er niet van om anders gezien te worden en omdat ze mollig is, wanneer mensen horen dat ze een diabeet is — vanwege het gebrek aan kennis — denken ze dat het komt doordat ze zwaarder is.

Ren heeft een insulinepomp en een soort controleapparaat, maar ze houdt het onder haar kleren verborgen. Ik kon er niets van zeggen. Ik hield mijn eigen stoornis verborgen, mensen zijn naar, en ze willen je met veel plezier uitleggen wat je verkeerd doet en hoe je het kunt oplossen. Het put je uit.

'Wil je vannacht hier slapen?' Rens stem trekt me uit mijn gedachten. 'Er is morgen een dansles waarvan ik dacht dat jij en ik er naartoe konden gaan, en dan kan ik je aan Sunday voorstellen, dat is een vriendin van me. Ik denk dat je haar echt zult mogen. Dan kunnen we misschien teruggaan naar jouw huis, omdat Fox dan weg is, en Winston bewonderen?'

Ik grijns vrolijk. 'Dat klinkt geweldig. Laat me Fox even appen zodat hij voor Winston kan zorgen en dan ga ik hem weer negeren.'

Ik staar naar mijn telefoon en zie dat ik meerdere gemiste berichten van Fox heb.

> Fox: Je bent toch niet echt zonder mij weggegaan.

> Fox: Janie! Kom op meid, praat met me!

> Fox: Winston is niet blij met wakker worden en je niet kunnen vinden.

> Fox: Hij denkt dat ik iets met je verdwijning te maken heb. Hij blijft opzij stuiteren en naar me blazen… en dan struikelt hij.

> Fox: Hij heeft net in mijn schoenen gepist…

> Fox: Kom alsjeblieft naar huis. Ik wilde niet dat wat ik zei er zo verrot uitkwam. Echt niet.

> Fox: Winston mist je en vindt dat je oom Fox moet vergeven voor het feit dat hij een klootzak is.

> Fox: Hij zegt dat oom Fox jou misschien ook mist.

Ren begint te lachen. 'Ja, kan en wil je vriendje niet zijn. Janie, als dat geen vriendje is, dan heb ik geen idee wat het wel is.'

Ik zucht terwijl ik op mijn hoofd krab. 'Volgens hem is dit geen relatie,' mopper ik terwijl ik een berichtje tik.

> Ik: Ik blijf bij Ren slapen. Ze is in orde, slechte date. Zeg tegen Winston dat ik van hem hou en hem mis.

Ik sta op het punt om mijn telefoon uit te zetten, maar Fox antwoordt meteen.

> Fox: Alleen tegen Winston?

> Ik: Ja, volgens ons vorige gesprek zou niemand anders een ander moeten missen. Slaap lekker.

Ik wacht niet op zijn reactie terwijl ik mijn telefoon uitschakel en met Ren en Bruno naar de slaapkamer ga.

'Lauren…' Ik hap naar adem, terwijl ik in de dansstudio naar de grote metalen palen staar die aan de vloer en het plafond zijn bevestigd. 'Ik dacht dat je dansles had gezegd.'

'Ja, dat heb ik ook gezegd.' Ren haalt haar schouders op terwijl ze naar een paal loopt. 'Dit is dansen.'

'Dit is een striptease les!' sis ik terwijl mijn gezicht rood voel worden.

'Paaldansen, eigenlijk.'

Ik spring op door het boterzachte vrouwelijke zuidelijke accent dat ik van achter me hoor komen. Ik draai me om, en fuck. Deze vrouw is een godin. Ze staat kaarsrecht, is slank en mooi gespierd. Haar zilverwitte haar is vakkundig gevlochten en over haar schouder gedraaid. De uiteinden rusten op haar kleine, getrainde borst, en zijn in een fel turkoois gekleurd. Haar huid is lichtbruin, met sproetjes over het bovenste deel van haar wangen en haar slanke neus. Ik moet toegeven, ik ben jaloers. Ze heeft het perfecte aantal sproeten. Het sproetenpatroon dat meisjes — en jongens — op hun gezicht tekenden, of waar ze filters voor gebruikten om ze na te bootsen. Niet zoals ik, die van top tot teen ermee bedekt is.

Haar honingkleurige ogen glinsteren onder de lichten in de danszaal. Een glimlach siert haar volle lippen en ik krijg bijna knikkende knieën. Ik weet niet of ik haar moet haten of dat ik haar op dit moment wil neuken.

'Hé, Sunday!' Rens stem trekt me uit mijn trance. Ik kijk toe hoe Ren de schoonheid in een omhelzing trekt.

'Janie, dit is Sunday Sutton. Ze runt deze dansstudio. Sunday, dit is Janie Pierce.'

Haar ogen worden groter en haar glimlach verzwakt een klein beetje. 'Pierce? Als in Tony Pierce?'

God, ik zou naar haar kunnen luisteren als ze de ingrediënten voorleest die in een shampoofles zitten. Ik vraag me af waar ze oorspronkelijk vandaan komt.

'Hij is mijn vader…hij was mijn vader.' Ik weet nog steeds niet hoe ik moet reageren. Zou hij niet altijd mijn vader zijn?

Sunday geeft me een lieve glimlach. 'Het spijt me voor je verlies, Tony was me er eentje.'

Ik trek een wenkbrauw op. 'Hoe kende je hem?' Ik had dat

waarschijnlijk met iets meer vijandigheid gezegd dan ik bedoelde, maar ik begin te vrezen dat deze schoonheid een van de oude vlammen van mijn vader kan zijn.

Sunday draait zich om en trekt haar witte crop T-shirt uit om haar blauwe sportbeha en een enorme zwarte en grijze tattoo van een draak met roze kersenbloesems te onthullen, die haar hele rug in beslag neemt. Het is een prachtig stuk, maar niet een die mijn vader heeft gedaan. Het lijkt meer op het werk van Ash.

'Ash?' vraag ik, en als ze me een klein knikje geeft, kan ik het niet helpen dat ik trots op mezelf ben omdat ik onderscheid kan maken tussen het werk van mijn jongens.

'Ja, ma'am, ik heb een tijdje in die shop doorgebracht. Je vader was geweldig. Ik vind het zo leuk dat je hebt besloten om met Ren mee te komen! Ik probeer haar nu al een jaar te overtuigen om voor op zijn minst een privéles te komen.'

Ik krab nerveus op mijn achterhoofd. 'Nou, ik ben hier voor morele steun, maar dat is het enige waar ik goed voor ben. Ik heb totaal geen kracht in mijn bovenlichaam. Het is onmogelijk dat ik op die paal kan klimmen zonder dat ik op mijn kont val.'

'O, je zult zeker op je kont vallen,' zegt Sunday terwijl ze haar shirt naar de zijkant gooit en naar de voorkant van de ruimte loopt waar de voorste paal staat. 'Je kunt niet leren lopen zonder een paar keer te vallen. Vallen is belangrijk.'

Ik trek mijn wenkbrauwen op en kijk van Ren naar Sunday. 'En waarom zou ik in hemelsnaam willen vallen? Ik zou de dingen liever meteen op de juiste manier doen.'

Sunday zwaait lui om de paal heen totdat ze naar me kijkt. 'Hoe weet je wat de juiste manier is, tenzij je de verkeerde manier ervaart? Vallen leert je wat je niet moet doen.'

Anderhalf uur later staan Ren en ik in de dansstudio te hijgen. Het zweet rolt van ons af. Sunday, de paaldansende koningin die ze is, zit bijna bovenin haar paal, in een houding die de *Remi Hold* wordt genoemd. Ze vertelde ons dit nadat Ren en ik…oké grotendeels ik, faalden voor de veel eenvoudigere versie genaamd de Pole Sit.

Ren was uitstekend en ik vertelde haar dat ze nooit meer aan zichzelf mocht twijfelen. Ze heeft een indrukwekkende hoeveelheid kracht en ze had, in tegenstelling tot mijn zwakke gestalte, heel weinig moeite om zichzelf op de paal te houden.

'Zijn jullie dames klaar om te douchen en naar buiten te gaan om wat te gaan drinken?' Sunday gaat met een gratie naar beneden en van de paal af, waar ik voor altijd jaloers op zal zijn en ze hurkt voor ons neer.

'Beter idee,' hijg ik, nog steeds niet in staat om goed te ademen of te bewegen. 'We gaan douchen en gaan dan thuis pizza eten en iets drinken.'

Ren slaat zwakjes met haar handen tegen elkaar bij wijze van instemming, en Sunday lacht.

'Oké, dus, zullen jullie twee in staat zijn om thuis te komen?'

Ik rol met mijn hoofd om naar Ren te kijken, die me een gepijnigde blik geeft die ik zeker ook op mijn felrode gezicht zal hebben zitten.

'Eh…' zeg ik buiten adem. 'Geef ons in ieder geval vijf minuten.'

'Oké, wacht even.' Sunday schudt haar hoofd terwijl ze een slokje van haar bier neemt. 'Dus, wil je hem wel of niet? Omdat het overduidelijk klinkt alsof hij jou wil.'

Ik kreun en verberg mijn gezicht in het kussen van de bank. 'Ik weet het niet! Ik bedoel, ik heb gevoelens voor hem…denk ik? Die gevoelens gaan meestal van irritatie naar geilheid, maar toch… gevoelens.'

Lauren schudt haar hoofd alsof ik haar teleurstel. 'Ik kan nog steeds niet geloven dat je de houthakker maar één keer hebt geneukt.'

Stevie, die we hebben uitgenodigd nadat ze klaar was met werken, lacht terwijl ze met Winston speelt. 'Eens, ik was ervan overtuigd dat er op zijn minst nog een pijpbeurt in zou zitten.'

De mond van Sunday valt open en ze staart me vol ongeloof aan. 'Je leeft met die god, en je hebt het maar één keer gedaan? Mijn hemel, misschien had mama gelijk, en ben ik een hoer omdat ik er verdomd zeker voor gezorgd zou hebben dat de pik van die man voor ieder ander geruïneerd zou zijn.' Ze lacht en pakt een stuk pizza.

Sunday Sutton is een charmant, vijfentwintigjarig meid uit Alabama die tot drie jaar geleden een professionele ballerina was. Sunday heeft epilepsie, en jaren geleden kwamen haar aanvallen steeds vaker, en nadat ze ze tijdens verschillende evenementen en dansoptredens had gehad, had ze besloten dat het tijd was om met pensioen te gaan. In plaats van terug te keren naar Alabama, was Sunday van New York naar Californië gevlogen en had ze met behulp van haar vader haar dansstudio geopend.

'Ik weet niet wat ik moet doen,' zucht ik terwijl ik een plakje peperoni van mijn pizza pluk. 'Ik kan niet bij hem in de buurt zijn, want het enige wat we doen is ruziemaken, en ik weet zeker dat de belangrijkste reden waarom we ruzie hebben, is dat ik door hem emotioneel en seksueel gefrustreerd ben.'

'Wat ga je vrijdag doen?' vraagt Ren, terwijl ze opkijkt van het kussen van Winstons hoofd.

Ik trek een wenkbrauw op terwijl ik niet begrijpend in haar richting kijk.

'Vrijdag,' herhaalt ze langzaam. 'Je weet wel, het feest?'

Ik zit daar in complete verwarring tot ik het weer weet. We gaan een feestje geven ter ere van het leven van mijn vader. Atlas huurt het clubhuis van zijn flatgebouw af en een stel oude tattoo-artiesten en vrienden van mijn vader komen samen. Ik was het helemaal vergeten. En ik kan er niet onderuit.

'Denk je dat ik Fox kan vertellen dat hij niet kan gaan?' Ik krimp ineen bij Rens waarschuwende blik. 'Het is een grapje!'

'Wat als je een date meeneemt?' vraagt Sunday met haar mond vol pizza.

'Dat is een goed idee!' Stevie straalt als ze naar me staart en er een glimlach op haar lippen verschijnt. 'Je neemt een date mee, dan ben je niet alleen en dan hoef je je geen zorgen over hem te maken.'

'Plus,' zegt Ren, terwijl ze op haar kin tikt. 'Als we precies de juiste man nemen zal Fox fucking jaloers worden. Misschien haalt het hem uit de innerlijke strijd die hij heeft.'

Ik kauw op mijn onderlip en zucht. Een date meenemen is niet iets waar ik me prettig bij voel. Verdomme, kende ik überhaupt wel iemand die bereid zou zijn om met me gezien te worden nadat ik werd gecanceld?

'Ik weet het niet. Het is sinds dat gedoe met Brody een beetje moeilijk voor me om een date te krijgen.' Ren rolt met haar ogen bij de vermelding van Brody. Sunday maakt een klein 'Hmm' geluidje terwijl ze met haar bierfles tegen haar lippen tikt.

'O! Luca!' gilt ze en Ren begint te juichen.

'Luca?' vraag ik, plotseling op mijn hoede voor de meiden. Ik kijk naar Stevie voor hulp, maar ze is net zo verloren als ik.

'Luca is een exotische danser. Hij komt al twee jaar naar mijn lessen om zijn podiumoptreden te verbeteren.' Sunday grijnst. 'Hij is prachtig en honderd procent homo, dus maak je geen zorgen over het feit dat je hem daarna zou moeten neuken. Maar hij ziet eruit als… mijn hemel…' Sunday begint zichzelf koelte toe te wapperen met haar hand terwijl Ren verwoed knikt en door haar telefoon scrolt.

'Hier is zijn Instagram,' Zegt Ren, en o shit. Oké, deze zwartharige, gebruinde Italiaanse Adonis is bijna te veel om naar te kijken. Al die perfect gebeeldhouwde spieren —

'Is dat een eight-pack?' vraag ik terwijl Sunday knikt en haar hand opheft in lof.

'De Heer gaf aan deze man, en het was goed.'

'Weet je eigenlijk wel zeker dat hij zou willen helpen? Ik bedoel, hij lijkt veel te hoog gegrepen. Ik betwijfel of het geloofwaardig zou zijn dat hij en ik aan het daten zijn.'

'Ten eerste, als hij hetero was, zou Luca zeker niet buiten je bereik liggen. En ten tweede, hij is een escort. Hij doet dit soort shit de hele tijd. Ik zal eens kijken of hij vrij is.' Sunday pakt haar telefoon en begint te typen.

Ik kijk zenuwachtig naar Ren en Stevie. Ik hou niet van nieuwe mannen. Maar Ren lijkt het goed te vinden. Hij is vast aardig, en het zou leuk zijn om iemand te hebben die me de hele avond zou vertroetelen en helpt omgaan met het ongemak van Fox' aanwezigheid. Dan is er ook nog het feit dat ik niet wilde gaan, om het overweldigende verdriet te voelen waarvan ik weet dat ik het ga voelen, als ik over het overlijden van mijn vader praat.

'Yay!' gilt Sunday. 'Hij zegt dat hij het graag wil doen!'

22

'Stop met in de spiegel te kijken,' sist Atlas terwijl hij me een glas whisky geeft. Ik kijk naar het bolvormige ijs in het glas en trek een wenkbrauw op naar Atlas terwijl ik naar het deftige ijs wijs.

'Gast,' kreunt Atlas welbewust. 'Ash is gewoon wat aan het overdrijven, oké. Vraag het niet aan mij.'

Ik snuif en drink de vloeistof terwijl ik door de kamer kijk. Om te zeggen dat ik me ongemakkelijk voel zou een understatement zijn. Ik heb een nieuw pak aan, bevind me in een menigte, ik ben over de dood van mijn mentor aan het praten, en ik wacht tot Janie komt opdagen. Ze is dertig minuten te laat, niet dat er een vaste tijd was om te komen. Ik moet haar zien, het is te lang geleden. Ik dacht dat ik haar na het werk zou zien, nadat ze de nacht bij Ren had doorgebracht, maar ik had het mis. Zij en Winston waren weg toen ik thuis aankwam en toen ik haar een berichtje stuurde, zei ze dat ze ruimte nodig had en tijdens de zoektocht naar een appartement bij Stevie zou logeren en dat ze vanaf daar aan onze online aanwezigheid zou werken.

Thuiskomen in mijn lege huis de laatste dagen, geen glimlachjes, geen gelach, geen ruzies, geen Winston, was absoluut het allerergste gevoel geweest. Het enige waar ik aan kon denken was die enge biker en hoe hij had gezegd dat ik er al in zat. Hij had gelijk, ik zit erin en er is geen weg terug. Ik had daar en toen besloten dat ik haar moest vertellen dat, hoewel ik niet zeker weet wat het is, ik iets voor haar voel. Ik wilde ook eerlijk en openhartig zijn over waarom ik zo had lopen aarzelen. Voor het eerst in mijn leven wilde ik open tegen iemand zijn. Maar het besef daarvan liet me wel honderd keer op de beslissing terugkomen.

Vanaf nu ben ik klaar om het haar te vertellen. Ik hoop alleen dat ze snel door de deur komt voordat ik de moed verlies. Alweer.

Ik hoor de deur opengaan en kijk toe hoe er een man binnenkomt die ik niet herken. Hij is ongeveer mijn lengte, heeft een donkere gebruinde huid en is duidelijk erg goed gebouwd onder wat een duur pak lijkt te zijn. Zijn zwarte haar is naar achteren gekamd en hij heeft een rustige glimlach op zijn gezicht. Ik sta op het punt om hem te vragen of hij hier op de juiste plaats is als ik zie wie hij aan zijn arm heeft.

Mijn hart staat stil.

Lang, steil rood haar, smokey donkere make-up, donkere nude kleurige lippen en een korte, strakke halter cocktailjurk, zwart…en een open rug. Ik vergeet hoe ik moet ademen en al mijn bloed stroomt rechtstreeks naar mijn pik, waardoor ik licht in mijn hoofd word. Haar blauwe ogen ontmoeten de mijne, en ze glimlacht voordat ze aan de arm van de man trekt en mijn kant op wijst. Dit moet een grap zijn. Het is onmogelijk dat ze samen zijn. Dit is een droom…een fucking nachtmerrie.

'Fox,' zegt Janie glimlachend als ze naar me toe lopen. 'Dit is mijn date, Luca.' Ik staar terwijl de man glimlacht en zijn hand uitsteekt. Even ben ik stil, terwijl ik probeer te beslissen of ik zijn hand moet schudden of hem moet slaan.

Ik beslis dat kalmere hoofden zullen zegevieren of iets dergelijks, en steek mijn hand uit naar de zijne. 'Leuk om je te ontmoeten,' zeg ik kortaf, hoewel ik in mijn hoofd schreeuw — *ik zal jou en alles wat je dierbaar is vermoorden.*

'Het is ook leuk om jou te ontmoeten.' Luca's stem is diep met een Italiaans accent dat hem zeker allerlei vrouwen oplevert. Maar niet de mijne. Janie zou niet achter hem aan gaan…toch?

'Janie heeft zoveel over jou en de mannen in de shop verteld.' Waarom zijn zijn tanden zo fucking wit? Het is irritant. Hij is irritant.

'Grappig, want ze heeft het nooit over jou gehad,' zeg ik en neem een slok van mijn whisky om mijn grijns te verbergen terwijl ik Janies gezicht rood zie worden.

Luca's glimlach wankelt niet. 'Nou, je weet hoe het gaat als dingen nieuw zijn. Maar, uiteraard, proberen we nog steeds te zien waar we in elkaars leven passen, afgezien van de slaapkamer.'

Als ik had geweten dat ik vanavond een moord zou plegen, dan zou ik een T-shirt hebben gedragen in plaats van mijn beste outfit. Ach ja.

Als ik op het punt sta om Luca tot in detail uit te leggen hoe ik van plan ben hem te villen terwijl hij toekijkt, komt Janie ertussen.

'Luca, wil je wat te drinken voor me halen? Atlas weet wat ik lekker vind.' Ik kijk toe hoe ze nerveus haar vingers tegen elkaar draait.

Luca leunt naar voren en kust haar slaap. *Mijn slaap.* 'Natuurlijk, mopje.'

Mopje?

Ik kijk toe hoe de lippen van de eikel zich naar Janies wang bewegen, de wang die ik wil strelen en kussen. De woede die door me heen gaat, is te veel. Ik moet nu iets slaan. Ik kijk toe hoe Janie me volledig negeert en met een klootzak praat die Tony al dan niet heeft gekend. Op dit moment realiseer ik me dat iedereen opeens een oude vriend van hem is.

Ik kijk toe terwijl ze naar de man lacht, het is nep, maar het kan hem niet schelen. Ik staar naar hoe haar jurk tot net onder haar perfecte kont hangt, en het is bijna te veel om over na te denken.

Luca, als de golden retriever die hij is, komt terug naar Janie en geeft haar een drankje. Terwijl Janie haar hoofd op Luca's arm laat rusten, zet ik mijn lege glas met een klap op de tafel en draai me om om door de hal van het moderne clubhuis naar de privétoiletten te lopen. Ik strijk gefrustreerd met mijn handen over mijn baard.

Waarom doet ze me dit aan? Probeert ze me met opzet gek te maken? Wil ze dat ik die man in het bijzijn van dit hele feest openrijt? Want dat is de kant die we opgaan, en snel.

Ik hoor hoge hakken op de hardhouten vloeren klikken; ik weet dat zij het is voordat ze iets zegt.

'Word je moe van je nieuwe pup?' sneer ik als ik me omdraai om Janie onder ogen te komen. Wanneer ik haar gezicht zie, verlaat alle woede me als bezorgdheid het overneemt. 'Wat is er aan de hand?' Ik loop naar haar trillende lichaam en pak haar schouders vast. 'Heeft hij je pijn gedaan?' grom ik, en mijn woede bereikt een gevaarlijk hoog niveau.

'W-wat? N-nee,' fluistert ze, met trillende onderlip. Ze kijkt me met tranende ogen aan. 'Heb je echt mijn oude schetsen op de urn van mijn vader laten zetten?'

Ik ben even stil en probeer mijn emoties bij te stellen. 'O, juist. Ik was vergeten dat Atlas hem vandaag had opgehaald. Ja, ik vond ze in het kantoor direct nadat we zijn as hadden opgehaald en dacht dat ze ze misschien als een collage op de urn konden afdrukken.'

Janie duwt me het open toilet in voordat ze de deur sluit en op slot doet. Ik staar naar haar, maar voordat ik kan praten, zitten haar lippen op de mijne. Haar tong zit in mijn mond, en fuck ja, ze smaakt naar de zoete alcoholische drank die die eikel haar heeft gebracht, en naar zonneschijn, en kerstochtend.

Ik grom tegen haar mond en word beloond met een kreun terwijl ik haar tegen de deur smak. Ik voel dat ze mijn haar losmaakt en haar vingers er doorheen haalt. Ze grijpt het vast en trekt eraan, terwijl ze zich tegen me aandrukt alsof ze niet dicht genoeg bij me kan komen. Ik begrijp het gevoel.

Ik druk mijn keiharde pik tegen haar buik en ze ademt scherp in, zo de kus verbrekend. Echt niet dat ik dit ga stoppen. Niemand gaat op dit moment tot bezinning komen. Ik pak de achterkant van haar nek met één hand vast en leg de andere op de achterkant van haar dij en trek hem naar mijn heup.

'Spring,' eis ik met een norse stem. Ze gehoorzaamt en slaat haar benen om mijn middel, haar jurk schuift tot op haar heupen. Dan, met behulp van de hand op haar nek, vind ik de gesp op de halterbandjes van haar jurk en maak het met gemak los, waardoor de bovenste helft van haar jurk als een bundeltje tussen ons in valt.

Ik voel dat ze haar heupen tegen me aanschuurt, rol mijn ogen naar achteren en kreun. 'Fuckkk.'

Mijn lippen vangen de hare weer als ik een van haar blote borsten vastpak. Ze laat een behoeftige kreun horen terwijl ze tegen mijn pik aan blijft rijden.

Ik trek me terug en kijk haar kwaad aan. 'Hoe zit het met hem daarbuiten?'

Ze is in een wellustige waas, maar schudt haar hoofd. 'Niet stoppen,' beveelt ze terwijl ze haar voeten op de grond zet.

Ik kijk toe hoe haar jurk helemaal van haar afglijdt en zo haar naakte borsten en zwarte kanten slipje onthult. Ik staar geschokt terwijl ik haar van top tot teen bekijk, me er volledig van bewust dat ik mezelf door mijn broek vastheb.

'Heb je enig idee wat je me aandoet?' vraag ik langzaam terwijl ik mijn colbert uittrek en het opzij gooi. 'Heb je enig idee hoe graag ik je heb willen neuken sinds het moment dat je vanavond binnenkwam? En dan ben je met die blije klootzak, en ik wil hem vermoorden en je bovenop zijn stervende lichaam neuken.' Ik wikkel haar haren om mijn vuist en trek haar naar me toe.

'Jaloers?' vraagt ze tussen beverige ademhalingen door.

Ik blaas een pufje lucht uit voordat ik haar dichter bij mijn gezicht trek. 'Levensgevaarlijk.' Mijn stem is laag en ik lik aan haar onderlip, waardoor ze huivert.

'Jouw schuld,' ademt ze tegen mijn mond. 'Ik had vanavond de jouwe kunnen zijn.'

Ik staar haar in de ogen, haar pupillen wijd opengesperd. Ik glij met mijn hand over haar buik, over haar slipje en tussen haar dijen. Ik glip naar binnen en een grijns vormt zich terwijl ik haar voel. Ze is druipnat.

'O, baby doll...' spin ik terwijl ik een vinger in haar steek. Ik krom mijn vinger voordat ik hem eruit trek en in mijn mond laat glijden. Fuck, haar smaak is zo fucking rijk, zoet en pittig. Warm en nat en het meest verslavende dat ik ooit heb geproefd. 'Je bent altijd de mijne geweest.' Ik steek mijn vingers terug in haar hete, strakke ingang, deze keer ruwer.

Ze grijpt mijn schouders vast terwijl er een zucht aan haar ontsnapt. Ik druk de muis van mijn hand tegen haar clitoris terwijl ik haar gezicht naar de mijne trek.

'Laat jezelf klaarkomen op mijn hand,' beveel ik met lage stem. Zodra ik haar tegen mijn hand voel bewegen, vang ik haar lippen en begin ik haar mond met mijn tong te neuken. Ik slik elk van haar kreunen en kreten in en ik stoot mijn vingers sneller in haar en haar heupen rijden en stoten harder. Ik voel haar bewegingen schokkerig worden en ik voel haar wanden om me heen spasmen. Ze gaat klaarkomen. Ik verbreek onze kus en kijk toe hoe haar lichtroze tepels strakker worden en haar buik zich aanspant.

'O, God...' hijgt ze en rolt haar hoofd naar achteren. Ze begint te schreeuwen en ik sla mijn hand over haar mond en zie haar ogen terugrollen terwijl ze hard tegen me aan stoot.

Zodra ze haar beweging stopt, haal ik mijn hand uit haar en verwijder mijn andere hand van haar gezwollen mond. Ik moet nu in haar zijn. Ik staar naar haar terwijl ze hijgt, haar ogen en lichaam smeken om meer. Dan dringt het tot me door.

'Ik heb geen condoom.' Waarom? Waarom ben ik gestopt met fucking condooms bij me te hebben?

'Het kan me niet schelen,' hijgt ze terwijl ze naar me staart. 'Ik ben aan de anticonceptie.'

Dat is alles wat ik van haar wil horen. In een oogwenk trek ik haar natte slipje uit en stop het in mijn broekzak voordat ik haar ronddraai, zodat ze de wasbak vastgrijpt en in de grote spiegel kijkt. In recordtijd haal ik mijn pik tevoorschijn en druk ik de eikel tegen haar nu extra strakke, druipende ingang.

Starend naar haar met lust gevulde ogen in de spiegel, grijp ik haar heup met één hand vast en leid haar naar mijn pik.

'Heb je hem geneukt?' Ik moet het weten voordat ik bij haar naar binnenga. Ik moet het weten.

'Nee,' ademt ze. 'Alleen jou.'

Ik grijns tevreden terwijl ik mezelf tot het uiterste bij haar naar binnen duw. Ik zie haar lichaam beven terwijl ze zich aan mijn grootte probeert aan te passen, trillend en hijgend in het proces. Ik kreun in een moeizame ademhaling omdat ik me ook moet aanpassen aan hoe extreem strak ze is. De sensaties zonder condoom zijn bijna meer dan ik aankan. Wanneer heb ik voor het laatst seks gehad zonder condoom? Op de middelbare school? Ik kan het me niet herinneren.

Ik voel haar tegen me aan rijden, en ik laat een laag gesis horen. Fuck, ze voelt geweldig. Ik trek me enkele centimeters terug voordat ik weer naar binnen stoot, waardoor er een kleine kreet aan haar ontsnapt. Ik voer het tempo op. Hoe graag ik haar ook uren genot wil geven, een openbaar toilet op een feestje terwijl haar date op haar wacht, legt ons een tijdsbeperking op. Hoewel, een deel van me dol is op de gedachte dat die perfect gebruinde eikel ziet hoe zijn date voorovergebogen wordt en haar genot van mij krijgt.

'Ja! Harder! Meer!' schreeuwt ze terwijl ik in haar druipende poesje blijf stoten.

Fuck, ze is zo strak. En warm. En van mij. Genoeg geweest, ik weiger om iemand anders haar te laten ervaren. Ik staar naar haar spiegelbeeld, met haar hoofd naar beneden, en ik ben er niet zo dol op. Ik beweeg een hand van haar heup, maar ga verder met dezelfde snelheid en kracht, ik ga langs haar op en neer stuiterende tieten naar haar nek en grijp haar delicate keel vast.

'Kijk in de spiegel,' grom ik. Ze gehoorzaamt eerst niet en ik knijp een beetje in de zijkanten van haar keel om haar aandacht te trekken. 'Ik zei verdomme dat je moest kijken,' blaf ik.

Haar hoofd schiet omhoog, en onze ogen vinden elkaar, en fucking shit. Haar gezicht is rood van opwinding, haar ogen hebben een wazige blik en haar mond is open terwijl ze hijgt en kreunt.

'Je voelt zo goed, Janie,' kreun ik terwijl ik mijn andere hand van haar heup naar haar gezwollen clitoris laat gaan. Haar knieën knikken terwijl mijn vingers haar wrijven. 'Blijf staan, baby doll. Ik ben nog niet klaar met mijn mooie meid.'

'Jouw meid?' fluistert ze en ik staar diep in haar ogen. Ik kijk naar mijn gezicht en herken nauwelijks de dierlijke holbewoner die terugkijkt. Ogen donker, lippen gekruld, een lichte glans van zweet over mijn gezicht.

'Ja,' grom ik, terwijl ik mezelf dieper naar binnen duw en haar een schreeuw ontlok. Ze is dichtbij. Ik voel haar al strakke wanden steeds strakker om me heen worden. 'Van mij. Zeg het, Janie, ik wil dat je zegt dat je van mij bent, zeg me dat ik de enige ben die je dit soort genot kan geven. Zeg het nu!' Ik stoot steeds weer in haar terwijl mijn vingers rond haar verhardende knop blijven cirkelen.

'Ah! Fox! I-ik ben van jou!' Ze duwt haar rug tegen mijn borst terwijl haar hand zich om de achterkant van mijn nek slaat en mijn haar vastgrijpt. 'Jij bent het voor me,' zegt ze tussen het kreunen door. 'Nie-niemand heeft me ooit dit gevoel gegeven zoals jij. O God! O God! Fox!' Ze schreeuwt mijn naam en ik beweeg mijn hand van haar keel naar haar mond om haar orgasme weer tot zwijgen te brengen, hoe tragisch dat ook is.

'Godverdomme!' grom ik terwijl ik mijn eigen ontlading najaag, haar strakke wanden knijpen zich rond me samen. 'Je bent zo ver-domd goed. Zo'n fucking braaf meisje,' fluister ik terwijl de geluiden van haar genot en onze huid die op elkaar slaat de ruimte vult. 'Brave meid, neem alles van me, schatje. Neem wat van jou is.'

Ik zie het vuur in haar ogen oplichten en, voordat ik me reali-seer wat er gebeurt, buigt Janie fucking Pierce zich bij haar taille naar voren, waardoor ik diepere toegang heb tot haar samentrekkende kut. Het is te veel. Ik grijp haar strakke kont vast terwijl ik keer op keer in haar ram en voel dat mijn ballen aanspannen. Kreunend gooi ik mijn hoofd naar achteren en laat een diep geluid uit mijn keel horen terwijl ik haar met mijn hete lading vul.

Na een tijdje haal ik mezelf uit haar en stop mezelf terug in mijn broek. Ik kijk toe hoe Janie daar staat, haar handen opnieuw om de wasbak geklemd.

'Gaat het?' vraag ik terwijl ik aanbied om haar te helpen zich schoon te maken.

Ze duwt me weg. 'Het gaat prima. Ik heb een minuut nodig om bij te komen.'

Ik voel mijn maag draaien als ik de muren omhoog zie gaan. Ik kan dit niet laten gebeuren.

Ik pak haar pols en trek haar naar me toe. 'Baby doll.' Ik bedek haar opengaande mond met mijn vinger, zodat ze me niet kan onderbreken. 'Ik wil terug naar huis en ik wil met jou over ons praten. En ik wil verdomme dat je mijn kat terugbrengt.'

Ze laat een kleine, trieste lach horen voordat ze naar me opkijkt. 'Ik wil er niet heen en gekwetst worden.'

Ik kus haar voorhoofd, 'Ik wil je nooit kwetsen, alsjeblieft, ik wil me openstellen en met je praten.'

Ze kijkt me aan en geeft me een lieve glimlach voordat ze me op de lippen kust. 'Oké. Ik zie je daar.'

'Met mijn kattenzoon,' dring ik aan en ze drukt haar gezicht in mijn borst om haar lach te dempen.

Ze kijkt me aan met haar ogen zo stralend en helder als een zomerhemel. Het laat mijn hart bonzen en ik probeer door de angst heen te ademen. Ik kan dit. Ik *wil* dit.

'Ik wacht buiten op je,' zeg ik, ervan uitgaande dat ze privacy wil om zich schoon te maken, bovendien moet ik ervoor zorgen dat de kust veilig is voor haar. Hoewel, ik vind het helemaal prima als iedereen, inclusief de golden retriever, zou weten wat we net gedaan hebben.

Janie kijkt rond in het toilet en fronst. 'Waar is mijn slipje?'

Ik grijns terwijl ik het kledingstuk tevoorschijn haal en voor haar zwaai.

Haar ogen worden groot. 'Fox!' sist ze terwijl ze ernaar reikt, maar ik hou het buiten haar bereik.

Ik grijp haar in haar nek en trek haar dichter bij mijn gezicht. Ik laat haar toekijken terwijl ik haar geur uit haar slipje inhaleer. 'Heb je enig idee,' grom ik terwijl ik dieper inadem, 'Hoe fucking bedwelmend je geur is?'

Ik zie haar wangen knalrood worden terwijl ze stilletjes haar hoofd heen en weer schudt. Ik val op mijn knie terwijl ik haar voeten in de gaten van haar slipje steek. Ik schuif het langzaam over haar benen en een boosaardige grijns kruipt op mijn gezicht terwijl mijn handen over de doorweekte binnenkant van haar dijen gaan. Onze gemengde sappen lopen uit haar poesje.

Ik schuif het slipje helemaal naar boven voordat ik mijn neus in de voorkant van haar poesje duw, opnieuw inhaleer en grom. 'Baby doll, je maakt me gek.' Ik sta op, pak haar hand en plaats hem op mijn stijf wordende pik. 'Ik ben weer klaar voor je,' fluister ik en ze grinnikt zachtjes.

'We moeten weg uit dit toilet.' Ze duwt zachtjes tegen mijn borst en ik kreun van ergernis, maar gehoorzaam. 'Klop, zodat ik weet dat het veilig is en ik eruit kan komen. Ik zal Winston gaan halen en we zullen naar je huis komen,' zegt ze terwijl ik naar de deur loop. Ik geef haar een kleine grijns en doe de deur achter me dicht.

Zodra ik er zeker van ben dat er niemand in de buurt is, tik ik op de deur en geef Janie het signaal dat ze naar buiten kan komen als ze er klaar voor is. Ik kijk naar het feest en slaak een zucht. Hoe graag ik hier ook wil blijven en nu met haar over alles wil praten, ik zal wachten, zodat ze Winston kan halen en naar mijn huis kan komen zoals ze beloofd heeft, en dan zullen we alles bespreken. Ik wil haar in mijn leven, en als dat betekent dat ik het gordijn moet terugtrekken en haar een paar van mijn littekens moet laten zien, zodat ze begrijpt waarom dit moeilijker voor mij is dan voor anderen, dan is dat wat ik zal moeten doen. Het is het waard…zij is het waard.

'J**IJ KLEINE SLET!' PLAAGT** L**UCA TERWIJL HIJ ONS NAAR** S**TEVIES** appartement rijdt.

Ik kreun en verberg mijn gezicht in mijn handen. 'Het spijt me, Luca! Ik weet niet wat er mis met me is!'

'O, schat, je denkt met je poes. Het overkomt ons allemaal.'

Ik kreun weer en laat mijn hoofd tegen de stoel van zijn Range Rover rusten. 'Hij wil dat ik naar zijn huis ga, zodat we kunnen praten.'

'Wil je dat ook doen?' vraagt hij en ik haal mijn schouders op terwijl ik naar de regendruppels staar die op de voorruit vallen.

'Ja. Maar ik ben er bang voor. Ik vind hem echt leuk, maar elke keer als we dicht bij elkaar komen, duwt hij me weer weg. Ik ben bang —'

'Dat je naar zijn huis gaat, jezelf openstelt en hij het opnieuw zal doen?' Hij glimlacht alwetend en ik knik grimmig.

'Ik vind hem echt leuk, maar ik weet niet of er ooit een echte toekomst met hem kan zijn, gezien het feit dat hij zich elke keer als ik probeer hem enige gehechtheid of genegenheid te tonen, als een in het nauw gedreven rat gedraagt. Ik weet niet of het alleen aan hem ligt, of dat het iets met mij te maken heeft…'

Luca lacht droogjes. 'Schat, geloof me, die man geeft om je.'

Ik sla mijn ogen ten hemel. 'Je hebt zowaar tien hele minuten met de man doorgebracht. Hoe zou je dat kunnen weten?'

Hij haalt zijn schouders op terwijl hij naar de parkeerplaats van de bakkerij rijdt waar Stevies vrij kleine appartement boven zit. 'Geloof me,' grinnikt hij. 'Dat was acht minuten langer dan ik nodig had om tot die conclusie te komen. Op het moment dat hij me met jou naar binnen zag komen, stond hij klaar om me af te maken.'

Ik bloos terwijl herinneringen aan Fox mijn geest vullen. Hij die me neukte, zijn jaloerse grommen en donkere ogen, me dwingend om hem te vertellen dat ik van hem was.

'Hé!' Luca tikt tegen mijn voorhoofd. 'Geen vieze gedachten op het dure leer. Ga nu je kat halen en ga dan je man halen.' Ik kan het niet helpen, maar lach terwijl ik over de console reik en Luca een knuffel geef.

'Bedankt voor alles,' fluister ik terwijl ik zijn wang kus.

'Ja, ja, ik ben geweldig. Ga nu weg, er was een man op het feest die ik echt graag beter zou willen leren kennen.'

Ik trek mijn wenkbrauw op, trek me terug en hou mijn hoofd schuin. 'Wie? Nee wacht, ik wil niet weten wie van mijn vaders vrienden je gaat neuken.'

Luca grijnst naar me en ik klim uit de auto om naar binnen te gaan en Winston te halen.

Ik ren door de stortbui met Winstons overdekte drager in mijn armen terwijl ik de trap op loop naar de veranda van Fox. Ik klop meerdere keren op de deur terwijl ik probeer niet te rillen van de regen die me doorweekt. De deur gaat open en Fox staat daar, zonder shirt met een zwarte pyjamabroek laag op zijn heupen.

'Holy shit, je bent gekomen,' brengt hij uit alsof hij geschokt is door mijn aanwezigheid. 'Shit, je bent doorweekt.' Fox schudt zijn hoofd uit welke trance hij ook komt en laat me het huis binnen. 'Trek je kleren uit en pak een van mijn shirts, dan gooi ik deze voor je in de droger.' Hij gebaart naar mijn doorweekte zwarte legging en paarse shirt dat als een tweede huid is geworden.

Ik laat mijn rugzak vallen terwijl ik Winstons drager neerzet en het deurtje open om hem eruit te laten. Hij begint meteen vrolijk te miauwen, haast zich eruit en rent rechtstreeks naar zijn kattenboom.

Ik draai me om om naar de man te staren, die Winston al op zijn hoofd aan het krabben is, en kantel mijn hoofd naar de zijkant. 'Heb je alle kleren verbrand die ik hier had liggen?'

Fox kijkt me net zo verward aan. 'Nee, waarom denk je dat?'

'Je zei dat ik een shirt van jou moest gaan pakken, alsof mijn eigen kleren niet in de kast liggen.' Ik kijk toe hoe hij uitademt en zich omdraait om me zijn volledige aandacht te geven.

'Als je het koud hebt, dan trek je mijn hoodies aan. Je bent doorweekt, dus ik dacht dat je het koud had. Als je liever je eigen kleren draagt, ga je gang.' Hij klinkt moe en onrustig terwijl hij praat. Ik vraag me af of hij zich weer gaat afsluiten.

Ik geef hem geen verbaal antwoord, ik knik gewoon voordat ik door de vertrouwde gang naar zijn kamer loop. Ik trek mijn kleren uit, inclusief mijn natte beha en slipje, voordat ik een handdoek pak en me afdroog.

Ik laat mijn vingers over al zijn shirts glijden en land op een blauwe hoodie. Ik trek hem aan, evenals een boxershort voordat ik de handdoek nog een laatste keer door mijn haar haal om ervoor te zorgen dat ik niet druppel. Mijn lange, dikke haar houdt ervan om water vast te houden, en het laatste wat ik nodig heb, is om ergens een plas water te maken en er dan op uit te glijden. Het is al een paar keer gebeurd.

Als ik door de gang loop, ruik ik het hemelse aroma van hete appelcider. Ik loop de keuken in en grijns als ik zie dat Fox cider in twee mokken giet.

'Mijn favoriet,' zeg ik voordat ik mijn kleren zelf in de droger gooi en hem aanzet.

Ik loop naar hem toe en neem een van de mokken aan voordat ik de warme appel- en kaneelgeur inhaleer.

'Ik heb ook pompoenmuffins op tafel staan.' Ik trek mijn wenkbrauwen op als ik ze in een Tupperware-bakje zie staan in plaats van in een winkelverpakking. 'Ze komen bij Stevie vandaan,' zegt hij terloops alsof hij mijn verwarring opmerkte.

'Wanneer heb je Stevie gezien?' vraag ik terwijl ik een slokje van het warme drankje neem en geniet van de manier waarop het mijn hele lichaam opwarmt.

Fox wrijft over de achterkant van zijn nek, zijn nervositeit is te zien. 'Ik ben er 's ochtends langs geweest op weg naar Hels.'

Mijn mok blijft bij mijn lippen hangen en ik staar naar hem. 'Waarom?' vraag ik nerveus, bang dat de man waar ik gevoelens voor heb misschien iets bij mijn beste vriendin probeert.

Fox voelt mijn ongemak en zijn ogen worden groter. 'O God, nee!' Hij zwaait met zijn handen. 'Niet op die manier, ik bedoel, ik mag Stevie heel erg graag, maar…' Hij verschuift ongemakkelijk. 'Ik ging erheen om te zien of ik haar zover kon krijgen om me te vertellen hoe het met jou en Winston ging.'

Mijn ogen worden zachter bij zijn bekentenis die hem duidelijk een ongemakkelijk gevoel geeft. Ik kijk toe hoe hij zijn handen in de zakken van zijn pyjamabroek stopt terwijl hij tegen zijn aanrecht leunt. Ik droom weg bij zijn brede, sterke, getatoeëerde lichaam en dat spoor van haar onder zijn navel waar ik nog steeds niet het genoegen mee heb gehad om mijn vingers er doorheen te laten gaan.

'Ben je boos?' Zijn stem trekt me uit mijn totaal ongepaste trance. 'Als je je zorgen maakt, Stevie is een fucking kluis. Ze wilde niets anders zeggen dan dat jij en Winston nog leefden. Ik denk dat ze me vanmorgen de muffins uit medelijden heeft gegeven.' Hij lacht droog en ik kan het niet helpen, maar glimlach.

Na een moment van ongemakkelijke stilte neem ik nog een slok van mijn cider voordat ik mijn keel schraap en naar hem gebaar om me naar de woonkamer te volgen. 'Ik wilde je een idee laten zien dat ik had voor nieuwe merchandise,' zeg ik, terwijl ik in mijn rugzak reik en de tablet tevoorschijn haal die hij voor me had gekocht. 'En als je het haat, dan is dat oké. Vergeet niet dat ik nieuw ben in digitale kunst en dat ik in het algemeen wat roestig ben als het kunst betreft.' Ik ga naar mijn tekenapp en open nerveus mijn opgeslagen tekeningen. Het heeft me wat tijd gekost om erachter te komen hoe ik precies met digitale illustraties moest werken, maar na een paar dagen begreep ik het eindelijk. Maar toch, ik ben zo roestig als wat, en een kunstenaar van het kaliber van Fox mijn schetsen laten zien, maakt me erg nerveus.

De afbeelding verschijnt en Fox grijpt onmiddellijk de tablet.

'Holy shit, Torch!' Zijn lippen vormen een grijns terwijl hij het beeld bestudeert. De tekening is van Hel, half in kleur, half in zwart en wit. De kleuren die ik voor de menselijke kant van haar gezicht heb gekozen, zijn diep en rijk, wat goed tegen de zwarte en grijze skeletzijde contrasteerde, althans dat dacht ik.

Als Fox naar me kijkt, weet ik niet goed wat ik op zijn gezicht zie, maar het laat mijn hart samentrekken.

'Dit is geweldig,' glimlacht hij. 'Ik ben zo trots op je. En ik zou zo fucking trots zijn om dat ontwerp te dragen.'

O. De blik is trots. Voor mij. Ik leg een hand op mijn borst en knijp mijn ogen dicht terwijl het vertrouwde steken begint.

'Wat is er aan de hand?' Ik voel zijn handpalm op mijn knie, en verdomme, hij is zo warm. Ik schud mijn hoofd, onzeker over wat ik moet zeggen. Of wat ik zou kunnen zeggen zonder te huilen.

'Ik wil gewoon…' Nope, daar komen ze. Ik haal diep adem en kijk hem aan terwijl ik de tranen voel stromen. Ik zie de paniek op zijn gezicht en realiseer me dat hij denkt dat hij de tranen veroorzaakt. Nou, dat doet hij ook, maar niet op een slechte manier. Ik forceer een glimlach. 'Ik denk dat dit de eerste keer in mijn leven is dat iemand zegt dat hij trots op me is.'

Het gezicht van Fox betrekt als hij naar me staart in wat ik denk dat ongeloof is. 'Ik vind dat onmogelijk om te geloven. Hoe zit het met je vader? Hij was altijd over je aan het opscheppen.' Nu is het mijn beurt om mijn gezicht te laten betrekken en vol ongeloof te staren.

'Mijn vader heeft niet een keer gezegd dat hij trots op me was.' Fox schuift dichter naar me toe en slaat zijn arm om mijn schouders. Het gebaar laat mijn toch al pijnlijke hart nog veel meer pijn doen.

'Nou, tegen ons zei hij het de hele tijd.' Zijn stem voelt als een warme knuffel waarvan ik niet wist dat ik die nodig had.

Voordat ik begrijp wat ik doe, draai ik mijn lichaam totdat mijn gezicht tegen zijn borst drukt. Dan herinner ik me dat hij geen shirt aan heeft. Ik voel mijn gezicht opwarmen, maar ik trek me niet terug. In plaats daarvan laat ik mijn hand over zijn buik naar zijn brede borst glijden. Mijn vingernagels gaan heen en weer door zijn borsthaar. Ik glimlach als ik zijn hartslag hoor versnellen.

'Fox?' mompel ik. Mijn stem is onzeker. Nog maar een paar uur geleden zat zijn hand om mijn keel terwijl ik in het toilet de wasbak vasthield en hij me nam. Maar op de een of andere manier lijkt dit nu intiemer.

'Ja?' Ik hoor ook de nerveuze toon in zijn stem. Is hij bang dat we weer ruzie gaan maken? Dat ik hem over mijn gevoelens ga vertellen? Gaat hij vluchten? Ik slaak een zucht. Ik weet dat we moeten praten, maar ik ben doodsbang. Ik ben doodsbang dat ik door hem word afgewezen. Alweer.

Ik lik mijn droge lippen terwijl ik mezelf dieper in zijn borst begraaf en daar vreemd genoeg troost vind, ook al is hij de reden dat ik me ongemakkelijk voel.

'Ik heb gevoelens voor je.' Ik weet niet zeker of de woorden er echt uitkwamen want Fox zegt niets.

Na wat als een eeuwigheid voelt, verschuift Fox om me rechtop te laten zitten, en de naderende afwijzing vult elk deel van me. Ik kan dit niet geloven. Alweer? Ik was stom genoeg om seks met hem te hebben en te denken dat hij iets meer met me zou willen…alweer.

'Hé, hé, rustig aan. Wat is er?' Fox legt zijn hand op mijn gezicht en ik voel mijn trillingen verergeren.

'Niets, ik denk dat ik terug moet gaan.' Ik sla zijn hand weg en sta op, in een poging na te denken hoe ik bij hem weg kan komen. Het is donker, er is een onweersbui buiten, en nu terugrijden naar Stevie klinkt niet veilig.

'W-wat?' Op het gezicht van Fox staat paniek te lezen als hij opstaat en me tegenhoudt, maar in zijn haast slaat hij met zijn scheenbeen tegen de hoek van zijn salontafel. 'Ah! Fuck!' roept hij uit, voordat hij me aankijkt. 'Waar ga je heen?'

'Ik weet het niet!' kreun ik door mijn schaamte. 'Ik ben blijkbaar krankzinnig! Ik bedoel, ik blijf keer op keer hetzelfde doen, in de verwachting van een andere uitkomst…'

'Janie!' Hij strompelt naar me toe en grijpt mijn schouder. 'Baby doll, je hebt me niet laten praten. Ik…heb ook gevoelens voor jou.'

'Maar?' snik ik terwijl ik mijn hoofd laat hangen, wachtend op de klap.

Fox zucht en rolt met zijn nek. 'Ja, die is er…ik moet het met je hebben over wat shit dat me in mijn leven is overkomen. Misschien kan het ons helpen om het een en ander beter te laten werken.' Hij tilt mijn kin op om me in de ogen te kijken, 'Wil je naar me luisteren? Alsjeblieft?'

Ik knik en laat hem me terug naar de bank leiden. Ik ga naast hem zitten en kijk hoe hij met zijn handen over zijn dijen wrijft.

'Ik ben hier niet erg goed in,' zegt hij zwak. 'Dus uhm… Als je even geduld met me hebt, en weet dat tijdens dit gesprek, niets wat ik zeg verkeerd geïnterpreteerd moet worden als een steek naar jou toe, oké? Dus alsjeblieft, laat me dit er gewoon uitgooien.'

Ik pak zijn hand en knijp erin. 'Oké, ik zal luisteren.'

Fox knikt en staart naar Winston, die in zijn hangmat ligt te snurken. De aanblik maakt Fox aan het grinniken.

'Ik hou van dieren,' zegt hij na een ogenblik. 'Je zei toen je Winston vond dat ik niet van dieren hield, maar dat doe ik wel. Ik wilde er gewoon niet aan gehecht raken en vervolgens moeten toekijken dat ze weer weggingen. Of erger nog, dat ze me nodig hadden en ik ze niet kon helpen. Dus ik dacht dat het beter was om dat soort zorgen niet in mijn leven te brengen, dat soort pijn.'

Ik bijt op de binnenkant van mijn wang om mezelf tegen te houden iets te zeggen. Ik moet hem laten praten, en ik moet echt naar hem luisteren.

Zijn blik gaat naar zijn handen die tussen zijn knikkende knieën rusten. Het is raar om iemand die zo zelfverzekerd is als Fox zo nerveus te zien.

'Janie.' Hij ademt mijn naam uit en ik wil hem tegen me aan

houden, om weg te kussen wat hem zoveel mentale angst bezorgt. 'Mijn vader, ik heb gezegd dat hij een waardeloos persoon was. Maar ik wil dat je je realiseert dat hij misschien gelijk had over sommige dingen.' Hij laat zijn handen door zijn lange haar glijden voordat hij ze weer op zijn knie laat rusten. 'Hij heeft mijn moeder en zus heel lang geslagen. Tot ik ongeveer twaalf of dertien was. Tegen die tijd kwam ik in de puberteit, en maakte ik hem kwaad zodat hij mij zou slaan in plaats van hen. Hij sloeg me met een riem, of wat er dan ook voor handen was. Slaan, schoppen, zijn sigaretten op me uitdrukken…'

Ik kijk toe hoe zijn hand afwezig over zijn borst gaat en ik begin me af te vragen wat hij onder al zijn tatoeages heeft verborgen.

Fox haalt diep adem voordat hij verdergaat. 'De fysieke mishandeling was klote, maar ik nam het, fuck, ik verkoos het boven de mentale shit. Het geschreeuw, het kleineren. Me vertellen dat ik dom was, waardeloos, een verspilling van ruimte. Terwijl mijn moeder en zus in hun eigen wereld bleven en hem negeerden. Wat ik wel begreep, ze waren waarschijnlijk gewoon opgelucht dat hij het op iemand anders gemunt had na de jaren van mishandeling die ze hadden ondergaan voordat ik naar voren stapte.'

O mijn god. Hoe kan een vader dat zijn kind aandoen? Hoe kan een moeder het zien gebeuren en het niet stoppen? Opgelucht dat je man je kind slaat in plaats van jou?

Ik bedek mijn mond met mijn bevende hand om het trillen van mijn onderlip te verbergen. Ik *moet* me vermannen. Fox heeft een verleden achtergehouden dat naar buiten moest komen en ik weet dat als hij voelt dat het me overweldigt, hij zal stoppen. Hij zal stoppen om mij te beschermen, zelfs als het hem pijn doet. Net zoals hij voor hen heeft gedaan.

'Toen ik in mijn tienerjaren opgroeide en zelfs toen ik begin twintig was, kon ik het huis niet verlaten. Ik kon niet verhuizen of naar de universiteit gaan, niet dat ik slim genoeg was om daar heen te gaan.'

Zijn lach vol zelfspot breekt mijn toch al verbrijzelde hart. Ik vraag me af of jongere Fox over studeren had gedroomd, over iets anders doen met zijn leven, maar zijn vader had hem het gevoel gegeven dat hij dat niet kon.

'Ik moest thuisblijven,' vervolgt hij, 'in ieder geval totdat mijn moeder en zus weggingen. Ik kon ze niet alleen laten met die man. Maar ze wilden niet weggaan. Ik weet niet of het uit angst was, of liefde, of wat het ook was, maar ik kreeg het niet voor elkaar dat ze bij hem weggingen.' Ik hoor de frustratie in zijn stem terwijl hij door opeengeklemde tanden spreekt. 'Ik werkte als leerling in een tattooshop. En nee, niet zoals de stages die Tony had.' Hij lacht en ik kan niet anders dan zachtjes glimlachen. Mijn vader stond erom bekend dat hij veel vriendelijker was voor de artiesten in de leer dan de meeste shops. 'Dus ik werd op mijn werk gekleineerd en ging toen naar huis om dan weer klappen te krijgen. Het was gewoon een constante, eindeloze stroom van shit. Ik heb me nooit goed genoeg gevoeld, ik heb nooit het gevoel gehad dat ik eruit zou kunnen komen.'

Zijn ogen hebben een lichte glans terwijl hij blijft praten, zijn stem licht krakend.

'Toen ontmoette ik Tony. Hij had een stoel als gast in de shop waar ik zat. Iedereen was zo opgewonden omdat hij net de titel had gekregen als de *"Good Luck Tattoo Artist"*. Mijn baas maakte er een belangrijk iets van dat Tony langskwam en dat niemand er ook maar aan moest denken om met hem te praten. De laatste ochtend dat hij er was, was ik degene die hem de shop binnen moest laten, en ik was te laat. Ik was in elkaar geslagen door mijn vader en toen ik probeerde hem van me af te krijgen…duwde ik hem te hard, waardoor hij van de trap viel en zijn been brak. Mijn moeder…' Zijn stem kraakt en ik kijk toe hoe zijn hand zich in een vuist balt. 'Mijn moeder heeft me eruit gegooid. Ze vertelde me dat ik een monster was en weg moest gaan. Dus, ik ging naar de shop en je vader zag me en ik vermoed dat hij medelijden met me kreeg, want mijn tekeningen waren toen echt afschuwelijk. Maar hij zei dat ik mijn spullen moest pakken en voor hem moest komen werken. Ik weet niet waarom ik ermee instemde, maar ik heb het gedaan.'

Hij wrijft met zijn handen over zijn gezicht en ik kan zien dat dit volgende deel het moeilijke deel voor hem is. 'Ik was er pas een paar maanden, de beste maanden van mijn leven, en toen kreeg ik een telefoontje van mijn moeder. Pap had haar zo hard geslagen dat ze dagenlang in het ziekenhuis had gelegen. Niemand had het me verteld. De schuld die ik voelde omdat ik er niet was geweest, omdat ik haar niet had beschermd... Ik vertelde haar dat zij en mijn zus hierheen moesten komen. Ze konden bij mij komen wonen in mijn kloterige appartement en het zou krap worden, maar we zouden het redden. Ze had me gevraagd om daarheen te komen, om ze te komen halen... Janie, als ik het had geweten...je moet weten dat ik zou zijn gegaan.' Fox onderdrukt een snik en dan herinner ik me dat zijn moeder en zus bij een auto-ongeluk waren omgekomen toen ze hierheen verhuisden.

Ik kan er niet meer tegen vechten. Ik trek hem tegen mijn borst terwijl hij even stilletjes schudt. Ik voel de nattigheid op mijn shirt, maar zeg niets. Hij moet het eruit laten, hij houdt het al veel te lang binnen.

'Op de begrafenis,' fluistert hij, terwijl zijn hoofd nog steeds op mijn borst rust, zijn hand mijn hoodie vastgrijpt, 'had mijn vader me bijna doodgeslagen. Hij zei me dat het mijn schuld was, dat iedereen die dicht bij me kwam in gevaar was. Ik was meer verantwoordelijk voor hun dood dan de vrachtwagenchauffeur die hen had geraakt.' Hij pakt mijn hand en leidt mijn vingertoppen over zijn blote borst naar een tatoeage boven zijn hart van een gebroken zakhorloge. Ik ga met mijn vingers over de tatoeage en ik voel dat er in het midden geen gladde huid zit. 'Hij stak zijn sigaar in mijn borst. Hij vertelde me dat ik die pijn moest herinneren, want dat is de pijn die ik zou veroorzaken bij iedereen die ik binnenlaat.'

Hij gaat rechtop zitten en kijkt me aan, ik weet zeker dat mijn uitdrukking alle kanten op gaat. Ik voel zoveel. Zoveel voor de jonge jongen die zijn moeder en grote zus probeerde te beschermen. Voor de jongeman die probeerde zich waardig te voelen. Voor de man die zich nu eindelijk openstelt omdat hij iets voor me voelt, maar bang is dat als hij me binnenlaat, we allebei alleen maar gekwetst zullen worden.

'Het spijt me dat je vader je pijn heeft gedaan,' zeg ik uiteindelijk, na een lange stilte.

Fox lacht. 'Baby doll, het is al lang geleden en je hoeft er geen spijt voor te hebben. Ik moet het je gewoon vertellen, zodat je begrijpt waarom dit tussen ons zo moeilijk is.'

Ik knik naar hem. 'Dus wat wil je doen?' Ik krimp vanbinnen ineen terwijl ik me op de klap voorbereid. Ik wil hem, ik wil bij hem zijn. Maar nu ik heb gehoord wat hij te zeggen had, begrijp ik waarom hij bang is, en wil ik hem niet dwingen om iets te doen waar hij niet klaar voor is.

'Om te beginnen,' Fox legt een hand op mijn wang terwijl hij in mijn ogen staart, zijn lippen vormen de liefste glimlach, 'ga ik je kussen zoals ik dat al veel te lang heb willen doen.' Voordat ik kan antwoorden, landen de lippen van Fox op de mijne.

Ik heb nog nooit zo'n kus ervaren, zelfs niet met hem. Het is niet zo veeleisend, of met lust gevuld als het in het verleden was. Hij is teder en voorzichtig als zijn mond de mijne verkent. Zijn handen pakken aan weerszijden mijn gezicht en ik jammer zachtjes, als zijn tong tussen mijn lippen glijdt. Hij smaakt naar appelcider, bovenop de al zoete en warme kus.

Fox verbreekt de kus en kijkt op me neer, onze voorhoofden zijn tegen elkaar gedrukt, zijn handen blijven stevig op mijn gezicht liggen.

'Dus,' zegt hij, zijn ogen dansend met humor. 'Weet je zeker dat je dit vriendje-vriendinnetje-ding met zo'n oudje als mij wil uitproberen?'

Ik lach hard en sla mijn handen om zijn nek terwijl ik mijn lichaam tegen het zijne duw, smeltend in zijn omhelzing, en voel me, voor het eerst in ik weet niet hoe lang, thuis.

'Ja, ik weet het meer dan zeker.'

24

DIT GEBEURT NIET. ER IS GEEN ENKELE KANS DAT WAT IK ERVAAR HET echte leven is.

'O mijn god,' zegt Janie bijna ademloos terwijl ze mijn arm vastpakt. 'Die suikerspin is groter dan mijn haar…ik moet het eten.'

Ik lach terwijl ik mijn kleine roodharige naar de rij zie stuiteren waar ze suikerspin verkopen die alle andere suikerspin te schande maakt. Ik kijk toe hoe Janie gretig van de ene voet op de andere springt terwijl de verkoper haar suikerspin maakt. Terwijl ze haar traktatie aanpakt, betaal ik de man achter de toonbank voordat zij en ik teruggaan en ons bij onze groep voegen.

Atlas had het vorige week al over de aankomende herfst kermis gehad. Zoals gewoonlijk negeerde ik hem omdat een kermis niet mijn ding is. Te veel mensen, alles is oplichterij en er is nul procent kans dat een machine die tig keer is opgebouwd en vervolgens weer uit elkaar is gehaald veilig is om in te rijden. Maar blijkbaar zijn dat allemaal gedachten die de *vrijgezelle Fox* mocht hebben. *Vriendje Fox* had, volgens Atlas, al van de kermis moeten weten en kaartjes moeten hebben om aan zijn vriendin te presenteren.

Ongeacht wiens idee het was, of wie liever een hete staak in zijn kont zou steken dan hier te zijn, Janies hele lichaam lichtte op toen hij zei dat hij en Ash gingen, dus hoe kon ik geen kaartjes voor haar en mij halen?

Ik kijk naar Atlas, die momenteel probeert te verbergen dat hij zich ellendig voelt omdat hij hier is zonder date, en Ash, die hier met een vrouw is waaraan ik mijn hersencellen niet eens zou moeten verspillen om haar naam te onthouden. Het meisje is mooi, net als de meeste vrouwen met wie hij op date gaat, en ik gebruik de term "date" losjes. Ik geloof dat deze Autumn heet. Ze is lang, dun en zit vol tatoeages. Haar stoere paarse haar en leren outfit schreeuwen niet familiekermis, maar het staat haar wel.

Janie ziet er aan de andere kant uit als het opgewonden kind dat Disney World binnenkomt. Haar haar is los en wild, zoals ik het graag zie. Ze draagt geen make-up, waardoor elk van haar sproeten te zien is. En ze heeft een shirt aan dat aan de achterkant is vastgebonden, het is blauw en op de voorkant staat:

'Dat zei mijn vrouw vannacht ook.'

Toen we Autumn bij de ingang van de kermis hadden ontmoet, had ze Janies shirt gelezen en ze begreep het niet. Janie besloot toen dat Autumn dood voor haar was.

'Fox!'

Ik kijk naar Janie die aan mijn arm trekt. 'Wat is er, baby doll?' Ik kan het niet helpen, maar glimlach en sla mijn arm om haar kleine taille. De laatste twee weken zijn de beste van mijn leven geweest. Er is geen groter geschenk dan Janies vriend zijn, en ik kan niet geloven dat ik dat bijna had laten schieten. Ben ik bang dat ze op een dag te veel wil? Dat er een grens is die ik niet kan overschrijden? Ja. Maar dat is een probleem voor een andere dag, want dit, hier en nu is magisch en ik wil niet dat het ooit eindigt.

'Reuzenrad,' is het enige wat ik hoorde, en mijn gezicht betrok. Nou, ik denk dat de magie voorbij is. Ik kijk naar het gigantische ronde monster en mijn maag draait zich om.

'Ja, Torch, ik weet het niet...' kreun ik als ik mijn blik van de constructie der ondergang weghaal en naar mijn meisje laat gaan, die aan het pruilen is. Fuckkk. Die onderlip van haar, ze duwt hem naar voren en rimpelt haar voorhoofd en ik heb het gevoel dat ik als was word.

Atlas lacht. 'Fox heeft hoogtevrees, Red, maar ik zal er met je in gaan als je wilt.'

Ik kijk dreigend naar Atlas. Probeert hij serieus mijn meisje mee te nemen in een ritje in het reuzenrad?

'Ik heb geen hoogtevrees,' grom ik defensief. 'Ik heb gewoon een volledig gezonde, rationele angst voor het instorten van de machine als gevolg van een roestige bout.'

Janie giechelt en knuffelt me bij mijn middel. 'Het geeft niet, ik ga wel met Atlas mee, hier, je kunt mijn suikerspin vasthouden.'

Ik wil protesteren, dat ik wel in de verdomde attractie zou stappen voor een fucking ritje. Ik zou me misschien de hele tijd zitten op te vreten, maar… Ik voel me wat minder zelfverzekerd als ik Janie met Atlas naar de gondel zie rennen en erin zie glijden.

Ze zwaait naar me en ik plak een neppe glimlach op mijn gezicht en zwaai terug terwijl ik daar sta en me een fucking idioot voel. Atlas en ik gaan na zijn ritje met *mijn* vriendin een serieus gesprek voeren. Als hij wilde dat iemand met hem mee zou rijden, had hij een date moeten meenemen, maar hij gaat mijn meisje niet opnieuw stelen.

'Hoelang blijf je nog boos?' zegt Atlas met een kreun naar me terwijl hij zijn hoofd op mijn schouder laat rusten.

'Ik ga je vermoorden,' grom ik terwijl ik zijn gezicht van me af-duw. 'Waarom zou jij met haar in het reuzenrad gaan?'

Atlas snuift 'Als ik had geweten dat het zoveel voor je betekende, dan zou ik het niet hebben aangeboden. Ik wilde gaan, zij wilde gaan, en jij haat hoogtes.'

'Het gaat niet om de hoogtes…' prevel ik terwijl ik hem boos aankijk.

Atlas rolt met zijn ogen. 'Wat jij wil. Hoe dan ook, het is niet al-sof ze me een pijpbeurt heeft gegeven of zo. We zaten samen in de gondel.'

Ik voel mijn rechteroog trillen bij zijn opmerking. 'De volgende drie mannen die een tatoeage op hun kont of pik willen, krijg jij… nee, ik ben van gedachten veranderd. De volgende dertig.'

Zijn mond valt open terwijl hij me vol ongeloof aanstaart. 'Ik zei dat het NIET is alsof ze me heeft gepijpt.'

'Veertig,' zeg ik terloops en Atlas bromt iets dat ik niet versta, met uitzondering van één naam aan het einde – *Ren*.

'Zij is degene die je had moeten uitnodigen,' mompel ik terwijl ik Janie naar ons terug zie komen met een berg funnelcake en een corndog in haar mond. Ik voel alle woede uit me stromen terwijl ik naar het schattige spektakel voor me staar.

'Fox!' gilt ze en laat me de corndog zien. 'Drie dollar en ik heb er al tien centimeter ingepropt.' Ik hoor een paar jongere jongens grinniken en ik schiet ze een waarschuwende blik toe voordat ik me naar haar omdraai.

'Baby doll,' grinnik ik en kus haar hoofd. 'Ik denk dat je je lichaamsgewicht hebt opgegeten aan kermisvoedsel.'

Ze straalt naar me en houdt een stuk van de funnelcake omhoog en voert het aan me. De handeling is erg vreemd voor me, maar ik geniet er echt van. Het is zo lief, zij is zo verdomd lief.

'Awww…' zeggen de jongens van eerder spottend. 'Dat is zo aardig van je, om je opa te helpen met eten!' Ik verstijf en kijk naar de jongens. Ze zijn waarschijnlijk ongeveer van Janie haar leeftijd. Soms vergeet ik ons leeftijdsverschil van zeventien jaar. Zien we er samen echt zo misplaatst uit?

'Als je klaar bent met het voeren van je opa,' grijnst een van hen, 'dan kan ik jou misschien iets voeren.' Hij pakt het kruis van zijn spijkerbroek vast en ik zie rood voor mijn ogen.

Ik begin op ze af te lopen, klaar om zijn gezicht tot moes te slaan, maar Janie gaat voor me staan en legt een hand op mijn borst om me tegen te houden.

'Sorry, jongens, maar jullie mini-worstjes zullen mijn eetlust niet bevredigen.' Ze gooit haar haren over haar schouder voordat ze mijn pols pakt en me wegtrekt. 'Kom op *daddy*, je baby doll heeft honger.' Ik grijns terwijl ik haar weg van de menigte volg. We lopen enkele minuten in stilte voordat we de boomgrens bereiken waar de kermis stopt.

'Neem je me ergens mee naartoe om me te vermoorden?' grap

ik als ze me een paar meter het bos in trekt voordat ze zich abrupt omdraait en me tegen de stam van een boom duwt. Eerlijk gezegd bewoog ze me helemaal niet, ook al voelde ik de hoeveelheid kracht die ze probeerde te gebruiken. Ik doe haar echter een plezier en "val" naar achteren, laat een kleine grom horen om haar zelfvertrouwen te vergroten.

Ze stapt naar me toe, haar gezicht is met het gebrek aan zon bijna volledig door de schaduwen bedekt. Ze reikt omhoog en pakt mijn baard vast en trekt me naar beneden om haar gretige mond te ontmoeten. Ze proeft naar de veertig kilo suiker die ze vanavond heeft geconsumeerd. Ik laat mijn tong dieper in haar mond glijden, reik naar haar weelderige kont en neem allebei haar billen in mijn handen. Ik hoor haar tegen mijn lippen kreunen, en ik begin ons om te draaien zodat ik haar tegen de boomstam kan duwen, maar ze houdt me tegen en verbreekt de kus.

'Nee,' zegt ze streng terwijl ze mijn handen van haar met denim bedekte kont haalt.

'Nee?' herhaal ik en trek mijn wenkbrauw op. 'Waarom nee? Wat is er aan de hand?'

'Niets,' fluistert ze en kust me opnieuw. 'Ik heb gewoon een plan en dat omvat niet dat je me tegen die boom drukt.' Ik grinnik en wil haar vragen wat haar plan is, maar ik krijg geen kans.

'O, shit…' Het geluid dat uit mijn keel komt terwijl haar hand over mijn erectie gaat die schreeuwt om door mijn rits naar buiten te breken, is allesbehalve mannelijk. Ik rol mijn hoofd naar achteren tegen de boom terwijl ze mijn shirt optilt en hete, natte kussen op mijn buik begint te drukken. Ze bereikt mijn navel en ik merk dat ze stopt. Als ik naar beneden kijk, zie ik haar met haar sneakers de grond vrijmaken voordat ze op haar knieën valt en mijn riem losmaakt.

Ik kijk in totale shock en verbazing toe terwijl ze mijn spijkerbroek opent en ik voel haar hand naar binnen reiken en mijn pik bevrijden. Ik hoor haar kleine zucht en ik kan niet beslissen of ik geïrriteerd ben of meer opgewonden over het feit dat ik haar niet zo goed kan zien.

'Baby doll…' fluister ik terwijl mijn hand door haar lokken gaat en haar aan de achterkant van haar hoofd grijpt. Er gaat een huivering door me heen als ik voel dat haar natte tong de onderkant van mijn eikel likt.

'Ik wil dat je mijn mond neukt,' fluistert ze terwijl ze mijn eikel over haar zachte lippen laat glijden.

Fuck, is dit echt? 'Baby doll…' Mijn mond is kurkdroog. Ik probeer haar te vertellen dat we dat niet hoeven te doen, maar ze steekt mijn eikel in haar zoete mond en mijn knieën beginnen te knikken.

'Janie…' hijg ik terwijl ze me centimeter voor centimeter verder naar binnen schuift. Mijn heup trilt onvrijwillig en veroorzaakt een kleine stoot, het laat haar een beetje kokhalzen en ik zou daar niet opgewonden van moeten raken. 'Sorry,' fluister ik, maar ze kreunt diep en ik kan het door mijn pik heen voelen. 'Fuck,' hijg ik, terwijl ik haar haren vastgrijp. Ik voel haar rond mijn pik op en neer bewegen. Ze is timide en onzeker, terwijl ze verschillende houdingen probeert en ik begin me af te vragen hoeveel ervaring ze hiermee heeft.

Na een paar tellen merk ik dat ze gefrustreerd raakt met hoe erg haar hand om mijn schacht trilt, terwijl ze me probeert af te trekken.

'Oké,' zeg ik terwijl ik me terugtrek. Ik wil haar niet voor schut zetten, terwijl ze in het bos op haar knieën zit om mij een goed gevoel te geven. 'Schatje, je voelt heerlijk en je doet het geweldig,' prijs ik haar terwijl ik haar wang vind en hem streel.

'Ik heb dit maar één keer gedaan en dat was heel lang geleden. Het spijt me. Ik had het moeten googelen,' mompelt ze en ik kan het niet helpen dat ik moet grinniken.

'Oké, je kunt dit. Ik zal je helpen, gebruik gewoon iets meer je tong,' fluister ik, terwijl ik haar teruggeleid. Ik voel haar tong over mijn eikel gaan en ik kreun. 'Zo ken ik mijn meisje,' hijg ik. 'Goed, en nu zuigen.' Ze gehoorzaamt en begint te zuigen terwijl ik haar haren vastgrijp en langzaam haar hoofd op en neer beweeg. 'Zo gaat het goed,' hijg ik en ik pak haar hand om hem aan de basis van mijn schacht te plaatsen. 'Streel…' grom ik en doe mijn uiterste best om mezelf onder controle te houden.

Er valt iets bij Janie op zijn plek. Ze krijgt het juiste ritme te pakken, de juiste hoek en ze verandert me in gesmolten boter.

'Fuck!' sis ik terwijl ik haar steviger vastpak, mijn heupen stoten, ik probeer mezelf te stoppen, maar ze spoort me aan om door te gaan door mijn kont te grijpen en me naar zich toe te trekken. 'Wat voor hekserij je ook met die tong doet…' hijg ik terwijl ik mijn hoofd naar achteren rol en een diep gekreun laat horen. 'Stop er niet mee.' Mijn brave meid stopt niet.

Nee, ze intensiveert het genot dat ik voel door haar hand in mijn boxer te steken en mijn ballen te pakken. Ze is zo zachtaardig, maar het intense genot vermengd met het feit dat ze me in haar fucking keel neemt, is te veel.

'Laat los,' pers ik er met moeite uit, mijn ballen verstrakken en mijn pik wordt staalhard. 'Aan de kant of ik kom in je mond.' Ze gaat niet aan de kant. In plaats daarvan dwingt ze me zo diep als ik kan gaan, en ik voel hoe ik mezelf niet meer kan tegenhouden. 'Godverdomme! Janie fuck!' grom ik als ik in haar klaarkom. Een zucht ontsnapt aan me als ik haar me voel schoonlikken en zuigen voordat ze opstaat en mijn riem probeert vast te maken. Ik laat het haar echter niet doen, ik druk mijn lippen tegen die van haar, en laat mijn tong in haar magische fucking mond glijden die nu naar mij smaakt. Fuck… ze smaakt naar mij.

Ik trek me terug en druk mijn voorhoofd tegen het hare. 'Wauw,' hijg ik, waardoor ze giechelt.

'Sorry, ik heb meer oefening nodig,' zegt ze verlegen en ik kus haar opnieuw, dit keer met meer urgentie. Ik draai haar om en duw haar tegen de boom terwijl ik mijn tanden over haar onderlip laat gaan, waardoor ze jammert.

'Jij,' zeg ik, mijn stem laag en zwaar, 'bent fenomenaal. Dus stop met aan jezelf te twijfelen.' Ze staat op het punt om iets te zeggen, maar het gerinkel van mijn mobiele telefoon laat ons allebei schrikken. Ik grom van frustratie terwijl ik kijk en zie dat het Atlas is die belt. 'Behoeftige fuck,' mompel ik terwijl ik Janies hand vastpak om haar te helpen terug te keren naar het kermisterrein.

'Hij lijkt wel een beetje aanhankelijk,' mompelt Janie terwijl we weer in de menigte opgaan. Ik stuur Atlas een berichtje dat we hen in het midden van de kermis zullen ontmoeten.

'Ja,' zucht ik terwijl ik mijn telefoon in mijn zak steek. 'Ik heb geen idee wat er met hem aan de hand is.'

Janie snuift. 'Waarschijnlijk het feit dat Ren met iemand uitgaat, je weet dat ze iets voor elkaar voelen.'

Ik stop met lopen en kijk naar haar. 'Wat? Is ze echt met iemand aan het daten?'

Janie haalt haar schouders op en knikt. 'Vanavond is geloof ik de derde date. Ik ben geen fan van hem, maar zolang zij maar gelukkig is.' Ik knik en volg Janie tot we Atlas en Ash treffen, die nu zonder date is.

'Waar is je meisje?' vraag ik als we rond de hoge bartafel naast de dansvloer staan. Gelukkig staat de muziek niet aan, aangezien we ons naast een luidspreker bevinden.

Ash haalt zijn schouders op en neemt een slok uit zijn bierfles. 'Weggegaan, geloof ik. Ik weet het niet, ik werd haar iets van twee uur geleden zat toen ze vroeg of ik haar hierna een gratis tatoeage wilde geven.'

Janie lacht. 'Ja, het is echt erg als vrouwen mannen gebruiken om dat ene ding te krijgen dat ze willen. Het is eigenlijk heel respectloos.'

Ash valt stil en steekt zijn middelvinger naar Janie op. 'Luister, ik ben een zeer gulle minnaar. Ik zou haar minstens acht van de beste orgasmes van haar leven hebben gegeven tegenover slechts een voor mij.'

Janie trekt haar neus op. 'Dat is fysiek onmogelijk.'

Atlas spuugt zijn drankje uit en ik verstijf, mijn ogen worden groot terwijl ik zie hoe de mond van Ash een duivelse grijns vormt. Fuck.

'Dus, Janie,' zegt hij stralend. 'Hoeveel orgasmes zou je zeggen dat fysiek mogelijk is voor een vrouw om in één nacht te ervaren?'

Janie haalt diep adem. Denkt ze hier echt over na? Ze kijkt me aan en dan...o mijn god, ze houdt haar vingers omhoog.

'Wat versta je onder een volledig orgasme? Zitten er bijvoorbeeld een bepaald aantal minuten tussen?'

Ik kreun om haar vraag terwijl mijn twee eikels van *ex-vrienden* nu in lachen uitbarsten.

'Fox!' Ash schudt vol ongeloof zijn hoofd. 'Je moet beter je best doen bij haar. Als ze zulke vragen moet stellen.'

'Sodemieter op,' grom ik terwijl ik schaamte omhoog voel kruipen. Janie en ik hebben nog geen avond gehad waar we gewoon seks hadden. Onze keren waren snel en wild, en hoewel het nog steeds de beste seks was die ik ooit heb gehad, voel ik me rot dat ik mijn vriendin niet het soort nacht heb gegeven dat ze verdient.

'Stop met eikels te zijn en haal wat biertjes voor ons,' snauwt Janie naar de twee, die allebei een "ja, mama" zeggen voordat ze weglopen.

Ik hoor hoe de muziek opstart en zie mensen naar het midden van de dansvloer gaan, en ik verschuif ongemakkelijk. Janie zit op haar telefoon, maar ik zie haar heen en weer bewegen op de beat. Fuck, moet ik haar ten dans vragen? Ik kijk om me heen en zie dat andere mannen hun partners meenemen naar de dansvloer en ik wil het op een lopen zetten. Ik dans niet. Ik ben niet op die manier gecoördineerd. Ik ben oud, groot en bedekt met tatoeages, niets aan mij schreeuwt "schuifelen".

Janie staart naar de dansvloer en ik zie de blik van verlangen op haar gezicht en ik kreun vanbinnen.

'Je uhm…je wilt dat toch niet doen, of wel?' vraag ik haar nerveus terwijl ik met mijn hoofd naar de dansvloer beweeg. Ze lacht verlegen en fuck…ze ziet er zo mooi uit. Als ze ja zegt, dan zal ik me rot voelen dat ik haar voor schut ga zetten.

'Nope.' Haar antwoord is kort en haar glimlach nep.

'Leugenaar.' Ik grijns en zie de paniek op haar gezicht verschijnen.

'Oké,' zucht ze. 'Misschien een beetje, maar ik overleef het wel zonder.'

'Ik kan…met je dansen als je wilt.' God, zat dit T-shirt altijd zo fucking strak? Ik zie haar uitdrukking opvrolijken, en shit, nu moet ik dansen.

'Echt?' vraagt ze, met haar stem vol hoop. Ik geef haar een

nerveuze glimlach terwijl ik opsta en haar mijn hand aanbied voordat ik haar meeneem naar de dansvloer.

'Ik ben hier niet zo goed in,' geef ik toe terwijl ik mijn handen op haar heupen leg. Ze glimlacht naar me terwijl we heen en weer blijven bewegen.

'Ik denk dat je het geweldig doet.'

Ze straalt en ik kan het niet helpen, maar leun voorover en kus haar zachtjes terwijl we doorgaan met onze kleine dans waarvan ik zeker weet dat het minder dansen en meer heen en weer schommelen is.

'Ik vind je leuk,' fluistert ze zachtjes terwijl ze haar hoofd op mijn borst laat rusten. Ik voel mijn hart samentrekken en ik kus de bovenkant van haar hoofd.

'Ik vind jou ook leuk, baby doll.'

25

Janie

'WACHT,' ZEGT REN TERWIJL ZE HAAR KOFFIEKOPJE NEERZET EN in shock naar me staart. 'Heb je Fox zover gekregen om met je te dansen?'

Ik kan het niet helpen dat ik begin te glimlachen terwijl ik verlegen knik en me de kermis van twee avonden geleden herinner. Ren, Sunday en ik zijn naar *Nuts About Dough* gekomen om Stevies pauze met haar door te brengen en ze willen allemaal graag horen hoe de eerste officiële date van mij en Fox is gegaan.

'Het was zo lief,' zeg ik opgewonden. 'Hij is absoluut de slechtste danser ooit. Je laat die man iets meer doen dan een beetje heen en weer bewegen en hij stapt boven op je. Maar hij heeft het geprobeerd, en dat betekende zoveel voor me.' Ik zucht dromerig terwijl ik mijn handen tegen mijn borst houd.

'Het is zo schattig,' zegt Stevie langzaam. 'Dat ik zou kunnen overgeven.'

Ik sla haar speels voordat ik van mijn drankje nip. Ik richt mijn aandacht op Ren. 'Dus… hoe was date nummer drie?' Ik zie Ren zichtbaar verstijven terwijl ze met haar mok friemelt.

'Prima,' zegt ze snel. 'Ik ga dit weekend weer met hem uit.'

Fronsend bij haar opmerking, kijk ik haar vragend aan. 'Was dat jouw beslissing?' vraag ik. Er is iets mis met deze man en ik kan er mijn vinger niet op leggen wat het is. Ik weet alleen dat mijn klootzakmeter er nooit naast zit.

Ren haalt haar schouders op en friemelt nog steeds met haar mok. 'Ik had eigenlijk gehoopt om dit weekend te rusten. Ik weet het niet, ik voel me de laatste tijd echt uitgeput. Maar Andrew heeft een feestje waar hij namens het bedrijf naartoe gaat, dus hij zei me — vroeg of ik met hem mee wilde.'

Stevie, Sunday en ik wisselen allemaal een korte blik van verstandhouding uit, Ren versprak zich, en we hoorden het. Ik kijk naar mijn vriendin die normaal gesproken straalt als de zon. De laatste paar weken ziet ze er uitgeput uit. Donkere kringen onder haar ogen, rimpels van zorgen en zelfs haar haar ziet er dof uit.

'Babe,' zeg ik zachtjes terwijl ik over de tafel reik en haar hand stevig vasthoud. 'Je weet dat als je ons iets moet vertellen, je dat kunt doen. We houden van je.'

Rens ogen schieten omhoog en ze trekt zich terug van mijn aanraking alsof ik haar heb verbrand. 'Zeg dat soort gelul niet tegen mij,' sist ze terwijl ze haar stoel achteruit schuift om op te staan. 'Ik ben geen dom, hulpeloos meisje. Ik ben nota bene een fucking advocaat. Mijn moeder is chirurg, mijn vader is een rechter! Je hoeft me niet met medelijden aan te kijken. Ik moet gaan.'

Sunday staat op om achter Ren aan te gaan, maar ik hou haar tegen en schud mijn hoofd. Ik had Ren per ongeluk in een hoek gezet en ze zag geen andere uitweg. Nu achter haar aan gaan zou er alleen maar voor zorgen dat ze nog meer uithaalt. Als ik Rens Rav4 van de parkeerplaats weg zie rijden, haal ik adem. 'Denken we dat het fysiek is?'

Stevie neemt een slok van haar drankje. 'Misschien een duwtje, maar ik denk niet dat hij haar fysiek pijn doet, althans niet genoeg om haar lichaam te verbergen.'

Ik knik, dat is waar, Ren droeg een halter topje en een capri.

'Wie is hij ook alweer?' vraagt Sunday terwijl ze haar gespierde armen over elkaar slaat. Ik zie de woede in haar ogen, Sunday is een dame die niets pikt. Ik weet zeker dat ze hem graag met een knuppel te lijf zal gaan als dat nodig is.

'Andrew Cambridge.' Ik spuug zijn naam uit alsof het vergif is.

Stevie fronst haar donkere wenkbrauwen. 'Als in Cambridge, Prescott & Zonen?'

Ik druk mijn lippen tegen elkaar en knik. 'Ja, hij is een van de "zonen" en Rens baas.' De meiden kreunen allebei en ik knik weer. 'Ja, het is een absolute puinhoop.' Ik kijk naar mijn telefoon als hij trilt en zucht als ik het bericht zie.

> Ren: Het spijt me, en ik hou heel veel van jou en de meiden. Ik kan er nu gewoon niet over praten. Maar ik wil dat jullie drieën me een plezier doen.

> Ren: Wat jullie ook met elkaar bespreken is prima. Maar als je ook maar IETS om me geeft, vertel je het niet aan de jongens van Hels. Niemand van hen mag weten met wie ik samen ben.

> Ik: Zolang ik denk dat je veilig bent, zal ik mijn mond houden.

Ik schuif de telefoon naar het midden van de tafel zodat Stevie en Sunday het kunnen lezen. Ze kijken me allebei bezorgd aan en ik slaak een lange, vermoeide zucht. Zolang ze veilig is, zal ik mijn mond houden. Helaas heb ik niet het gevoel dat dat heel lang zal duren.

Fox kijkt nors naar me en de woede die van zijn gigantische lichaam afstraalt, is bijna te veel. 'Ik moet iets slaan,' gromt hij en ik geef hem een nerveuze glimlach.

'Wat dacht je van een dikke knuffel?' probeer ik, maar krijg alleen dezelfde blik.

Atlas slaat Fox op zijn blote rug. 'Ik vind het een briljant idee, Red!' Hij straalt terwijl hij zijn shirt uittrekt. 'Dus, mag ik kiezen wie me insmeert?' vraagt hij terwijl hij naar de mensen achter me kijkt die zich voorbereiden op de fotoshoot.

'Nee,' snauw ik terwijl ik in zijn borst prik. 'Auw,' mopper ik met mijn pijnlijke vinger zwaaiend.

Atlas grijnst en laat zijn borstspieren bewegen. 'Zo hard als een fucking rots, toch?'

Fox slaat hem op zijn kop voordat hij me boos aanstaart. Ik geef hem dezelfde blik en steek ook nog eens mijn tong naar hem uit. 'Je hebt hiermee ingestemd.' Ik glimlach vrolijk.

'Je hand had mijn pik vast, ik zou met alles hebben ingestemd,' gromt hij in mijn oor zodat Atlas het niet hoort en ik kan mijn lach niet onderdrukken. Het is waar, ik had hem gevraagd of hij bereid zou zijn om een fotoshoot te doen om de jongens en zo op social media te introduceren, terwijl ik op het punt stond om hem te pijpen. Hij was heel gedreven om ja te zeggen.

'Wie gaat mij nu insmeren…' zeurt Atlas en ik rol met mijn ogen.

'Omdat je je mond niet wil houden, zal Gale het doen,' snauw ik en wijs naar de zeventigjarige vrouw die moeite heeft om een pot te openen.

Atlas gnuift. 'Heb jij even pech, ik wilde dat het Gale was.'

Ik werp hem een blik toe die zegt dat hij zijn mond moet houden voordat ik naar Ash en Derek ga. Ik zie Ash met de fotograaf flirten. Ash is de kleinste van de vier mannen, dat betekent niet veel gezien het feit dat hij nog steeds langer dan één meter tachtig is en de lichaamsbouw van een zwemmer heeft. Hij en Atlas zijn de enige twee zonder tatoeages in hun nek. Het traditionele Japanse tatoeagewerk van Ash beslaat bijna elke centimeter van zijn lichaam. Prachtige kleuren en scènes van krijgers, draken en koivissen sieren zijn armen, rug en borst.

'Ash,' zeg ik nadat ik te lang heb gestaard. Het is moeilijk om dat niet te doen, de tatoeages van deze jongens zijn de beste die je ooit zult zien. Daarom dacht ik dat deze fotoshoot voor social media en de website het goed zou doen. Niet te vergeten, ze zijn allemaal zo aantrekkelijk als wat. 'Jij bent als eerste aan de beurt.' Ik glimlach en draai me dan om. 'Derek, jij bent…o shit.'

Nu realiseer ik me dat ik Derek nog nooit zonder shirt heb gezien. Hij is misschien zelfs wel beter gebouwd dan Atlas. Ik kijk naar zijn strakke buikspieren en keiharde borst. Ik kantel mijn hoofd bij zijn kunstwerk en voel een zwaarte als ik naar alles staar. Het is allemaal in zwart en grijs en alles gaat dood. Verwelkte bloemen, realistische schedels, rottend fruit, een gebroken zandloper. Zijn tatoeages waren… zo triest.

'Weet je,' gromt Fox laag van achter me en laat rillingen over mijn ruggengraat lopen, 'ik deel niet. En ik vind het niet leuk als mijn meisje naar andere mannen staart.'

Ik rol met mijn ogen en draai me naar hem toe. 'Ik staarde niet naar andere mannen. Ik had Dereks tatoeages nog nooit gezien. Ze zijn echt verdrietig.' Fox fronst en werpt zijn blik op Derek alsof hij naar de kunst van de man kijkt.

Hij grijnst en kijkt me aan. 'Baby doll, dat is precies het soort kunst dat hij op zijn lichaam zet. Zoals Ash strikt traditioneel Japans is en je vader negenennegentig procent traditioneel Amerikaans was. At en ik zijn de enige twee in de shop die verschillende tatoeages verzamelen.'

'Nou,' ik kijk naar hem op en hou mijn hoofd schuin, 'hoe heet dat van Derek? Want "rottend fruit" is niet een van de traditionele stijlen.'

'Het is Memento Mori kunst,' zegt Dereks norse stem vanaf zijn werkplek. Shit, heeft hij alles gehoord? Zijn donkere ogen ontmoeten de mijne en ik geef hem een verontschuldigende blik.

'Ze zijn echt mooi,' zeg ik en verberg dan mijn gezicht terwijl alle vier de mannen beginnen te lachen. Wat een dom iets om te zeggen. 'Oké!' foeter ik na een minuut. 'Genoeg met mij afzeiken. Laten we jullie jongens insmeren zodat jullie kunnen pronken.'

'Fox!'

Paniek vult me als ik Janies schreeuw van de andere kant van de shop hoor. Ik sta op om naar de showroom te rennen, maar voordat ik daar kom, rent mijn kleine roodharige naar het werkgebied. Ze rent naar me toe en springt, haar benen en armen slaan zich om me heen. Ik sla mijn handen om haar heen terwijl ik mezelf stabiliseer.

'Het is me gelukt! Het is me gelukt!' gilt ze steeds opnieuw.

Ze is van opwinding niet in staat om te stoppen met wiebelen. Ik weet niet waar ze het over heeft, maar ik kan niet stoppen met glimlachen. De afgelopen weken die zij en ik samen hebben doorgebracht als een "nieuw stelletje" zijn de beste weken van mijn leven geweest. En momenten zoals deze die we met elkaar kunnen delen betekenen meer voor me dan ik dacht dat het geval zou zijn.

'Wat is je gelukt, baby doll?' vraag ik met een grinnik terwijl ik haar neerzet. Haar blauwe ogen schitteren en haar kuiltjes zijn duidelijk te zien, het is een zeldzaamheid die ik koester telkens ik het geluk heb om ze te zien.

'Oké,' zegt ze terwijl ze kort ademhaalt. 'Weet je nog vorige week toen ik zei dat ik een korte video had geüpload waarin ik jullie introduceerde, en dat het viraal was gegaan? En die foto's zonder shirt?' Ik knik en zie dat Atlas, Ash en Derek nu om ons heen staan.

'Ja,' mompel ik. 'Ik denk dat we het ons allemaal herinneren, en ik herinner me dat we het er allemaal over eens waren om het niet meer te benoemen nadat we door Gale waren aangepakt.' Die oude vrouw was zo onschuldig. Ze kwam naar ons toe met haar trillende oude dameshanden, totdat ze de olie pakte en met haar zeer lichamelijke massage begon, waarna we ons alle vier erg vies voelden.

'Ja, ja,' zegt Janie afwijzend met haar hand wuivend. 'Nou, ik had pre-orders aangekondigd op de eerste van de nieuwe design merchandise voor de shop, met het plaatje dat ik had getekend. We zijn met alleen de pre-orders al uitverkocht.' Ik kijk toe hoe ze gillend op en neer stuitert. 'Ze vinden mijn tekening goed, Fox! Het is me gelukt!' Ik lach terwijl ik mijn armen strak om haar heen sla en haar platdruk.

'Dat is geweldig, baby doll! Ik ben zo trots op je!' Ik laat haar los en ze knuffelt om de beurt elk van de jongens.

'Dit is nog maar het begin! Dus Atlas, we gaan dit design uitbrengen, en over twee weken hebben jullie de conventie in Florida, dus we zullen teasers maken voor dat ontwerp om mensen klaar en geïnteresseerd te krijgen in de conventie. En omdat we dat doen, en nu een grote aanhang hebben, compenseert het congrescentrum jullie kamers. Dat betekent dat je je op je best moet gedragen.' Ze zegt het laatste deel in haar berispende moederstem terwijl ze naar Atlas en Ash staart, die haar allebei onschuldige blikken geven.

'Wat?' vraagt Atlas, waarmee hij een klap op zijn borst verdient.

'Geen strippers, geen feestjes. Ik heb gehoord wat er met jullie in Vegas is gebeurd nadat Fox was vertrokken.'

'Wat er in Vegas gebeurt, blijf—' De mond van Ash klapt dicht bij de waarschuwende blik die Janie hem geeft.

'Goed, nu moet ik naar dansles met Ren.' Ze gaat op haar tenen staan en geeft me een zachte kus, waardoor de jongens kusgeluiden achter ons maken.

'Dus, wat voor soort dans leren jullie meisjes?' vraag ik terwijl ze haar tas pakt.

'Paaldansen,' zegt ze simpelweg en geeft me nog een laatste kus voordat ze naar buiten loopt, waardoor ik verbijsterd achterblijf.

'Wacht…' Atlas kijkt van de deur waar Janie net doorheen liep naar mij. 'Paal? Zoals strippers?'

Ik knipper meerdere keren en schud mijn hoofd. 'Nee.' Ik grinnik aarzelend en kijk achterom naar de deur.

'Echt niet dat zij en Ren stripteaselessen volgen... Ik bedoel, ze is sinds we samen zijn naar vier van die lessen geweest. Dat zou ze me hebben verteld...toch?'

Derek haalt zijn schouders op terwijl hij een fles water uit onze mini-koelkast pakt. 'Ze is volwassen. Misschien heeft ze niet het gevoel dat ze het je moet vertellen.'

Ik rol met mijn ogen bij zijn opmerking. 'Tuurlijk moet ze het me niet vertellen. Ik denk gewoon dat ik het nu wel zou hebben geweten.'

'O?' grinnikt Atlas. 'Je bedoelt dat ze je niet heeft gevraagd om een paal in je slaapkamer te zetten?' Ik stomp op zijn arm voordat ik de bel hoor klinken.

'Ik reken later wel met jou af,' brom ik terwijl ik naar voren ga om de klant te helpen.

'Dus, de dingen met jou en Janie lijken goed te gaan,' mijmert Atlas terwijl hij en ik de shop opruimen. Derek en Ash zijn al weg, dus het is een zeldzaam moment dat hij en ik alleen hadden.

'Ja.' ik kan het niet helpen dat ik begin te lachen. 'Ze is echt geweldig.'

Atlas maakt een kokhalzend geluid voordat hij op zijn stoel gaat zitten. 'Ik ben echt blij voor je. Ik ben blij dat jullie eindelijk hebben toegegeven dat jullie verliefd zijn.'

Mijn hele lichaam verstijft en ik voel koud zweet over me heen stromen.

Verliefd?

'Ik heb nooit iets over liefde gezegd, broeder,' zeg ik zachtjes terwijl ik mijn angst voel toenemen.

Atlas lacht. 'Juist ja, kijk je dan zo naar elk meisje dat je neukt?' Ik kijk hem kwaad aan, wat alleen maar zijn punt lijkt te bevestigen. 'Dus? Je hebt het haar gewoon nog niet verteld?'

'Er valt niets te vertellen,' mopper ik terwijl ik op mijn eigen stoel ga zitten. 'Liefde maakt geen deel uit van wat zij en ik hebben. Ik vind haar leuk, ik vind het fijn om bij haar te zijn, en dat moet genoeg zijn. Liefde, het huwelijk en al dat soort dingen zijn niet voor ons weggelegd.'

Ik zie een serieuze blik over het gezicht van Atlas gaan en het is een beetje verrassend. Ik ben het niet gewend om iets anders dan zijn ontspannen, vrolijke uitdrukking te zien. 'Waarom niet? Omdat je zo oud bent en je bejaard zult zijn voordat je kinderen op de basisschool zitten.'

Mijn gezicht betrekt. 'Nee, jij fucking lul!' Ik gooi een kussen naar hem toe voordat ik zucht. 'Ik heb het gewoon niet in me om verliefd te worden. Om weer liefde in mijn buurt toe te laten.'

'O mijn god,' kreunt Atlas terwijl hij naar het plafond kijkt. 'Gast, hoe verdomd kapot ben je achter al dat flanel en haar?'

'Fuck off!' schreeuw ik defensief.

Atlas schudt zijn hoofd. 'Alleen omdat je weigert het toe te geven, wil nog niet zeggen dat het niet waar is. Als je een lafaard wil zijn met Red, dan is dat jouw keuze. Het is gewoon triest omdat ze zal verwachten dat je op een gegeven moment op zijn minst van haar houdt, en als je dat zwakke excuus bij haar gebruikt, dan zul je haar hart breken.'

'Dat moet jij zeggen, weigeren om dingen toe te geven,' mompel ik meer bij mezelf, maar Atlas hoort me.

'Als je het gaat zeggen, zeg het dan hardop,' zegt hij nonchalant terwijl hij naar de tegels op de vloer staart.

'Prima,' verzucht ik. 'Je voelt iets voor Ren, maar ik zie je er niet naar handelen.'

'Nee, zo zit het niet. Lauren is gewoon —' Hij is even stil terwijl hij in de verte kijkt alsof hij iets bewondert dat hij nooit zou kunnen hebben. Hij slaakt een zucht en ik zie zijn schouders zakken terwijl hij weer spreekt. 'Ze is briljant, een advocaat en stijlvol. Zij en ik kunnen —' Hij stopt, kijkt naar me op, en mijn grijns wordt breder.

'Kunnen nooit wat, At? Kunnen nooit verliefd worden? Trouwen?'

Atlas steekt zijn middelvinger naar me op en schudt zijn hoofd. 'Het verschil is dat Ren en ik niets zijn. Het is nooit iets geweest. Zal nooit iets zijn. Ik vind haar niet op *die* manier leuk.' Zijn ogen kijken weer in de verte, terwijl hij mompelt, 'Trouwens, ze is met iemand anders.'

Ik rol met mijn ogen. 'Ja, met een fucking waardeloos stuk stront.'

Het hoofd van Atlas schiet zo snel omhoog dat ik niet kan geloven dat hij zijn nek niet heeft gebroken. 'Wat?' Zijn stem is laag, bijna moordlustig.

'Rustig maar, ik weet alleen dat ze uitgaat met die Cambridge-gast van het advocatenkantoor.' Ik zie dat Atlas' uitdrukking onveranderd blijft.

'De klootzak die haar vorig jaar aan het huilen maakte omdat hij haar dik varken had genoemd? Is HIJ degene met wie ze uitgaat? Wat is er verdomme met haar aan de hand? Waarom heeft geen van de meiden iets tegen haar gezegd?' Atlas is nu aan het ijsberen, zijn neusvleugels trillen met elke boze adem die hij uitblaast.

'At,' zeg ik, terwijl ik hem probeer te kalmeren. 'Ren is volwassen. En ze is een stoere meid, als die klootzak met haar uitgaat, weet ik zeker dat hij veel heeft moeten kruipen.'

Er is even stilte tussen ons voordat Atlas zucht. 'Dus, als jullie gaan trouwen, zorg dan dat ze voor een bruiloft in de herfst kiest, want ik draag zeker geen smoking in juli.'

27

Janie

Juffrouw Pierce,

Mijn naam is Brandon Stephens; ik ben de manager van 'Bliss Trips' — de grootste reis-influencer in de Verenigde Staten. We hebben elkaar een paar maanden geleden op de meet-and-greet gesproken. We hebben je werk voor het bedrijf Hels Ink gezien en zijn bekend met je vroegere aanwezigheid op social media als Jai. Ik stuur je een e-mail om je een positie aan te bieden als een van onze reis-influencers. Ik heb je foto's en werk al tijdens onze laatste vergadering aan de CEO laten zien; ze was net zo onder de indruk als ik. Je hebt de exacte look waar we naar op zoek zijn en de leuke persoonlijkheid.

We ontmoeten je graag als je geïnteresseerd bent om eens af te spreken voor een sollicitatiegesprek. Onze CEO is ouderwets en gelooft in "persoonlijke" gesprekken. Onze vestiging is in Chicago, als dit iets is wat je interesse wekt om in verder te gaan, zouden we je er graag bij willen hebben en we zullen met plezier je de hotelkosten vergoeden.

Voel je vrij om me op elk moment te bellen met vragen of om een datum voor het gesprek vast te leggen.

Hoogachtend,

Brandon Stephens
'Bliss Trips'

Ik weet niet hoe vaak ik de e-mail heb gelezen. In de dubbele cijfers, dat is zeker. Eerder dit jaar zou het ontvangen van deze e-mail van Bliss Trips mijn droom zijn geweest. Dus waarom blijf ik het dan telkens opnieuw lezen, me elke keer meer misselijk voelend?

'Heb je het aan Fox verteld?' vraagt Sunday vanaf haar plek op Rens bank. Zij, Ren en ik zouden naar een gemeenschapsprogramma gaan waar Ren het hoofd van was, maar voordat we konden vertrekken, ontving ik de e-mail en wilde ik dat zij me vertelden wat ik moest doen.

Ik schud mijn hoofd. 'Nee, ik heb het vijf minuten voordat ik het jullie vertelde ontvangen.'

Ren lacht even. 'Ze bedoelde, heb je dit überhaupt tegen hem gezegd? Dat je interesse hebt getoond om dit te doen.'

'O,' fluister ik terwijl ik op mijn duimnagel bijt. Ik voel mijn trillingen opkomen als mijn onrust begint op te bouwen. 'Nee, ik… ik bedoel ik heb het tijdens de meet-and-greet ingevuld en ben het toen vergeten.'

Sunday gaat rechtop zitten en kijkt me aan. 'Nou, wat ga je doen? Ik bedoel, een reis-influencer…betekent dat dat je veel weg zult zijn?'

'Meestal drie weken per maand,' fluister ik aan de reis-influencers denkend die ik in het verleden heb ontmoet. 'Soms langer, afhankelijk van waar ik heen zou gaan, waarover het stuk gaat en of ze het nodig vinden dat ik om een of andere reden terug moet naar Chicago.'

Ren fluit naar Bruno zodat hij zijn eten kan opeten. 'Nou,' zucht ze en draait haar vermoeide ogen naar me toe. Valt ze af? Ze ziet er vreselijk uit. 'Die reis-influencers verdienen veel geld als ze bij een bureau als Bliss Trips kunnen tekenen. Bovendien krijg je iets van de wereld te zien, en bouw je je aanwezigheid op social media weer op.'

'Maar je zou Fox niet hebben,' zegt Sunday en ik huiver. Fox niet hebben zou me kapot maken, en ik weet waarom, het is omdat ik verliefd op hem word. Ik weet het al een tijdje, maar de avond van de kermis, toen hij met me had gedanst…het liet alles op zijn plaats vallen.

'Ik ga niet bij Fox weg,' zeg ik, meer tegen mezelf dan tegen de meiden. 'Niets is het waard dat ik hem verlaat.'

Ik grijns breed terwijl ik op het bed zit en toekijk hoe Fox een handdoek door zijn net gedouchte haar haalt.

'Wat?' Hij lacht terwijl hij naar me kijkt en me een volledig zicht geeft op zijn ontblote borst en bovenlijf, de rest van hem is met een blauwe handdoek bedekt.

'Dat is mijn favoriet.' Ik lach terwijl ik mijn hand uitsteek en in de kleine tatoeage prik van een Japanse kat die een kom ramen op zijn ribben eet.

Fox kreunt terwijl hij gaat zitten en achterover op het bed rust. 'Van alle stoere tatoeages in die fucking kauwgomballenmachine, kreeg ik net die.'

Toen ik ongeveer achttien was, hadden pap en Fox een vriendschappelijke wedstrijd en de verliezer moest een tatoeage uit de gevreesde kauwgomballenmachine halen. Pap had een oude kauwgomballenmachine waarin hij een heleboel plastic balletjes met tatoeage stencils had gestoken. Je moest dan vijftig dollar betalen en kreeg wat erop stond. Het was een leuk idee, maar het kreeg nooit veel animo, waarvan ik had gezegd dat het was omdat het allemaal ouderwetse tatoeages waren. Er was niets om andere mensen mee aan te trekken.

'Ja, daarover gesproken,' grijns ik terwijl ik naar hem staar. 'Het zou kunnen dat ik die veranderd heb, de avond dat je verloren had.'

Fox had de weddenschap tegen pap verloren, en nadat Fox die avond was vertrokken, waren papa en ik in de shop gebleven en hadden we de machine geleegd, waarbij alle ballen door super meisjesachtige of ongepaste kunst werden vervangen.

'Wees blij dat je er een van mij hebt. Pap had een kat getekend die een magneet vasthield.'

Fox houdt zijn hoofd schuin voordat het kwartje valt. 'Poesjesmagneet?'

Ik lach luid terwijl ik zijn borst kus voordat ik me een weg naar zijn buik baan. Zijn buik is stevig, niet strak, maar nog steeds gespierd. Ik laat mijn tong over het haar glijden dat van zijn navel naar waar de handdoek rust gaat en glimlach als hij sist.

'Fuckkk, Janie.'

Ik grijns terwijl ik zijn handdoek losmaak en hem volledig aan me blootstel. Ik staar naar zijn stijve pik en lik aan mijn lippen. Terwijl ik zijn eikel kus, inhaleert Fox scherp. Ik glimlach terwijl ik mijn tong rond de eikel draai, wat me een laag gekreun oplevert. Ik ga schrijlings op zijn benen zitten terwijl ik de haarband van mijn pols pak en losjes rond mijn krullen wikkel voordat ik mijn hand om zijn pik sla en er stevig in knijp en dan langzaam pomp.

'Je gaat me vermoorden met dit geplaag,' fluistert hij terwijl hij zijn handen over mijn dijen laat gaan.

Ik buig me voorover en geef zijn eikel nog een lik voordat ik hem langs mijn lippen laat glijden.

'Shit!' Hij snakt naar adem en grijpt mijn dijen steviger vast terwijl ik meer van hem naar binnen laat glijden. Ik begin aan het deel van zijn schacht te trekken dat ik niet in mijn mond kan krijgen terwijl ik mijn hoofd op en neer beweeg, aan zijn pik zuig en mijn tong rond zijn eikel laat gaan. Zijn gekreun verandert in korte kreten, hij houdt niet langer mijn dijen vast, maar in plaats daarvan zitten zijn handen in mijn krullen terwijl hij me op en neer begint te leiden.

'Stop,' hijgt hij en trekt aan mijn haar. De trekkracht zorgt ervoor dat zijn pik uit mijn mond plopt en ik grom van ergernis. 'Ik stond op het punt om klaar te komen,' zegt hij tussen twee hijgen door.

'En?' vraag ik, nog steeds erg geïrriteerd dat ik hem niet heb kunnen laten komen.

'En.' Fox slaat zijn benen om de mijne, en in één snelle beweging ligt hij bovenop me terwijl zijn hand zich een weg over mijn hals en over mijn borst baant en mijn harde tepel door mijn tanktop wrijft. 'Ik moet je voelen.' Ik laat een gejammer horen en duw mijn borsten verder in zijn grote hand.

'Fox,' fluister ik terwijl ik mijn armen om zijn nek sla en mijn vingers door zijn haar laat glijden. 'Ik wil het deze keer zacht.' Ik laat hem mijn broek uitdoen. Hij staart me aan en fronst zijn voorhoofd.

'Wat bedoel je?'

'Ik wil…' *Dat je de liefde met me bedrijft.* Dat kan ik niet zeggen, want dan gaat hij ervandoor. Terwijl ik op mijn lip kauw, denk ik na over de juiste woorden voordat ik hem weer aankijk. 'Ik wil het deze keer, zachter…liever.'

Hij heeft een blik van angst op zijn gezicht, maar hij knikt terwijl hij mijn spleet scheidt en zijn kloppende pik tegen mijn ingang houdt. Als hij eenmaal op de juiste hoogte is, vinden zijn ogen de mijne weer. Ik staar naar hem en laat een luid gekreun ontsnappen als hij me volledig vult.

Ik zie zijn uitdrukking veranderen in een soort shock terwijl hij elk deel van mijn gezicht in zich opneemt.

'Wat?' zeg ik bijna geluidloos terwijl ik mijn heupen tegen de zijne beweeg. Ik kijk naar de bijna gepijnigde blik op zijn gezicht terwijl hij naar me toe leunt om me te kussen.

'Je bent zo fucking mooi,' kreunt hij tegen mijn lippen. 'Ik zie het elke dag, als ik naar je kijk met de lust en het genot in je ogen, de manier waarop je mond zich opent met elke stoot die ik in je duw.' Om dat te benadrukken, stoot hij zich meerdere keren tot aan zijn schacht in me. 'Maar eigenlijk, het is de manier waarop jij naar me kijkt. Het is…het is bijna te veel.' Hij lacht een beetje voordat hij weer in me stoot, en luid gromt terwijl ik mijn wanden om zijn pik samenknijp en zijn stoten tegemoetkom.

'Hoe,' hijg ik en krom mijn rug. 'Hoe kijk ik naar je…o — ja daar.' Een gejammer ontsnapt aan mijn mond terwijl ik mijn nagels in zijn stevige schouderbladen graaf.

Hij antwoordt niet, hij blijft gewoon naar me staren en ik vind het prima. De manier waarop hij naar me staart, alsof ik een kostbare schat ben, is allesoverheersend. Ik kan hem in mijn hoofd, lichaam en ziel voelen.

'Fox,' pers ik eruit als ik voel dat ik er bijna ben. Ga ik het echt zeggen? Ik open mijn mond om te spreken. Ik zie de blik van bijna paniek in zijn ogen en in een oogwenk vangt hij mijn lippen. Ik laat het meest gepassioneerde gekreun ooit horen terwijl hij me met zijn zaad vult. Zijn ruwe bewegingen sturen me over de rand en ik schreeuw het uit terwijl ik mijn eigen ontlading vind en hem stevig vastgrijp.

Terwijl we weer naar beneden komen, met onze lippen nog steeds op elkaar, tongen die dansen – besluit ik om wat ik wilde zeggen onuitgesproken te laten. Dit, op dit moment, wij…we zijn perfect, en ik wil er gewoon van genieten.

Ik word kreunend wakker en glimlach zachtjes terwijl ik het vertrouwde gewicht van Fox op mijn borst voel. Ik kijk naar beneden en zie hem op mijn blote borst liggen, zijn haar ligt over zijn gezicht. Hij ziet er zo vredig uit. Ik haat het dat ik moet bewegen, maar…ik moet echt plassen.

Ik glij net onder hem vandaan als Winston het bed op klimt en naar me staart. Ik aai zijn hoofd om te voorkomen dat hij een luide miauw laat horen voordat ik naar de badkamer loop.

'Waar ga je heen?' bromt Fox, nog half slapend. Mijn lichaam verstijft en ik houd mijn hart vast terwijl ik me omdraai om naar hem te staren.

'Ik moet gewoon plassen, hoewel ik dankzij jou bijna in mijn broek heb geplast.' Hij laat een slaperige lach horen die superschattig zou zijn als ik niet op het punt stond om in mijn broek te plassen. 'Ik krijg honger, dus je moet erover nadenken om me te voeden.' Hij zwaait lui naar me terwijl ik de slaapkamer uitloop. Net als ik ga zitten, hoor ik mijn telefoon afgaan en kreun. 'Kun je even opnemen en vragen of ze even kunnen wachten?' roep ik en glimlach terwijl ik hem hoor mopperen dat hij moet opstaan.

Nadat ik mijn handen heb gewassen en een shirt heb gepakt dat aan de badkamerdeur hing, trek ik het aan en loop terug naar de slaapkamer om Fox op de rand van het bed te zien zitten, terwijl hij naar mijn telefoon staart. De spier in zijn kaak tikt als een gek.

'Wie was dat?' fluister ik, onzeker over waarom de kamer plotseling zo zwaar aanvoelt.

Fox kijkt me aan, en…waarom ziet hij er gekwetst uit? Ik kijk hem aan en dan weer terug naar mijn telefoon.

'Fox?' zeg ik en voel mijn angst weer toenemen.

Fox schudt zichzelf uit alle gedachten die door zijn hoofd gaan voordat hij zijn hand uitsteekt en me mijn telefoon geeft. 'Brandon Stephens heeft gebeld.' Zijn stem is hees en afstandelijk.

Mijn hart zakt in mijn schoenen. En ik kijk in angst toe terwijl Fox gaat staan en kleren begint aan te trekken.

'W-wat zei hij?' vraag ik voorzichtig terwijl hij zijn spijkerbroek ruw optrekt.

Fox gaat met zijn handen door zijn haar, pakt een haarelastiekje van zijn nachtkastje en trekt zijn haar naar achteren. Hij laat een droge lach horen. 'Nou, hij wil weten of je voor je vlucht naar Chicago de voorkeur hebt voor een plek bij het raam.'

Shit.

'Fox…' zeg ik kalm terwijl ik mijn trillende handen uitsteek. 'Wacht, die man loopt op de zaken vooruit, oké? Ik heb nooit bevestigd dat ik naar Chicago zou gaan om hen te ontmoeten.'

Zijn bruine ogen kijken naar me, en ze kijken…gekwetst. 'Maar je wist van de baan, je dacht erover om te gaan en je hebt niet de moeite genomen om het mij te vertellen?'

'God,' kreun ik van frustratie. 'Nee, oké…stop gewoon even met praten. Toen je in Vegas was en ik naar de meet-and-greet ging, was Bliss Trips het enige bedrijf dat me vijf minuten de tijd gaf. Dus ja, ik heb met ze gesproken over een mogelijke baan. Maar Fox, dat was voordat jij en ik…' Mijn ogen worden zacht en ik pak zijn hand. 'Ik heb nooit meer iets van ze gehoord, ik was ze helemaal vergeten tot hij me vanmorgen een e-mail stuurde toen ik bij Sunday en Ren was.'

Fox staart me even aan voordat hij uitademt. 'Wil je gaan?'

Ik kijk hem aan en glimlach terwijl ik een hand aan weerszijden van zijn gezicht leg. 'Fox, ik heb echte gevoelens voor je, en het laatste wat ik zou willen doen is onze toekomst in gevaar brengen vanwege een domme baan als influencer. Ik wil bij jou zijn.'

De blik op zijn gezicht is geen opluchting, eerder schuldgevoel. Het is er, slechts voor een seconde voordat hij me een glimlach geeft en me op mijn hoofd kust. 'Kom op, baby doll, laten we iets te eten voor je regelen.'

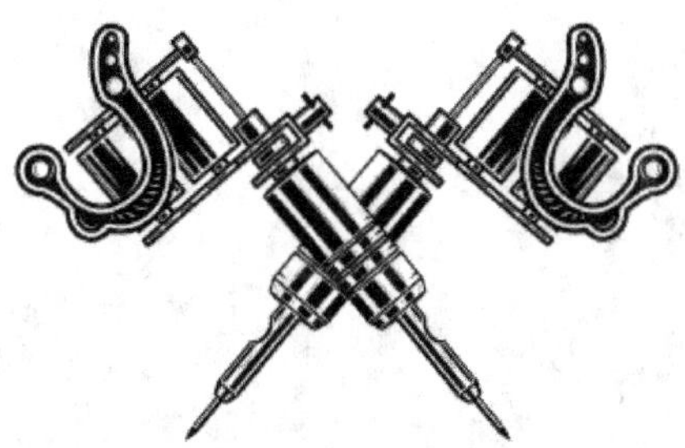

28

Fox

'OKÉ, JONGENS, LACHEN!' ZEGT JANIE TERWIJL ZE HAAR TELEFOON naar voren houdt om een foto te maken van Atlas, Ash, Derek en mij terwijl we voor de bagageband op de luchthaven van Miami staan. Ze lijkt ontevreden te zijn met onze halve glimlach, half grimas, maar kiest ervoor om stil te blijven. Het is een vermoeiende dag geweest. De vliegreis duurde ongeveer zes uur en ik heb de armleuning gedurende twee van hen met witte knokkels vastgehouden toen we door een "milde onweersbui" gingen, zoals de piloot het noemde. Ondertussen was ons vliegtuig aan het schudden en aan het vallen. Iedereen zei dat ik overdreef toen ik verklaarde dat ik naar Los Angeles terug ga rijden, maar ik maakte geen grapje.

Naast de helse vlucht, ligt Florida drie uur op ons voor, dus hoewel het zes uur onze tijd is, is het hier nu negen uur. We hebben allemaal honger, maar Janie weigert luchthavenvoedsel te eten en zegt dat het zal eindigen in voedselvergiftiging. Maar op dit moment heb ik zo'n honger dat ik zo uit de prullenbak kan eten.

'Mama J…' Ik rol met mijn ogen bij het gejammer dat van Atlas komt. Hij loopt naar voren en laat zijn hoofd op Janies schouder rusten, wat enig hurken en bukken vereist om voor elkaar te krijgen.

'Ja, Atlas, ik weet dat jullie allemaal moe en hongerig zijn.' Ze slaakt een zucht terwijl ze van haar telefoon opkijkt. 'Oké, onze Uber staat voor de deur. Laten we naar het hotel gaan, en ik heb al bestellingen bij het hotel geplaatst om eten in onze kamers klaar te zetten.'

De drie mannen en ik wisselen allemaal blikken uit alsof we hetzelfde denken; Janie is precies wat er elke keer ontbrak als we naar een conventie gingen. Ik wrijf over mijn borst als de pijn terugkeert. Deze pijn voel ik al de hele week. Eerst dacht ik dat het brandend maagzuur was, daarna een hartaanval. Eigenlijk ben ik er nog steeds van overtuigd dat het een aanval op mijn hart is. Maar niet in de medische zin. Ik ga ervoor zorgen dat Janie naar Chicago gaat, nadat deze conventie voorbij is, ga ik haar uitleggen dat ze de baan daar moet nemen omdat ik haar daar op geen enkele manier van kan weerhouden als de enige reden dat ze in Californië blijft haar hoop op een romantische toekomst met mij is.

'Kom op, jongens,' zegt ze met een vermoeide glimlach. 'Laten we gaan.' We pakken onze koffers en ik pak die van Janie ook voordat we het vliegveld verlaten.

Janie en ik praten niet veel, niet omdat we ruzie hebben gehad of zo, maar ik denk dat ik afstand heb genomen om me op het onvermijdelijke voor te bereiden en ze heeft het waarschijnlijk opgepikt. Ik ben tot laat in Hels gebleven of viel op de bank in slaap in plaats van in ons bed.

Verdomme, wanneer ben ik begonnen met dingen "van ons" te noemen?

Ik wil dat ze blijft. God weet dat ik dat wil. Maar ik kan haar niet dwingen. Deze baan is een geweldige kans voor haar, en ik zal niet de reden zijn waarom ze hem niet aanneemt. Ik ga niet naar haar kijken en haar wrok zien. Dat heb ik in mijn leven al genoeg meegemaakt. Ik kan haar niet bij me laten blijven in de hoop dat ik van haar kan houden op de manier waarop ze het verdient om bemind te worden.

Ik hou van haar…denk ik. Maar dat betekent alleen dat ik dit moet verbreken. Wat als ik haar vertel dat ik van haar hou, en ze bij me blijft en ik dan alles verkloot, wat een zekerheid is. Als dat gebeurt en ze zou haar toekomst op hebben gegeven en dan helemaal opnieuw moeten beginnen…hoe zou ik dan beter zijn dan die paarsharige klootzak van een Brody?

Ik draai mijn hoofd naar Janie. Ze legt Ash de verschillende merchandise uit die ze voor de conventie heeft meegenomen. Ik kan zien hoe opgewonden ze is om erover te praten door de snelheid waarmee haar handen bewegen. God, ik ben verliefd op haar, en doen wat ik moet doen om haar op de lange termijn gelukkig te maken, gaat me verdomme vernietigen. Maar ik ben bereid om die pijn te ondergaan als het betekent dat zij in staat is om gelukkig te zijn.

Janie gebruikt haar sleutelkaart en laat ons in onze kamer. Ik zet mijn koffers neer en kijk om me heen. Het is een mooie suite. Schoon en modern met een balkon waarvan ik zeker weet dat het op de oceaan uitkijkt, nu is het buiten echter zwart, dus zal ik 's ochtends van dat uitzicht moeten genieten. Ik kijk naar het enige bed en zou deels willen dat het er twee waren.

'Het eten zou hier snel moeten zijn.' Janies stem is zacht en klein, het tegenovergestelde van hoe ze met de jongens was. 'Ik was van plan te gaan douchen, tenzij jij eerst wil.'

Ik wil heel graag douchen, maar ik schud mijn hoofd. 'Ga jij maar alvast. Ik ga eerst mijn mails checken.' Leugens. Ik heb geen ongelezen e-mails. Ik zat het grootste deel van de reis aan mijn telefoon gekluisterd. Dat was op de momenten dat ik niet bang was om in een klein sardineblikje naar de aarde te vallen.

Ik kan zien dat ze weet dat ik lieg wanneer ze lief glimlacht en knikt. 'Oké, bedankt.'

Zodra ik de badkamerdeur hoor sluiten en het water aangaat, laat ik een diepe ademteug los terwijl ik naar het balkon loop. Ik kan de oceaan dan misschien niet zien, maar ik kan het horen en ruiken en NIET Janie ruiken, wat op dit moment erg belangrijk is. Ik adem de zoute lucht in terwijl ik buiten op de stoel zit. Ik staar naar mijn telefoon en kijk naar de foto die ik op het vergrendelingsscherm heb staan. Het zijn Janie en ik. Ze ligt op mijn rug en grijnst over mijn schouder als het gelukkigste kind met Kerstmis, terwijl ze mijn gezicht met één hand vast heeft om mijn lippen in een vissenmond samen te knijpen. Het is waarschijnlijk mijn favoriete foto. Elke keer als ik ernaar kijk, kan ik niet anders dan glimlachen. Ik wil meer van die foto's. Ik wil meer herinneringen aan haar…met haar.

Ik haat het dat het tot dit punt is gekomen, en zo snel. Ik heb zoveel tijd besteed aan het ontkennen van mijn gevoelens, doen alsof ik haar haatte dat ik zoveel tussen ons heb verspild. Ik denk terug aan haar verjaardag in de club, toen ze me ten dans had gevraagd.

'Zelfs niet als er een meteoor recht op ons afkwam en dansen de enige manier was om de hele mensheid te redden.'

Godverdomme, waarom heb ik toen niet met haar gedanst? Waarom had ik haar niet de eerste keer dat ik de drang voelde gekust? Waarom vertel ik haar nog steeds niet alles wat er in me omgaat?

Ik hoor de badkamerdeur opengaan en steek snel mijn telefoon in mijn zak voordat ik opsta.

Als ik uit de badkamer stap na een broodnodige ijsdouche, komt de geur van hot wings mijn neus binnen. Ik trek mijn wenkbrauw op terwijl ik naar Janie kijk.

'Je hebt toch een hekel aan hot wings?' zeg ik terwijl ik mijn shirt pak en het aantrek voordat ik naast haar op de loveseat ga zitten.

'Ik weet het, maar jij vindt ze lekker en het was een zware dag, dus ik dacht dat je hier wel van zou genieten. En kijk!' Ik staar vol ongeloof terwijl ze de kleine koelkast opent en een bakje tevoorschijn haalt. 'Ze hadden pindakaastaart!' Ik kijk toe hoe haar glimlach een beetje afzwakt. 'Het is…je favoriet, toch?'

Het is mijn favoriet. Mijn favoriete maaltijd, dessert, en ze heeft mijn favoriete bier — Modelo — naast mijn eten neergezet.

'Waarom doe je dit?'

Ze krimpt ineen en ik realiseer me dat dat er misschien iets bruter uit is gekomen dan ik van plan was. Ze zet het bakje met de taart terug in de koelkast.

'Ik ben je vriendin. Vriendinnen doen aardige dingen.'

'Janie…' Ze krimpt weer ineen. Maar het is meer dan ineenkrimpen, haar ogen worden glazig en haar onderlip begint te trillen.

'Ik – je noemt me nooit Janie, tenzij het slecht is.' Er zit een trilling in haar stem en ik haat mezelf dat ik daar de oorzaak van ben.

'Er zit een ticket in je tas naar Chicago,' zeg ik en neem een grote slok van het bier.

'Ik weet het,' fluistert ze en ik verstijf, mijn bierfles nog steeds aan mijn lippen.

Ik kijk haar aan en trek een wenkbrauw op. 'Je weet het? Wanneer?'

'Brandon belde me gisteren om het te bevestigen. Ik was eerst in de war, maar je had Hels e-mailadres voor de bevestiging van de luchtvaartmaatschappij gebruikt. Dus ik heb het gezien.' Haar armen slaan zich om haar buik alsof ze zichzelf probeert vast te houden.

'Je gaat naar Chicago,' zeg ik zo gelijkmatig als ik kan, hoewel ik van binnen allesbehalve kalm ben.

'Niet als je zegt dat ik moet blijven,' fluistert ze en ze kijkt me niet aan.

'Wat?' Haar hele lichaam trilt nu, en het enige wat ik wil doen is haar in mijn armen nemen en haar kalmeren. Maar ik kan het niet, ik moet dit afhandelen zodat ze verder kan. Wat bij mij nooit zal gebeuren. Ik zal voor altijd vastzitten in het gevoel dat ik alles heb moeten opgeven omdat ik niet genoeg ben.

'Zeg me dat ik niet moet gaan, Fox,' zegt haar zachte, krakende stem smekend. 'Zeg me dat je bij me wilt blijven en dat ik met jou naar Californië moet terugkeren. Zeg me dat ik niet de enige ben die hier verliefd word. Zeg me dat je voor ons de mogelijkheid van een geweldige toekomst ziet. Vertel het me en ik zal naar huis gaan en het nooit meer over Chicago hebben.'

Ik moet er als een idioot uitzien. Ik voel mijn mond opengaan. Ik heb het warm en koud op hetzelfde moment, en ik ben er vrij zeker van dat ik op dit punt begin te beven.

Ze wordt verliefd op me. Janie Pierce, de snotaap vastbesloten om mijn gezworen aartsvijand te zijn en van mijn leven een levende hel te maken – zit naast me, met tranen die over haar wangen lopen, mij te smeken om haar te vertellen dat ik hetzelfde voor haar voel en dat ze niet moet gaan.

Zeg me dat ik niet moet gaan.

'Dat kan ik niet, Janie,' lukt me om eruit te persen, hoewel ik het gevoel heb dat iemand mijn keel dichtknijpt. 'Ik kan je niet vertellen dat je niet moet gaan —'

'Dat kun je wel!' zegt ze door een snik heen. Ze klemt haar kleine handen om de mijne en drukt mijn handpalm tegen haar borst.

Ik voel haar arme hart net zo hard en snel kloppen als het mijne.

'Je kunt het tegen me zeggen, Fox! Je houdt ervan om me rond te commanderen. Vertel me gewoon dat je verlie—'

'Dat kan ik niet,' zeg ik streng en trek mijn hand bij haar hart weg. 'Janie, ik kan niet zeggen wat je wilt dat ik zeg. Ik kan niet zeggen dat ik verliefd op je word en dat je moet blijven.' Haar nabijheid is verstikkend. Ik sta op en creëer wat ruimte tussen ons in.

Ik draai me om en kijk naar haar gezicht en God, laat me alsjeblieft die woorden terugnemen. Maar ik kan het niet. Je kunt een belletje dat je hebt laten rinkelen niet meer niet laten rinkelen. De blik van verwoesting en afwijzing die haar gelaatstrekken overneemt, is genoeg om mezelf in elkaar te slaan omdat ik haar deze pijn heb bezorgd.

'O.' Haar stem is zo zwak, dat ik niet zeker weet of ze de woorden echt zegt of dat ik me ze heb ingebeeld. Ik zie dat ze probeert te glimlachen, maar haar mond wil niet meewerken. 'Nou, dat verandert de dingen dan, nietwaar?' Ik kijk toe hoe ze haar handpalmen aan haar legging afveegt voordat ze gaat staan en naar haar tassen gaat.

'Wat ga je doen?' vraag ik als ze haar rugzak omdoet.

Ze weigert naar me op te kijken terwijl ze haar spullen pakt. 'Ik ga een andere kamer nemen.'

'Wat? Nee! Janie, wacht —' Ik stop mezelf terwijl ze eindelijk met een verbrijzelde blik naar me opkijkt. Ik wist niet dat ogen konden verbrijzelen, en het is iets wat ik liever niet had geweten.

'Welterusten, Fox.'

Ze loopt de deur uit en zodra hij dicht is, begin ik ook te verbrijzelen. Haar nu kwetsen is echter het beste. Ze zal beter af zijn door nu te vertrekken voordat ik haar leven volledig verpest. Maar toch, zelfs wetende dat ik het juiste doe, houdt het niet de traan tegen die over mijn gezicht loopt.

29

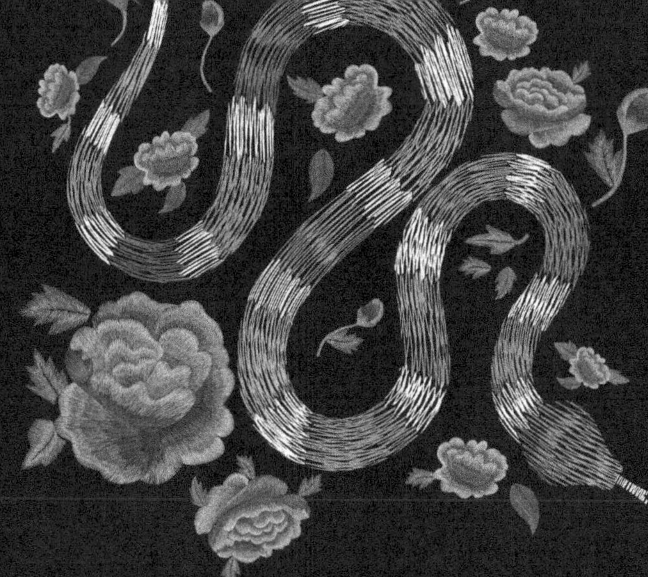

Het harde geluid van mijn wekker trekt me uit mijn gedachten... oké, geen gedachten, het is meer alsof ik leeg in het niets staar omdat mijn geest, lichaam en hart te uitgeput zijn van het huilen om iets anders te doen.

Ik pak mijn telefoon en zet de wekker uit. Maar zodra ik dat doe, wordt mijn geplande — *"niet storen"* ook uitgeschakeld en beginnen er meldingen binnen te stromen. Dit is te veel. Ik zou dit nu niet moeten afhandelen. Mijn hersenen kunnen zich niet herinneren hoe ze de telefoon op stil moeten zetten, en elke nieuwe melding is een extra niveau van onrust. Ik kan er niet meer tegen. Het is gewoon allemaal te veel. Ik sta op en moet me schrap zetten om niet te vallen. Ik pak de telefoon, loop naar de balkondeur en open de gordijnen, huiverend bij het zeer felle zonlicht. Op het balkon stappend, worden de geuren en geluiden te overweldigend. Ik leg mijn telefoon op een loungestoel en ga terug naar binnen en sluit de deur.

Ding

Ding

Tweet

Bliep

Ik kan ze nog steeds horen. Ik kan nog steeds alles horen.

Ik kan niet zeggen dat ik verliefd op je word.'

Ik marcheer naar buiten en pak mijn telefoon voordat ik op mijn knieën val en hem herhaaldelijk tegen het balkon sla.

'Waarom. Kun. Je. Niet. Stil. Zijn.' Ik huil bij elke inslag. Eindelijk is de telefoon stil. Ik kijk neer op het kapotte, verminkte apparaat. Het scherm is zwart. Ik sta op en laat het dode ding voor de goede orde buiten liggen voordat ik terugloop naar mijn kamer, de jaloezieën sluit en weer in mijn bed ga liggen.

Ik weet niet hoeveel tijd er is verstreken wanneer een klop op de deur me uit mijn trance haalt. Waarom klopt er eigenlijk iemand op mijn deur? Ik heb het *"niet storen"* bordje op de deur gehangen. Het kloppen gaat door en ik grom terwijl ik de dekens van me af gooi en naar de deur loop. Ik ruk hem open en sla hem bijna dicht als ik Atlas zie.

'Hé! Hé! Hé!' Zijn grote hand grijpt de deur vast om te voorkomen dat ik hem dicht doe.

'Ga weg, Atlas! Dit gaat jou niets aan,' grom ik terwijl ik mijn hele lichaam gebruik om tegen de deur te duwen. Het grote gigantische stomme lichaam van Atlas geeft geen krimp, en ik eindig met een hoop gevloek als ik met mijn kont op de vloer beland.

Atlas komt mijn kamer binnen en sluit de deur.

'Ik heb je niet gevraagd om binnen te komen!' schreeuw ik en sla op zijn knie.

'Ik ben geen vampier, Janie.' Hij helpt me overeind en doet het licht aan. Terwijl hij ineenkrimpt om mijn uiterlijk, wrijft Atlas over zijn nek. 'Dus…zware nacht gehad?'

Vroeg hij me dat nou echt? Ik schud mijn hoofd in ongeloof voordat ik me omdraai en terug in bed kruip.

'Oké, dat was dom,' zegt hij terwijl ik de dekens over me heen gooi.

Ik laat een sarcastische 'HA' horen. 'Knap en hersenen? Pas maar op, dames!'

Ik hoor hem zuchten, en zelfs door de dekens heen, weet ik dat hij naar me staart. Ik ruk de dekens van me af terwijl ik rechtop ga zitten en me omdraai om hem al mijn frustratie te geven. 'Wat wil je, Atlas?'

Hij lijkt niet onder de indruk te zijn door mijn woede. Dwaze man. Hij schraapt zijn keel. 'Fox is —'

'Maakt me niet uit,' onderbreek ik hem. Ik kan niet omgaan met iets dat om hem draait, en kan het niet aan om zijn naam te horen of te erkennen dat, ja, hij nog steeds leeft en zich in dit hotel op de conventie beneden bevindt. Ik doe liever alsof hij nooit heeft bestaan.

'Janie!' Zijn stem is een wanhopig pleidooi, maar ik geef vandaag geen antwoord.

'Jullie zijn allemaal heel, heel volwassen mannen. Regel je eigen shit maar. Ik ga toch binnenkort weg. Ik neem een vroege vlucht naar Chicago.'

Hij gromt gefrustreerd. 'Janie, dat kan niet. Luister, ik weet niet wat er is gebeurd, maar je moet weten dat hij om je geeft.'

Ik lach koeltjes terwijl ik ga staan en begin in te pakken. Ik kan niet bij de jongens in de buurt zijn, en nu Atlas weet in welke kamer ik zit, zal het niet lang duren voordat *hij* het ook weet.

'Dat doet hij niet,' mompel ik terwijl ik met mijn rugzak schud om meer ruimte te maken om de rest van mijn spullen erin te proppen. Shit, ik zou een lift moeten regelen om een nieuwe telefoon te halen. Verdomme.

'Wat doet hij niet?'

'Hij geeft niet om me!' snauw ik terwijl ik mijn kapotte telefoon van het balkon pak. 'Ik heb hem gisteravond over mijn gevoelens verteld. Ik heb tegen hem gezegd dat ik zou blijven. Ik ben *zo stom* geweest om hem te vertellen dat ik verliefd op hem werd! Hij zei dat hij niet hetzelfde tegen mij kon zeggen! Laat me dus met rust!' Ik pak mijn tassen terwijl ik uit de kamer schuifel en door de gang naar de lift ga. Misschien heb ik geluk en kan ik vanavond naar Chicago.

30

'O MIJN GOD!' GILT DE OPGEWONDEN JONGE ROODHARIGE TERWIJL ZE op en neer springt. 'Ik volg jullie, jongens! Ik ben geobsedeerd! Ik hoop dat ik een van jullie shirts kan winnen!' Ik geef haar een knikje en draai de tablet naar haar toe.

'Vul gewoon de onderstaande informatie in en als je wint, neemt iemand contact met je op,' mompel ik en dan word ik van de tafel weggetrokken terwijl Derek en Ash het gesprek met haar overnemen en Atlas me naar de andere kant van de ruimte brengt.

Hij komt voor me zitten en zucht. 'Je ziet er klote uit.'

Ik staar hem aan, hoewel het moeilijk is om te doen aangezien mijn ogen het gevoel hebben dat er schuurpapier tegenaan wordt gewreven en ik een enorm gewicht op mijn hele lichaam voel drukken.

'O, fuck…' de ogen van Atlas gaan wijd open. 'Je hebt gehuild.'

'Fuck you,' grom ik terwijl ik wegspring en de conventie verlaat, met Atlas op mijn hielen.

'Gast, als je zo van streek bent, verontschuldig je dan en zeg haar dat je een fout hebt gemaakt.' Atlas' woorden stoppen me waar ik ben.

'Denk je niet dat ik dat al heb geprobeerd?' grom ik terwijl ik doorloop tot ik buiten het hotel ben. Ik adem de zoute lucht diep in terwijl ik mijn hersenen probeer te kalmeren.

We vertrekken morgen, morgen gaan we naar huis. Janie is op dit moment in Chicago en ik kan haar niet bereiken. Ik heb geprobeerd te bellen en te appen, maar ze neemt niet op en geeft geen antwoord. Ik heb Ren en Stevie gebeld, beiden hebben besloten dat ik dood voor hen ben. Ik ben er via Instagram wel achter gekomen dat Sunday op weg is naar Chicago voor een "meidencrisis". Dus ik hoop dat ze bij Janie is. Sunday zou sowieso niets aan me vertellen. Ik ken haar minder goed dan de andere meiden en wat ik wel weet is dat ze liever mijn pik eraf rukt en in mijn keel duwt dan me te helpen als ik Janie pijn heb gedaan.

Ik heb Janie pijn gedaan.

Het speelt al twee dagen constant door mijn hoofd. Ik heb haar pijn gedaan. Ik heb de vrouw op wie ik verliefd ben pijn gedaan… omdat ik haar geen pijn wilde doen. Verdomme, zelfs als ik probeer het niet te verpesten, verpest ik het toch.

Ik leun tegen de muur van het hotel terwijl ik naar de foto van ons op het vergrendelingsscherm van mijn telefoon kijk. Ik denk aan alles, de blikken, de bijdehante opmerkingen, het flirten, de donuts, het kussen, zij die me vasthield toen ik haar meenam in het zwembad…dat ze me vertelde dat ze me vertrouwde.

'Ik heb een knuffel nodig…'

Toen ze dat tegen me zei en toen ik thuiskwam, en ze op me was gesprongen…ik denk dat ik toen op de een of andere manier wist dat ik verliefd op haar was. Zelfs als ik het niet kon toegeven. Ze was bereid om bij mij te blijven, ik had haar alleen maar hoeven te vertellen dat ik ook voor haar zou kunnen vallen.

De waarheid was dat ik al lang daarvoor voor haar was gevallen. Hoe had ik dat niet kunnen doen? Ze is slim en grappig. Ze is mooi en de grootste lastpost. Alles wordt met een argument, met een vraag beantwoord…er is geen blind vertrouwen. Als Janie besluit dat ze je vertrouwt, dan is dat omdat je het moest verdienen. Ik had het verdiend…en toen stak ik het recht voor haar neus in brand.

Ik was zo bang om mijn vader te worden. Om een vrouw vast te zetten die verliefd op me was. Om haar pijn te doen en haar geen opties te geven. En in een poging om hem niet te worden…heb ik uiteindelijk de vrouw pijn gedaan die verliefd op me is.

31

'J ANIE, WE ZIJN GEWOON ZO BLIJ DAT JE ER BENT!' BRANDON STRAALT en zweeft praktisch uit zijn stoel terwijl hij en zijn bazin, Patricia Humphrey, tegenover mij aan de tafel van de bestuurskamer zitten. Patricia zou vorig jaar mijn *"hashtag goals"* zijn geweest. De vrouw is bijna eind zestig, hoewel ik garandeer dat negentig procent van haar delen jonger zijn dan ik. Ze is elegant met haar lange, slanke lichaam dat een donker rode power-pak aan heeft die zeker meer kost dan mijn auto. Haar ravenzwarte haar zit strak opgestoken in een french twist en er zit geen enkel en ik meen ook echt geen enkel, haartje verkeerd. Haar zwarte, ballerinavormige nagels tikken op de vergadertafel terwijl ze mijn map doorleest.

Ik geef hem een glimlach die ik niet echt voel terwijl ik mijn vingers onder de tafel blijf draaien, in de hoop dat ze mijn trillingen niet opmerken. Iets waarvan ik me tot gisteravond niet had gerealiseerd dat ik me er zo veel zorgen over had gemaakt. Gedurende dit jaar ben ik gestopt met me te verbergen, ik was gestopt met het dragen van wijde kleding en gestopt met het schuwen van nieuwe vrienden maken uit angst voor een oordeel. Nu ben ik weer terug bij af. Ik heb er eigenlijk over nagedacht om het gesprek te laten schieten, maar nu Sunday hier was, was dat niet meer mogelijk.

Ik had haar en Ren geappt toen ik op het vliegveld was en had ze alles verteld. Toen ik hen vertelde dat ik geen idee had waar ik zou verblijven omdat ik er te vroeg zou zijn en ik het wel uit zou vogelen zodra ik daar was, had Ren een kamer voor me geboekt, was Stevie naar Fox' huis gegaan om Winston op te halen en Sunday had een vlucht geboekt.

Ik heb nog nooit echte vrienden gehad. Ik had samenwerkingen waar ik gunsten mee zou uitwisselen. Het idee dat een van hen een fractie zou doen van wat Stevie, Sunday en Ren voor me doen, is lachwekkend.

Sunday is de laatste twee dagen bezig geweest om me te detoxen. Ze nam me mee voor massages, pedicures, gezichtsbehandelingen, en ze had me meegenomen naar een salon die alleen gespecialiseerd is in het wassen van je haar. Maar het beste deel was dat Sunday me leerde dat je om een "stille dienst" kon vragen. Wat betekent dat er geen geklets was, geen gedwongen onechte glimlach. Het ging alleen om het fysieke moment. Ik wist niet hoe therapeutisch dat zou zijn.

En vanochtend was Sunday opgestaan en had ze mijn haar steil gemaakt, zo perfect recht en strak dat je zou denken dat ze het al jaren deed. Ze had me in een power suit gekleed, zwart, met een smaragdgroene blouse en de scherpste paar stiletto's die ik ooit heb gezien. Ik straal macht en zakelijkheid uit. Maar van binnen – ik mis mijn Hels T-shirt en legging. Ik mis mijn sproeten, ik mis mijn gekke haar. Ik mis mijn gigantische, getatoeëerde houthakker.

Ik bijt op de binnenkant van mijn wang om het snikken tegen te houden dat probeert los te breken.

'Ik ben blij om hier te zijn,' zeg ik elegant, met behulp van de stem die ik altijd gebruikte voor mijn merkendeals. Grappig hoe ik jarenlang bezig ben geweest om deze neppersoonlijkheid onder de knie te krijgen. Om "Jai" te creëren. Nu kan ik haar niet uitstaan. Haar stem is als nagels op een schoolbord. Ik weet niet wanneer het begon, ik weet alleen dat ik Jai op dit moment meer haat dan ik iemand ooit heb gehaat.

'Ik weet niet hoeveel Brandon je over de baan heeft verteld,' zegt Patricia terwijl ze de map sluit die ze zat te lezen. 'Dus wat we zoeken is een co-host.'

Ik knipper en ga met mijn blik van Patricia's onberispelijke gezicht naar dat van Brandon…waarom is hij zo opgewonden?

'Pardon?' Ik schud mijn hoofd en geef ze een onzekere glimlach. 'Co-host?'

Patricia knikt. 'Je zou samen met Brandon een vlogkanaal co-hosten waar jullie twee dichter bij elkaar zouden komen tijdens jullie reizen, een relatie die opbloeit op de mooiste plaatsen, samen met wat schattig geplaag.'

Een neprelatie voor views.

Mijn gedachten gaan onmiddellijk naar Brody, en mijn maag draait zich om. 'Het spijt me, ik dacht dat dit een solo-klus was, en dat het om foto's zou gaan en niet om een vlog.'

Patricia lacht alsof wat ik heb gezegd het meest absurde idee is dat ooit in haar aanwezigheid is uitgesproken.

'Janie, dacht je echt dat ik zou betalen om je over de hele wereld te laten vliegen voor Instagramfoto's? Kom op. Je zit al lang genoeg in de wereld van social media. Je was al een influencer voordat het iets groots was.'

Ik richt mijn blik op Brandon. Zijn overdreven enthousiaste glimlach, kort, golvend blonde haar en gebruinde huid die ongetwijfeld uit een fles of een zonnebank komt — het schreeuwt allemaal fragiel ego. Ja, hij zal het in een vlog geen maand uithouden. Iemand zal de draak steken met die nep gebakken kleur, en hij zal instorten. Ik geef een kleine glimlach en blijf luisteren terwijl de twee over de baan blijven praten en over alles wat het met zich meebrengt. Hoewel ik maar gedeeltelijk luister. Mijn gedachten blijven afdwalen naar Fox.

Waarom? Waarom zou hij überhaupt een relatie beginnen en dan een relatie met me voortzetten als hij liefde niet als een mogelijkheid zag? Was het te vroeg geweest? Ik dacht het niet. We waren dicht bij het einde van het eerste jaar na papa's dood. Ik heb niet het gevoel dat dat een absurd korte tijd is om te beslissen of je verliefd op iemand bent.

Ik wilde bij hem blijven. Ik wilde bij Hel blijven. Maar ik wilde dat hij, nee, ik had het nodig dat hij me vertelde dat dat was wat hij wilde. We waren het erover eens dat we na een jaar onze eigen weg zouden gaan, maar we spraken niet over het onderwerp omdat we een stel waren geworden. Ik wilde daar niet blijven als hij me weg wilde hebben. Maar ik wilde hier eigenlijk ook niet zijn.

Ik luister naar Patricia die maar doorgaat over wat er van mij en Brandon zou worden verwacht. Over de betreffende man gesproken…zijn ogen blijven op mij gericht en deze kleine vergadertafel is te klein. De man blijft zijn voet tegen de mijne *stoten* en ik ben er drie seconden van verwijderd om hem een stomp op zijn keel te geven. Dat zou voor veel geroddel zorgen.

Ik glimlach bij de gedachte en Brandon moet het als een teken zien om door te gaan omdat ik zijn voet naar mijn kuit voel gaan.

Mijn gedachten gaan naar Fox. Eén woord en Fox zou hem in tweeën breken. Fuck… Ik mis hem echt.

32

Ik zit op de bank buiten het gebouw waar het hoofdkantoor van Bliss Trips is gevestigd. Mijn been blijft snel op en neer bewegen terwijl ik mensen het gebouw uit zie lopen, wachtend om mijn meisje te zien.

Ja, *mijn meisje*. Ik ben een idioot geweest en ik ben er klaar voor om dat nu aan haar toe te geven en elke zestig seconden voor de rest van mijn leven, zolang ik maar bij haar in de buurt kan zijn.

Als ik het gerommel van de donder van de verduisterende hemel boven me hoor, vloek ik en schud mijn hoofd. Ik ben drie dagen in het warme, zonnige Miami geweest en zou naar het warme, zonnige Californië terugkeren. In plaats daarvan ben ik in Chicago, in een T-shirt, aan het bevriezen en er seconden van verwijderd om doorweekt te raken.

Het maakt niet uit, ik zal deze plek niet verlaten. Ik moet eerst met Janie praten. Ik heb een fout gemaakt en ik weiger haar te laten gaan, niet op deze manier. Ze is te belangrijk voor me.

Miami

Twee dagen geleden

'Je bent verdomme de grootste idioot die ooit heeft bestaan,' gromde Atlas toen hij me eenmaal buiten het hotel inhaalde.

Hij duwde me tegen de muur. Ik probeerde niet eens terug te vechten. Het kon me niet schelen. Hij kon me slaan, kleineren. Het was niets vergeleken met hoe ik me voelde over het feit dat ik Janie had gekwetst. Het was niet iets wat ik niet verdiende.

'Ze is verliefd op je! En jij zegt nee tegen haar?' Ik keek naar de grond voordat ik naar hem keek. Er moet iets op mijn gezicht te zien zijn geweest wat mijn mond niet kon zeggen, omdat Atlas onmiddellijk rustiger werd en hij een stap achteruit deed.

'Ik ben verliefd op haar,' zei ik moeizaam, mijn mond was extreem droog. Wanneer had ik voor het laatst iets gedronken?

'Maar waarom… O, Fox…' Atlas sloeg zichzelf op zijn hoofd.

Ik haalde een schouder op. 'Ze kan die kans niet opgeven vanwege mij. Als ze dit wil, dan moet ik haar laten gaan. Ik kan niet hebben dat ze bij mij blijft en dat ik uiteindelijk alles tussen ons verneuk.'

'Nou en? Ga dan verdomme af en toe met haar mee! Ga op vakantie! Je weet dat dit slechts een tijdelijke baan zal zijn. De meeste van deze reis-influencers houden het een jaar of twee vol! Je geeft iets echts op. Iets goeds. Iets geweldigs, Fox.'

'Denk je dat ik dat niet weet?' snauwde ik en duwde mezelf van de muur. Ik ben de veertig voorbij, heb geen familie, geen opleiding voorbij het middelbaar onderwijs. Het enige wat ik heb, is mijn werk. En die vrouw kwam hier binnen en zag verdomme iets in mij waar ze…' Ik lachte vol ongeloof. 'Waar ze van hield…aan mij. Ze is jong en slim, snel en grappig. Ze is zo doelgericht en gepassioneerd. Ze is warm…' Ik wreef over mijn borst waar de nu bekende pijn zat. 'Ze is alles wat goed en fatsoenlijk is, en ik ben zo fucking verliefd op haar. Ik ben verliefd genoeg op haar om haar te laten gaan, zodat ze haar weg kan vinden.'

Ik verhardde mijn blik terwijl ik naar de voordeur van het hotel ging, maar de stem van Atlas hield me tegen.

'Maar hou je genoeg van haar om achter haar aan te gaan en samen jullie weg te vinden?'

Atlas had die stomme blik op zijn gezicht nadat die woorden hem hadden verlaten. Maar ik moest het met hem eens zijn. Zij was bereid iets voor mij op te geven. Waarom had ik niet hetzelfde aangeboden? Die dag had ik op de conventie reisplannen gemaakt om de volgende ochtend te vliegen. En terwijl ik op de conventie zat, merkte ik op, eigenlijk merkten we allemaal op hoeveel Janie was veranderd van de vervelende snotaap die ons het leven moeilijker had gemaakt, tot een essentieel onderdeel van onze groep. De shirts die we hadden ontworpen waren een hit. Onze stand was constant vol met fans en klanten, en nieuwe klanten die afspraken maakten om naar ons te vliegen om zich door ons te laten tatoeëren. Ze had het allemaal zonder onze hulp opgezet. We konden Tony's droom van Hels Ink voortzetten omdat zijn dochter hier was om het te laten gebeuren. Ik kon haar niet laten gaan, en haar laten denken dat ik dacht dat het er niet toe deed. Maar nog belangrijker, ik kon haar niet laten gaan denkend dat het was omdat ik niet verliefd op haar was. Dat ik haar afwees. Ik wil dat ze weet dat ik heel erg verliefd op haar ben.

Een flits van rood vangt mijn blik, maar ik wuif het bijna weg omdat die maatpakdragende vrouw niet mijn Torch is. Maar dat is ze wel. Ze ziet eruit als een CEO die op weg is naar een vergadering. Het past niet bij haar. Ze is natuurlijk prachtig, maar de scherpe hoeken van haar kleding en make-up maken haar koud en onbereikbaar.

Ik vloek als ik de straat over ren terwijl de lucht ontketent, wat alleen als een moesson kan worden omschreven. Janie heeft natuurlijk een paraplu, net als iedereen op deze godvergeten straathoek, behalve ik.

Ik ren achter haar aan, mijn lichaam begint te bevriezen van de regen.

'Jezus Torch, nu al in een mannenverslindend pak?' Ik zie haar lichaam verstijven. Haar hoofd schiet naar achteren en haar lichaam volgt. Ze staart me geschokt aan terwijl ik de regen uit mijn ogen probeer te knipperen.

'Wat doe jij hier?' roept ze boven de harde regen en de drukke straat uit.

'Ik hou van je!' zeg ik, net als een luide donderslag de aarde laat schudden.

Ze schudt haar hoofd. 'Wat?'

'Ik zei!' ik sluit de paar stappen tussen ons totdat ik met haar onder de paraplu sta. Ik pak de paraplu uit haar handen en houd hem hoger boven ons. 'Ik hou van je, Janie.'

Haar onderlip trilt en ze beweegt haar hoofd weg. 'Hou op,' snauwt ze en pakt de paraplu terug voordat ze wegloopt.

'Janie, ik meen het!' schreeuw ik terwijl ik achter haar aan ren. Ze draait zich om en ik bots bijna tegen haar aan.

Ze perst haar lippen op elkaar in een dunne, harde lijn en haar blauwe ogen zijn hard en vol emotie. 'En dan? Nu ik hier ben, wil je dat ik alles laat vallen en met je mee terug ga? Hoe zit het met de laatste drie dagen? Hoe zit het met drie dagen geleden toen ik je over mijn gevoelens vertelde en je me gebroken liet gaan?'

'Ik wilde niet je reden zijn om in Californië te blijven en dit op te geven als dit hetgeen is wat je wilde,' zeg ik, mijn tanden dwingend om te stoppen met klapperen.

'En nu?' Ze trekt haar wenkbrauw op en kijkt om zich heen. 'Wat doe je nu hier?'

'Ik kan niet je reden zijn om te blijven,' zeg ik, terwijl ik weer dichter naar haar toe stap. 'Ik weiger om zo egoïstisch te zijn. Maar Atlas, Ash en Derek? Die zijn absoluut zo egoïstisch en ze willen je meteen terug in de shop hebben.' Ik kijk toe hoe haar mondhoek trilt, ondanks dat ze probeert om haar frons stevig op zijn plaats te houden. 'Ik kan je niet dwingen om te blijven, maar ik kan soms met je mee gaan en je kunt me komen bezoeken wanneer je tijd hebt. We kunnen uitzoeken of dit het leven is dat je wilt, baby doll. Ik wil er gewoon deel van uitmaken. Ik ben doodsbang om dit te verpesten Janie, maar ik…fuck misschien ben ik wel zo egoïstisch omdat ik bereid ben om het risico te lopen om het te verpesten als het betekent dat ik je mag houden.' Ik krimp ineen bij mijn opmerking. 'Het klonk in mijn hoofd veel beter, sorry.'

Er is een lange stilte tussen ons en ik ben dankbaar dat mijn lichaam gevoelloos wordt, zodat ik de koude regen niet meer voel.

'De klus is voor een vlogshow,' verklaart Janie terwijl ze zich weer om begint te draaien. 'Ze willen dat ik met een andere man ga. We zullen reizen en moeten voor de camera een relatie hebben.'

Plotseling heb ik het niet meer zo koud als mijn kokende bloed door me heen stroomt. 'Nou, ik weet niet hoe ze van hem kunnen verwachten dat hij een soort relatie met je heeft als hij in een fucking coma ligt.'

Ze dwingt haar lippen om niet te lachen. 'Laat me niet lachen,' smeekt ze, haar ogen glinsterend van de tranen.

'Wil je de baan?' vraag ik, en voel me plotseling beroerd. Was het een vergissing om hierheen te komen?

Ik kijk toe terwijl ze van mij naar het gebouw kijkt. Ze bijt op haar lip en haalt haar schouders op. 'Het is iets waarvan ik weet hoe ik het moet doen. Je zou de shop voor jezelf hebben, en we zouden allebei verder kunnen gaan.'

'Ik zal nooit verder gaan,' snauw ik. Ze krimpt ineen en ik steek mijn handen omhoog om me te verontschuldigen. Ik zucht en kijk om me heen op het drukke trottoir.

Fuck het.

Ik val op mijn knieën voor haar.

'Fox! Wat doe je?' sist ze en kijkt om zich heen naar de voorbijgangers terwijl ze vertragen en mompelen.

'Janie Hel Pierce,' zeg ik zo luid als mijn trillende stem het toestaat. 'Ik hou van je met heel mijn hart! Alsjeblieft! Ik zit op mijn knieën te smeken!' Ik kijk naar haar ongemakkelijke glimlach en rode gezicht terwijl ze naar de drukte zwaait.

'Hou op!' zegt ze door opeengeklemde tanden terwijl ze tevergeefs probeert me omhoog te trekken.

Ik ga door, ook al ben ik er zeker van dat ik eruitzie als de grootste idioot. Het kan me niet schelen, ik ben de grootste idioot dat ik haar ooit heb laten denken dat ze het risico niet waard was. Nooit meer. Wat ze ook beslist, ze zal altijd weten dat ze alles en meer waard is.

'Zeg me dat je me niet wilt. Zeg dat ik weg moet gaan, en ik zal het doen. Maar ik zal niet stoppen met van je te houden. En ik zal zolang ik leef nooit stoppen met de wereld te laten zien hoeveel ik van je hou. Zelfs als dat nog maar een paar dagen is, omdat ik zeker weet dat een longontsteking of onderkoeling niet ver weg zijn.'

Ze laat een lachje horen terwijl de tranen over haar wangen rollen. Ik sta op het punt om te gaan staan, maar zij gaat ook op haar knieën zitten, haar tengere lichaam trilt.

'Ik wil je en ik wil met je mee naar huis.'

Ze glimlacht en ik trek haar naar mijn borst en negeer mijn doordrenkte shirt.

'Godverdomme, je lijkt wel een vriezer!' sist ze en ze probeert zich terug te trekken.

'Nope, je gaat nergens heen, Torch.'

33

'DIT WAS ECHT NIET NODIG,' ZUCHT IK TERWIJL FOX EN IK DE KAMER binnenlopen naar de suite die hij voor ons heeft geregeld. Blijkbaar stond naar het hotel gaan waar Sunday en ik verbleven niet op zijn agenda.

'Stop met praten, Torch.' Hij tilt me over zijn schouder en draagt me de suite binnen.

'Ik kan de kamer niet eens zien!' gil ik terwijl hij blijft door marcheren naar waar hij ook heengaat.

'Het is een suite, er is een kamer, een badkamer en een bed. O hé, dat is iets nieuws.'

Fox laat me op het bed vallen en ik volg zijn blik. 'Het is een balkon,' zeg ik droog. 'Je hebt er vast wel eens een gezien.'

Hij geeft me een blik, maar het heeft geen effect. Ik heb het veel te druk met naar zijn doorweekte lichaam te staren. Zijn kleren klampen zich als een tweede huid aan hem vast. Een deel van me wil hem onder een warme douche zetten, het andere deel wil hem naakt in bed hebben.

'Ik ga onder de douche ontdooien.' Ik denk dat hij de beslissing heeft genomen. 'Het zal niet langer dan negentig seconden duren.' Hij leunt voorover en kust me op zo'n gepassioneerde manier dat mijn tenen in mijn schoenen krommen. Ik kijk toe terwijl hij wegloopt en kledingstukken verwijdert terwijl hij loopt.

Ik hoor de deur dichtgaan en het water aan gaan. Het is dan dat ik besluit om op te staan en de kamer te bekijken. Het is eigenlijk heel mooi. Een kingsize bed, enorm flatscreen-tv en een bank. Ik kijk in de kast en haal er een badjas uit. Verdomme, hij is zacht.

Ik glijd uit mijn schoenen en de rest van mijn kleren voordat ik mezelf in de pluche, marineblauwe badjas wikkel. God, het ruikt heerlijk, fris, schoon en misschien naar vanille?

Ik loop naar de wasbak aan de buitenkant van de badkamer en begin met de gezichtsreiniging die ze in flesjes hebben staan, mijn gezicht te wassen. Normaal gesproken zou ik wantrouwig zijn, maar het ziet er hier eerlijk gezegd uit alsof ze misschien betere gezichtsproducten hebben dan ik.

Ik knijp in mijn natte haar, het was volledig doorweekt voordat we een taxi konden aanhouden.

Als ik op het balkon stap, kan ik niet anders dan glimlachen.

Hij houdt van me. Fox houdt van me.

Ik voel zijn harde borst tegen mijn rug terwijl hij zijn handen aan weerszijden van de reling zet. 'Weet je wat ik wil doen?' Hij inhaleert diep tegen mijn nek en ik voel dat mijn kern zich aanspant.

'Hmm...' krijg ik eruit terwijl zijn tanden aan mijn oor knabbelen. Ik zie een hand van de reling verdwijnen en onder mijn badjas glijden, recht op mijn poesje af.

'Fuckkk, word je nu al nat voor me, baby doll?' Ik maak een jammerend geluid terwijl zijn vingers mijn clitoris omcirkelen.

'Fox,' hijg ik en gooi mijn hoofd tegen zijn borst. 'We zijn buiten.'

'Ik weet het, en de gedachte om je op klaarlichte dag over deze reling te neuken, heeft mijn pik zo fucking hard gemaakt dat ik niet helder kan denken.' Het is wanneer hij zijn erectie tegen mijn rug drukt dat ik besef dat hij niets aan heeft, zelfs geen handdoek.

Ik ben zenuwachtig om overdag in het openbaar te zijn. Maar we bevinden ons in een van de suites op de bovenste verdieping en aan beide kanten kan niemand ons zien. Het betekent niet dat iemand ons niet met een telescoop kan zien.

Echt? Een telescoop?

Ik moet echter toegeven dat ik druip bij de gedachte om hier geneukt te worden. Ik bijt nerveus op mijn lip, voordat ik naar voren buig op de reling en mijn kont over zijn pik wrijf. Terwijl ik naar voren buig, word ik door de regen geraakt en het draagt op de een of andere manier bij aan de opwinding. Fox verspilt geen tijd, tenslotte, neuken op een balkon in het centrum van Chicago is niet bedoeld om langzaam en lief te zijn. Daarnaast heb ik het gevoel dat hij misschien nog wat woede in zich heeft omdat ik weg was gegaan. Verdomme, ik ben zelf nog steeds boos door het gebeuren in Miami. Boze seks klinkt als een geweldige manier om te beginnen dat te verwerken.

De handen van Fox glijden over mijn middel en tillen mijn badjas over mijn kont. Ik voel hem tegen mijn ingang drukken en ik schreeuw het uit terwijl hij zichzelf in me duwt. Mijn knokkels worden wit terwijl ik de reling vasthoud en meebeweeg om elk van zijn boze stoten te ontmoeten.

'Vertel me hoeveel je dit hebt gemist,' gromt hij terwijl hij mijn heupen vastpakt om harder te stoten. Ik kijk over de reling naar de figuren beneden, ze zien eruit als kleine mieren. Ik vraag me af of ze mijn geschreeuw kunnen horen.

'Ik heb je pik gemist!' kreun ik luid. Fox draait me snel om en ik sla mijn benen om zijn middel terwijl hij me tegen de reling duwt. De enige reden waarom ik niet bang ben om te vallen, is zijn enorme hand die me stevig tegen hem aanhoudt terwijl hij harder in mijn poesje stoot. Zijn vrije hand gaat naar mijn keel en knijpt en bij die sensatie rol ik mijn ogen terug in mijn hoofd.

De stem van Fox is laag en bijna gevaarlijk als hij tussen elke krachtige stoot gromt.

'Jij.' *Stoot.* 'Bent.' *Stoot.* 'Van mij.' *Stoot.*

Hij pakt me steviger vast en daarbij duwt hij me veel dichter naar mijn orgasme.

'O godddd!' roep ik, terwijl ik mijn nagels in zijn rug duw en mijn hoofd over de rand laat hangen. Ik voel zijn pik in me kloppen terwijl hij het meest sexy geluid uitstoot dat ik ooit heb gehoord, en ik roep zijn naam terwijl ik om hem heen ontplof.

We blijven zo stilstaan, met elkaar verbonden, zowel hijgend als trillend. Fox gaat met zijn handpalm over mijn voorhoofd en veegt mijn haar uit mijn gezicht. De manier waarop hij naar me staart, zorgt ervoor dat ik wil huilen.

'Wat is er, baby doll?' vraagt hij terwijl hij het puntje van mijn neus kust.

'Waarom kijk je zo naar me?' vraag ik zachtjes terwijl hij zijn neus in mijn nek drukt.

'Zoals wat?' Hij trekt zich terug en kijkt me op dezelfde manier aan, zijn mondhoeken komen lichtjes omhoog. 'Alsof ik de loterij heb gewonnen?' Hij kust mijn lippen. 'Alsof ik de verloren schat heb gevonden?' Hij kust me weer. 'Alsof ik net het grootste geschenk ooit heb gekregen?' Hij neemt mijn onderlip in zijn mond en knabbelt er zachtjes aan, waardoor ik moet kreunen. 'Is dat hoe ik naar je kijk, Torch?' Hij steekt zijn tong in mijn mond in een diepe, claimende kus. Ik voel zijn pik weer hard worden en ik verbreek de kus om naar beneden te kijken.

'Echt?' lach ik en hij haalt zijn schouders op.

'Luister, ik heb geen idee wat er gaande is. Tot op dit moment dacht ik dat ik te oud was om achter elkaar door te gaan.'

Ik sla mijn armen om hem heen en glimlach. 'Nou, neem me mee naar binnen, want we moeten het zeker niet verspillen. Ik heb gehoord dat *sommige* mensen tot acht orgasmes kunnen krijgen.'

Fox snuift terwijl hij me terug naar de suite draagt en me op het bed legt. 'Hij heeft geluk dat ik hem niet in elkaar heb geslagen voor die arrogante opmerking.' Ik zie zijn ogen over me heen dansen. 'Maar ik denk dat als dat is wat mijn meisje wil, ik ervoor zal moeten zorgen dat het gebeurt, al wordt het mijn dood.'

Ik giechel en kus het puntje van zijn neus voordat ik in zijn warme ogen staar. Ze zien er zo gelukkig uit. 'Ik hou van je,' zeg ik terwijl ik zijn gezicht in mijn handen neem. 'Jij bent ook mijn schat, Fox. Ik hou zoveel van je.'

Zijn ogen worden een beetje waterig en hij kijkt weg voordat hij inademt. 'Ik ga alle sexappeal verliezen als ik begin te janken, dus stop ermee,' zegt hij grappend.

Ik trek zijn gezicht terug naar de mijne en kus zijn lippen terwijl ik mijn vingers door zijn baard laat gaan.

'Dat is onmogelijk.'

EPILOOG

Fox

'Ik ben hier niet zo zeker van,' kreunt Janie nerveus terwijl ze op haar lip kauwt. Ik kijk toe hoe ze haar legging over de ronding van haar kont en heupen laat glijden. Ik onderdruk een kreun terwijl ik professioneel probeer te blijven.

'Het komt wel goed,' mompel ik als ik mijn bril opzet terwijl ze op mijn tafel ligt, fuck deze vrouw en haar constante aantrekkingskracht die ze op mijn pik heeft! Ik ben te verdomde oud om zo vaak een stijve te hebben.

'Wacht even. Cut!' gromt Ren en Janie rolt met haar ogen terwijl ze op de tafel gaat zitten.

'Fox.' Janie slaat op mijn onderarm. 'Schat, ik hou van je, maar ik zal je op de meest gruwelijke manier vermoorden als je deze video nog een keer verpest.' Ze strekt zich uit en kust mijn verbijsterde lippen. 'Ik heb je gezegd, doe alsof ze er niet is.'

Ik kijk van de roodharige naar Ren en weer terug. 'Ik weet niet waarom we dit moeten doen,' klaag ik.

'Ik heb toch tegen je gezegd dat ze na de eerste lijn zou stoppen met filmen! Maar als jij degene wilt zijn die me tatoeëert, moet je het ook doen! Dit gaat op de website, en ik probeer mensen te laten zien hoe zachtaardig je bent met mensen die dit voor het eerst doen.' Haar ogen gaan naar beneden en ik zie haar ogen rollen en haar wangen rood worden.

'Echt?' sist ze en ik geef haar een sluwe glimlach.

'Was ik de eerste keer zachtaardig met je?' Ik wiebel suggestief met mijn wenkbrauwen, waardoor ze me een tik op mijn voorhoofd geeft.

'Waar is Derek? Ik laat hem het wel doen.'

Mijn houding wordt donkerder en ik kijk haar aan. 'De eerste tatoeage is aan mij beloofd,' brom ik en voel me een beetje gekwetst.

'Steek dan je stijve weg en doe het!' gromt ze en het is eigenlijk wel opwindend.

Ash, Derek en Ren kreunen en ik rol met mijn ogen.

'Wees niet jaloers.' Ik rol mijn nek en dompel mijn naald in de inkt. 'Oké, Torch, laten we dit nog eens doen.'

Gelukkig krijgt Ren het beeld dat ze nodig heeft, en kan ik eindelijk aan Janies tatoeage werken, haar eerste.

Na Chicago zijn Janie en ik teruggegaan naar LA, we haalden onze kattenzoon Winston op en Janie wees de baan bij Bliss af. Ook had ik Brandon bedreigd, op een gruwelijke manier, toen hij probeerde contact te houden en Janie me over zijn voetje vrijen had verteld.

Zodra Janie en ik het einde van Tony's twaalf maanden durende overeenkomst hadden bereikt, moesten we een beslissing nemen. Ieder voor vijftig procent partner zijn, of een van ons kocht de ander uit. Het deed me ongeveer een halve seconde pijn, maar ik vertelde Janie dat ik de eigendomsrechten wilde opgeven en dat ze me niet moest uitkopen. Zij, als de koppige snotaap die ze is, zei dat ik een idioot was en dat we het gewoon gelijk gingen verdelen. Zij en ik gingen over en weer in een strijd die bijna een maand had geduurd. Uiteindelijk gaf ik toe, alleen omdat ze besloot zich van seks te onthouden totdat ik dat deed, terwijl ze tegelijkertijd thuis de nudistische levensstijl omarmde. Ik had het drie uur volgehouden voordat ik de handdoek in de ring gooide.

Er was echter één voorwaarde, ik bezit negenenveertig procent van Hels, niet vijftig. Het was belangrijk voor me dat Janie het primaire eigendom van de shop had.

Hels is de laatste paar maanden drukker dan ooit. Zozeer zelfs dat we twee nieuwe assistenten voor in de shop en een "marketingassistent" moesten inhuren — wat dat ook betekent. Het enige wat ik weet is, dat Janie deze zaak onder handen heeft genomen en het beter heeft gemaakt dan haar vader of ik ooit hadden kunnen doen.

'Waar is Atlas?' vraagt Janie terwijl ze naar het lege werkstation van Atlas kijkt. 'Ik kan niet geloven dat hij mijn eerste keer mist.'

Ik stop mijn machine en staar haar over de rand van mijn bril aan. 'Echt?' Ze glimlacht onschuldig.

'Hij zou zich moeten voorbereiden voor de rechtbank,' mompelt Ren, die niet van haar telefoon opkijkt.

Atlas is een paar weken geleden in de problemen gekomen. Hoewel hij niemand van ons heeft verteld wat er is gebeurd, is het enige wat we weten dat Frank degene is die hem vertegenwoordigt en dat Ren en At ruzie met elkaar hebben sinds wat er ook is gebeurd. Ik denk dat als de zaak voorbij is, At eindelijk met ons zal praten. Maar ik denk dat hij zich er nu voor schaamt en het voor zichzelf probeert te houden.

Het vreemde is dat hij zijn loft heeft verlaten die hij met Ash deelde. Toen Ash hem vroeg waarom, zei hij alleen dat hij een verandering nodig had en dat Ash de extra ruimte kon gebruiken voor wanneer zijn zus bij hem introk. Niemand weet waar hij naartoe is verhuisd, omdat hij weigert om erover te praten.

Het is echter moeilijk geweest om mijn beste vriend niet zo vaak in de buurt te hebben als gewoonlijk. Ik hoop alleen dat als hij echt in de problemen zit, hij weet dat we hem steunen, zoals hij dat al zo vaak voor mij heeft gedaan.

'Oké, baby doll,' zeg ik terwijl ik haar dij afveeg. 'Ze is klaar.' Ik kijk toe hoe Janie van mijn tafel springt en naar de spiegel loopt. Ze staart zwijgend naar de tatoeage, met haar handen voor haar mond.

Het is een tatoeage van Hel. De levende kant is de kleurrijke kant die ze vorig jaar heeft gemaakt, terwijl het zwarte en grijze skeletgedeelte de originele tekening was die ze jaren geleden had gemaakt.

'Fox.' Ik kijk toe terwijl de tranen beginnen te vloeien. Ze draait zich om en drukt een kus tegen mijn lippen. 'Ik hou ervan. En ik hou van jou.'

Ik glimlach terwijl ik mijn voorhoofd tegen het hare duw en in haar grote ogen staar.

'Ik hou ook van jou.'

www.ingramcontent.com/pod-product-compliance
Lightning Source LLC
Chambersburg PA
CBHW071730150726
47998CB00005B/1575